30把鑰匙打開散文中的牠者世界

動物關鍵字

Keywords of the Animals

黃宗慧、黃宗潔 編著

目次

編按：選文評析作者，Iris為黃宗慧，Cathy為黃宗潔

輯二　離世動物區

輯三　觀賞動物區

輯四　虛擬動物區

輯五　經濟、實驗動物區

輯六 城際動物區

輯七　野生動物區

輯八　動物視聽館

序／推開不同的命運之門

黃宗潔

預計寫這篇序的今天，我正好放走了院子裡的一隻小老鼠。是上天的某種提示嗎？於是我決定從這裡寫起。

那是隻初生不久的小鼠，大約剛學著跟媽媽一起覓食，不小心掉進院子裡裝著一點點水的水桶。水並不深，桶子對牠來說卻太高了，沒辦法自己跳出去。於是牠驚慌地發出尖細的叫聲，像是不斷喊著「媽媽，媽媽」。我把牠連著桶子一起帶到門外倒了出來，接著我看見渾身濕淋淋的牠，踩著狼狽、踉蹌的步伐，方向卻異常堅定地，鑽回了院子裡的某個縫隙找媽媽去了。向來不喜歡老鼠的母親嘆息說：「看牠掉進去，本來想不理牠的，又不忍心。」而我則感慨地想著，看起來是那麼質樸的孩子，等在牠前面的世界卻無比殘酷。

接著我想起昨日剛校對完的稿子，最後一篇，最後一句，恰恰是停在老鼠這個不討喜的物種，這不討喜的主題。我在評論Iris〈人的鼠性〉這篇文章時，以藝術家張徐展的作品《Si So Mi》為例，寫下：

手拿腸子變成的紅色彩帶列隊歌唱的老鼠紙偶們，和地上爬動的蛆蟲，共同為剛加入枉死城，帶著彩色生日帽的小老鼠，譜出了一首詭異又哀傷的輓歌。這樣的轉化，若能讓更多人對老鼠產生不同的眼光與情感，那麼，陷入迷宮中的老鼠，或許終有一天，能推開不同的命運之門。

其實這麼多年來，我們寫的每一篇文章，都是試圖為動物推開一道不同的命運之門。《就算牠沒有臉》如此，這本《動物關鍵字》亦然。我們期待能在有限的篇幅、有限的空間中延展出最大的容量與可能性，去開創更多的對話。因此，在編選之初，我們就與編輯淑怡商量，希望這本書能夠不僅止於賞析或點評作品，而是從選文中看到更多元的人與動物關係，並進一步開展出關於動物議題的思考。

在這個大前提下，本書決定不再收錄所有已刊登在「動物專書」中的散文，因為這些篇章相對而言容易搜尋取得，也已累積了相當的討論，我們更希望透過那些讀者未必會與動物書寫聯想在一起的作家作品，去彰顯動物的日常性與動物主題的豐富性。各篇再由文中觸及的面向，以一個關鍵字為「鑰匙」進行延展、評析及對話，這30把鑰匙打開的牠者世界，我們將其以類似動物「園區」的概念分輯，也隱含著以「虛擬動物園」取代真實動物園，期待更多人透過文學認識動物的心意。

這座虛擬文學動物園的八個園區是這樣的：同伴動物、離世動物、觀賞動物、虛擬動物、經濟與實驗動物、城際動物、野生動物，以及動物視聽館。分區的邏輯一方面大致依照人與動物關係的不同模式，另方面則以作品屬性進行考量。特別值得一提的，或許是將同伴動物與離世動物分為兩區的做法，因為在選文的過程中，發現同伴動物書寫實在太容易與哀傷和失落有關，數量多到必須獨立一區，才能好好處理愛與思念背後的情感糾結；至於虛擬動物區和動物視聽館，則是希望將收錄的作品面向，擴大為涵蓋想像及隱喻的動物，以及對影視、藝術作品中的動物呈現進行評論。原本規畫一併收錄詩與小說，可惜最終因篇幅考量只能割捨，僅特別收錄了隱匿的詩〈至少你現在籠子外面了〉，留下一段不應被遺忘的動物處境。

由於是關鍵字的概念，既要與選文內容對話，又要開展出相關的論述或其他作品的連結，評析選文的過程其實比想像中更為困難與具挑戰性。於是我們姊妹也不意外地，由最初乖巧節制地控制字數，到後來愈來愈「做自己」，不斷挑戰「字數天花板」上限，導致各篇的字數背後，也埋藏著撰文順序的小小線索。無論如何，最後我們共同打造出的，開啟一座座牠者世界的30把鑰匙如下：悶、中陰、不安、尼莫、共構、哀悼、好奇、利他、迷宮、除害、效益、祕術、路殺、移情、記疫／憶、結案、銅像、創傷、虛擬、關係、羈絆、個體化、環世界、成為親族、假裝是魚、能力主義、離世溝通、動物機器、無脊椎動物、多餘的共同住民。哪一把鑰匙能開啟哪一篇文章，我希望讀者能夠自己去發現其中的連結與理由。

最後，作為副標的「30把鑰匙」，也藏著我的小小私心，是向兒時鍾愛的一本國語日報出版社童書《四十把鑰匙》致意。故事裡被國王趕走的王子，成為一隻盲眼老龍的養子，卻在用第四十把鑰匙打開房門後，回到自己的王國，完全忘了照顧他的老龍。孤單的老龍一面擠著羊奶，一面流下巴掌般大的淚珠，那畫面讓人不捨。故事最後有個好結局，但對我來說，更重要的意義其實是，動物的傷心和痛苦總是牽動我的心，即使是虛擬的龍，我也不願牠流眼淚。真心期盼這三十把鑰匙中的任何一把都好，能為動物打開一道，通往沒有眼淚的大門。

輯一

同伴動物區

協尋啟事

謝凱特

同事的貓走丟了，她在辦公桌上放了一張朋友走丟愛貓時所製作的協尋啟事，上頭有貓的名字、花色、特徵，項圈上綁了鈴鐺，如有尋獲請打連絡電話，附上照片正面側面各一張，列印成A4大小張貼。她準備也仿製一份，心煩意亂的時候做些按部就班的事情，就像替自己綁上小鉛錘，試圖穩穩在亂風中飄浮不定的心。

同事跟我提起貓走丟的當天，大兒子責怪她沒有把門關好。「平常就跟你們說門一定要扣好，不然牠會自己撬開走出去的。」她轉述大兒子的話，不知怎地，那一種世界都要毀滅的責怪，聽起來就像以前的我說過的話似的。當下我並不打算安慰她，都是養貓之人，知道貓走出去了，要回來不回來，都不是人能決定的。

她說她已經向兒子道歉了：「下次我會把門扣好的。」她這樣說，我不作聲，心裡想，身為母親，不能寄望孩子會如何愛自己的媽媽，卻要有被孩子恨的心理準備。

我想起張桂枝唯一一次走丟，也是因為門就這樣開了一個縫。

家中大門的內門門把壞了，自動卡榫的彈簧鎖舌老舊無法自由伸縮，就拆掉不用，因此想關上內鐵門，只能用轉鈕轉上方形鎖舌，把門鎖上。經常，我在樓下按電鈴，母親或父親在樓上開門，張桂枝就趁此時從門縫伸出頭來探看，父母都會說，啊，牠在等你啦，在迎接你。其實我知道張桂枝並沒有在看我，而是往樓上和頂樓張望。多數時候當我從租屋處回來，走上樓，牠從仰望變成俯視，眼神是好奇，也是順便：嗯，是舊時的主人啊，煩死了。隨後擺擺尾巴，走進門內，翻開肚腹，打賞似地給這舊人一點恩惠。我摸摸牠肚子，不到兩下，牠隨即走開，穿過客廳落地窗，身影消失在黑夜的陽台裡。

時間久了，父親母親也漸漸不注意門有沒有關好，我以為他們代我養張桂枝，久了也漸知貓性：牠愛走便走，牠不回頭有牠的理由。但一日張桂枝不在屋中，母親還在家中各角落搜尋，床底下、神龕下、前後陽台、衣櫃中，搖搖飼料罐像沙鈴呼叫，但怎地不見貓影，卻才驚見鐵門開了縫，「害啊啦，貓走出去了。」父親、母親、哥哥衝下樓去，大街上，三個大人學貓叫，儘管心急但看起來十分滑稽。我從陽台俯視著他們，暗想不必這樣的，打開門，仰頭看見張桂枝從樓上樓梯探出頭來，果不其然。

我轉身進屋，張桂枝眼見路徑上空無一人，就跟著進屋。我聽見貓細碎的腳步，總是得在極安靜的時刻才會走近。

他們是把貓當成狗來養了。

貓找回來了，母親眼眶泛紅對貓責難怎麼亂跑呢，父親去浴室沖洗急出一身的汗，哥哥自己也甩門進房，整個家在兵荒馬亂後湧出煙硝燒盡的荒喪氣氛，三人發出不同聲響，收拾著心緒，只有我和張桂枝若無其事地各自占據陽台和臥室，自動隔絕在這種亂草似的氛圍外。

我總在想張桂枝聽見了什麼呢？那些極為細小的聲音之中，牠如何在極低的分貝裡分辨聲音，到底是風搔過植物的颯颯聲，還是隔街之外的車聲，又或者是某一戶人家的交談聲，其中有一種，在牠壓低又抬高的耳朵裡，細聽見在這公寓四樓二十八坪小小的城堡之外，有一個牠從沒去過的新世界。

後來我才知道，原來樓上的住戶在頂樓養了貓。

張桂枝在出門探索新世界，隨後尾隨我不必勉強的道路歸來時，以及，牠自己穿過客廳想到陽台聆聽世界的消息，從落地窗縫消失的背影——我彷彿看見自己每次從家裡收拾東西，躲出門外的樣子。從大學時外宿，有了自己的空間，那時，一切事物都很新，任何事物都等著我命名：書桌，房間，床鋪終於有自己的樣子，不是我從哥哥那裡繼承的，也不是父親母親替我安置的。母親一次打電話來，我不想接，不久又打來，接起，是父親的聲音，隔著電話在另一端暴跳如雷地質問為什麼不回來。我靜靜聽著那暴躁的口吻，想起從小到大從沒我說話的空間，一開始憎惡，還想試圖反抗，後來變成沉默。我沒說什麼，只是默默掛掉電話，把手機調成無聲，看著它在暗夜裡發光。當時的男友問，不接電話嗎，我說不了，我不是一個喜歡吵架的人。男友沒說什麼。後來我們分手，的確也沒吵架過，在我覺得自己日漸流失自我的同時，我默默抽身離開。他發簡訊來，要我好好照顧自己，如果需要幫忙，他都會在。

動物學者研究，在貓的世界裡，所有的人類不是他族，而只是大一點點的貓。

一開始養貓，張桂枝的世界裡只有我，在每個我下課回來的時候，牠都會在門口吆叫，像是在說著，嘿，大貓你跑去哪了呢？快回來陪我吧。直到把牠送到家中，牠的世界不只有我了。當我回家，牠看見我像看見陌生人不太搭理，一開始我有一點難受，後來便也不覺得怎樣，到底牠的世界變大了。當年，我把牠養在我的租屋處時，牠一定也曾想：怎地只給牠七坪大的空間，飼料、貓砂盆、逗貓棒和毛線球，這樣構築的世界未免太小太小。當我因為牠叫鬧，怕牠吵到鄰居，假意彈牠的鼻子作為懲罰時，牠心裡不知道是怎樣怨恨著我的。貿然出走離家的牠，和我，都是在禁錮的圈圈裡，聽見了一點點自己的聲音吧。

同事的貓離開至今一週沒有任何消息，也不知道協尋啟事的效用到底如何。我並不想用「走丟」來形容這種貓離開飼主的行為，只是想著，或許在貓出走的背影裡，只說了一句潛台詞：「我想看看外面的世界。」而剩下的真實，也許是那哭得死去活來的小兒子要接受所愛終究會離去，也許是那責怪著父親母親總是聽不進他的意見的大兒子要如何處理此等憤怒，又或許，是身為人母的同事，除了愛，也要背負被所愛憎恨的，更強大的愛的能力，或許在張貼協尋啟事之後，有更重要的東西，正等著他們花時間尋回。

——選自《我的蟻人父親》，逗點文創結社，二〇一九

謝凱特

東華大學創作暨英語文學研究所畢業，著有散文集《我的蟻人父親》、《普通的戀愛》、《我媽媽做小姐的時陣是文藝少女》，小說集《我在等你的時候讀了這東西》，曾獲台北書展大獎非小說類首獎，入圍台灣文學金典獎。

◉選文評析——關係

傳說中的剪刀找貓法是這樣的：

1. 在灶台（瓦斯爐）上放一碗清水，再將剪刀平放在碗上面。
2. 將剪刀打開，開口朝向家門口，心裡呼喚貓的名字。
3. 貓沒回家前，碗和剪刀的位置不可以移動。（若移動要重複前三步驟）
4. 貓回家之後，將牠裝在提籃內繞灶台三圈表達感謝。

看到謝凱特的〈協尋啟事〉時，腦中第一時間浮現了這個在貓奴之間廣為流傳，看似都市傳奇，許多飼主卻寧可信其有的尋貓法。不過，丟失貓的不是作者謝凱特，而是他的同事。相對於剪刀找貓法，同事用了比較「務實」的手段，準備製作一份印上照片的協尋啟事。

貓最後到底有無尋回呢？讀者無從得知，畢竟這並非該文真正關心的重點。事實上，儘管同事的經驗讓謝凱特聯想起家中貓咪「張桂枝」走失的那一天，但他藉此思考的，毋寧是同伴動物與飼主的關係，如何折射或影響家人彼此之間的互動。同事的貓走丟後，遭到大兒子責怪為何不將門關好，她說已經向兒子道歉。作者心想，「身為母親，不能寄望孩子會如何愛自己的媽媽，卻要有被孩子恨的心理準備。」

這個感想其實無關乎貓，而是個可以類比在所有親子關係上的念頭，但謝凱特以貓為起點，延伸出的結論卻相當值得留意。文末他說，在貓出走的背影身後，剩下的真實或許是那傷心的小兒子要接受所愛終會離去；大兒子要學習如何處理憤怒；同事則要背負「被所愛憎恨的，更強大的愛的能力」，而這一切，或許是在張貼協尋啟事之後，等著他們花時間尋回的，「更重要的東西」。

即使是一家人，各自要學習的，關於愛的課題也是不同的。但以貓（及其離家）為圓心，那些隱微的，埋藏在以「家」為名的屋簷之下，種種矛盾或分歧，期待與失落，卻可能因此浮出水面，讓我們更明晰地洞見自己與家人（當然也包含了「動物家人」）之間，關係的本質。

導演侯季然在紀錄片《剪刀找貓》中，也曾節制而深刻地傳達出這樣的感悟。原是為了惦念著在台北豪雨特報前出門，卻再也沒有回家的貓咪MUJI，但在拍攝的過程中，他發現自己「不只是追索這隻貓，也同時在時間裡面追索」。於是，他發現母親所拍攝的那許多貓照片，有時是清晨四五點，有些是下午兩三點，但它們唯一的共同點是，「都是我和妹妹不在家時拍的」。另一方面，貓咪MUJI並非第一個不告而別的家人，追索貓的同時，他也形同進行了一場追索離世多年的父親與家族記憶的旅程。影片結束在母親語氣親暱地與MUJI對話的「曾經的日常」，但這個家記憶時間的方式，就此成為「貓離家前2364天」或「貓離家後101天」。少了MUJI的家，從此多了一碗瓦斯爐上的清水，與朝向門口的剪刀。

動物的離去與到來，之所以能夠成為體現關係的觸媒，或許是因為牠們以其不同於人的生命樣態，讓我們在互動時，會更不加掩飾地顯露自己更核心也更內在的部分自我吧。作家李振弘（振鴻）也曾在他帶有自傳性的博士論文《枯楊生稊：一個青壯年男同志反身向家的文學性心理學初探》中，描述一隻被元宵節的炮竹聲驚嚇而迷路，突然出現在店門口的老狗小黃。最初驚慌、虛弱的小黃，到後來漸漸能夠安然躺臥，彷彿家中從小餵養的店狗。與陌生的動物建立關係，原本就需要如此漫長的過程，但對振鴻來說，和小黃相處的經驗帶給他的意義遠不止於此。

某次與長時間待在娘家的姊姊衝突後，振鴻突然意識到，相較於從主動親近到餵食，最後能欣然接納牠存在於生活空間中的小黃，自己「與二姊之間沒有那種像對待小黃的情感滋長。情感在你們之間停滯著，被阻隔著」。接納小黃的過程，反過來得以成為他重省與姊姊衝突根源及關係模式的契機。

動物是這樣一面映射關係與本質的鏡子，因此謝凱特在想起離家的張桂枝時，其實也充滿了投射。他將自己看待家庭關係的態度和價值觀，用以解釋張桂枝的行為模式。當父母和哥哥氣急敗壞地在樓下呼喊著張桂枝的名字時，他「從陽台俯視著他們，暗想不必這樣的」；當家人們兵荒馬亂地找回了貓，他卻和張桂枝「若無其事地各自占據陽台和臥室，自動隔絕在這種亂草似的氛圍外」。而當他看見張桂枝穿過落地窗的背影，也「彷彿看見自己每次從家裡收拾東西，躲出門外的樣子」。某程度上，謝凱特在張桂枝身上投射了自己的認同，因此他認為貓離開飼主或許不是「走丟」，而是想看看外面的世界。「貿然出走離家的牠，和我，都是在禁錮的圈圈裡，聽見了一點點自己的聲音吧。」

或許無須浪漫化貓的離家，但這樣的連結，卻也凸顯出動物家人如何映照出我們對於關係的想像與期待，讓我們展現出更溫柔或更冷漠的那一面。同時，牠們更提示了我們，如何在禁錮與自由之間，仍然保有自己，並且試著學會去背負，「更強大的愛的能力」。

（Cathy）

癌症狗

馬尼尼為

今年夏天我接手了一隻癌症狗。客廳冷氣遙控器按不下去。癌症狗在陽台死不想進來。抱進來立馬站起來走出去。於是我的大門敞開。表明我在歡迎牠。一台單薄的電扇拚命在吹。蚊子跳蚤不知名的蟲都飛進來了。早上外面的浪貓兩隻爬上來找我。表明我多受動物歡迎。我雙腿滿是蚊子印。正對電扇猛吹。我懶得去搞好冷氣。熱打不倒我。

癌症狗很瘦。外表看不出來生病。裡面的淋巴系統都壞了。估只有半年的時間。但是我看牠不知道這件事。牠出去忙著聞東聞西。忙著吃東西。只有人類才會想這種事。只有人類才會想要開冷氣。想要把自己關在房子裡。狗在收容所被關三年。牠現在喜歡半戶外的空氣。人很臭，牠說。牠要有自己的空間。陽台種了滿滿的植栽。狗很喜歡。

狗不知道時間不多。誰又知道自己的時間了。狗的臨終願望是什麼？有天清晨我想到這件事。恢復自由身，自由地奔跑、自由地奔跑吧。那麼，我該準備一條很長的繩子。狗對自己的名字不太有反應。名字對牠也只是人類世界方便的一個字。狗沒有認我為主人。牠不討摸不討吃。乖到不像狗。收容所三年，加上化療十九次。狗的經歷。生過小孩。乳頭現在是黑色的。側嘴缺一角，被舍友咬的以前。不反抗人類對牠的擺布。打針戴頭套關籠子牠很熟。

我習慣生活的狼狽生活的變動。可以接受臨終狗。我沒有要把時間都花在自己身上。我可以分一點時間給狗。給貓。人的時間有多寶貴多高尚呢。我摸到外面的浪貓時間就不見了。我看牠們吃飯時間就不見了。我看狗躺在戶外微風吹在牠身上陽光照在牠身上時間就不見了。我這一生的時間反正都要消失的。

在這種熱的深處我沒有冷氣。在這種疫情深處我收了一隻癌症狗。熱這麼豐滿。人那麼豐滿。滿滿的冰箱。我的冰箱是空的。人們彼此不停地說好話。把好話每天穿在身上戴在頭上。我一次一次感覺我和他們不一樣。我手上的狗是病狗是瘦狗。他們手上的狗那麼美那麼可愛人人都想摸。在這種熱的深處，把燈按滅了。我和兒子和動物們一起睡覺。

在睡覺的深處我和神說，你要我遇見幾隻動物，放馬過來、放狗過來、放貓過來吧。夏天的跳蚤已經盛開。在這種熱的深處，長出了一根白髮。一根頑固的葬禮。我很單薄。很孤獨。端午節沒吃粽子。中秋節沒吃月餅。沒有家人團聚。已經快一年沒有那種桌上滿滿是菜的畫面。永遠都是我和兒子。我繼續認識更多更多的動物。打死更多更多的跳蚤蚊子。

我的年邁就是這樣開花的。在熱的深處。電扇吹在我背後。我靜靜地擴大一種東西。我的毫無用處正在變得強大。我對那些人毫不修飾的利己主義感到厭惡。我牽了癌症狗。牽了六月的盛開。熱風一球一球地襲擊我。

——選自《多年後我憶起台北》，新經典文化，二〇二二

馬尼尼為

馬來西亞華人，苟生台北逾二十年。美術系所出身卻反感美術系，三十歲後重拾創作。作品包括散文、詩、繪本等十餘冊。曾獲選香港浸會大學華語駐校作家、金鼎獎文學圖書獎、鍾肇政文學獎散文正獎、台北文學獎年金類入圍等，也是動物收容所小小志工。

◉選文評析——利他

二〇二一年六月，台灣疫情正嚴峻時，馬尼尼為接出了一隻在收容所關了三年的癌症狗。這隻狗經歷了十九次化療、沒有因為臨終前有個家而認她為主人，或許，也不知道「臨終」是什麼意義。一隻不知自己時日無多，還忙著聞東聞西、忙著吃東西的狗，不正印證了哲學家海德格（Martin Heidegger）所說的，動物其實只有肉身的毀滅可言，人類才有所謂的死亡，因為動物根本不知死亡為何物？但馬尼尼為點出「狗不知道時間不多」，當然不是為了在人與動物之間劃出這樣具有高低位階之別的鴻溝。她問，「誰又知道自己的時間了？」

只不過，即使承認「人確實和動物一樣，也不知道自己還有多少時間」，面對這種不確定性所帶來的死亡焦慮，恐怕更多人的選擇，是把時間花在自己身上。馬尼尼為卻不然：「我習慣生活的狼狽生活的變動。可以接受臨終狗。我沒有要把時間都花在自己身上。我可以分一點時間給狗。給貓。人的時間有多寶貴多高尚呢。我摸到外面的浪貓時間就不見了。我看牠們吃飯時間就不見了。我看狗躺在戶外微風吹在牠身上陽光照在牠身上時間就不見了。我這一生的時間反正都要消失的。」

唯有不糾結於時間有多寶貴，才可能在「人人那麼豐滿」，忙著追求得到更多累積更多的主流趨勢下，依然堅持著極低物欲的生活吧？酷暑時不吹冷氣、冰箱空空的、端午節沒吃粽子、中秋節沒吃月餅、桌上沒有滿滿的菜……表面看起來，她數著一連串的欠缺。但並不然。因為欠缺和欲望其實是同一回事。而她，沒有太多的欲望。

英文的want一字已為我們揭露了欠缺和想要這兩種意義的夾纏。我們總以為是因為欠缺，所以想要，但實情可能是，因為想要，才覺得欠缺，就像口袋裡空無一物原本並不會讓人覺得欠缺，但若有了想要買的東西，「沒有錢」的欠缺感就產生了。也因此馬尼尼為所描寫的一連串沒有，與其說是她的欠缺，不如說對照出人們因為汲汲營營而產生的欲望／欠缺：他們的時間是寶貴的，因為必須有生產力，好把冰箱裝得滿滿的；他們必須「彼此不停地說好話」，才能以語言為籌碼，把好話兌換成可以「穿在身上戴在頭上」的。他們是馬尼尼為所說的，毫不修飾的利己主義者。而能瀟灑說出「這一生的時間反正都要消失」的馬尼尼為，則因為不那麼受制於世俗功利，多出了救援動物的餘裕，少了許多欠缺。如她所說的，「我的毫無用處正在變得強大」。

當然我們大可以質疑，這類動物救援者的利他，難道不是追求自我感覺良好而已？世界上真的有無私的善行、純然的利他嗎？這當然是一個具有討論正當性的問題。事實上，美國情境喜劇《六人行》（*Friends*）裡的兩位主角，喬伊和菲比，就曾經對這個問題的答案產生歧異，儘管是以幽默的手法呈現。身為明星、準備上電視參與慈善募款的喬伊，為了自己同時能上鏡增加曝光率而高興時，被菲比指責在他表面的善行裡，有著不單純的利己動機。喬伊因此憤而要菲比舉例證明這世界上真有無私的奉獻存在，結果菲比選擇自願讓蜜蜂叮咬來創造出一個利他的實例，因為她認為如此可以讓這隻蜜蜂在同伴中顯得英勇，而既然這個行為讓她疼痛、對她自己並沒有任何好處，完全的利他應該就能成立了。可以預期的是，當菲比得知蜜蜂在叮咬人之後可能喪生時，只得繼續尋找下一個例子來支撐她「世界上有所謂純粹的利他」這樣的信念。

情境喜劇丟出來當哏的問題，其實兒童精神分析師安娜．佛洛伊德（Anna Freud）也曾對此進行過嚴肅的思考。不過她不是以二元對立的方式來看待利己與利他，也就是說，雖然她不否認利他的行為中可能牽涉了投射、認同，甚至某種被虐狂，但以父母對子女的態度為例，她認為父母若是願意為子女付出、以子女的快樂為快樂，儘管其中可能也有著想完成自己的夢想、實現自己人生未達到的計畫這樣自我中心的面向，卻不能因此否認其中的利他成分，何況比起人際間如攻擊欲或嫉妒等同樣可能出自想像投射所產生的情緒，因投射而進行利他，畢竟有更多正面的意義，足以建立較美好的情感連繫。只要「以別人的滿足為滿足」不要發展到極端，成為「自己死不足惜」的自毀狀態，我們就還是應該肯定種種願意為他者付出的利他行為。的確，就算純粹的利他並不存在，但如果帶有投射或認同情緒的利他，確實能提升他者的福祉，就不應被貶抑為與利己主義無異。

回到〈癌症狗〉文章本身。自認為生活很狼狽的馬尼尼為，是否和癌症狗產生了某種投射式的認同？或許有。但我相信，願意在人人自危的疫情深處收留一隻癌症狗的她，更在意的，是如何滿足狗的臨終願望，而不是自己在他人眼中看來，是否夠資格被稱為利他。

（Iris）

遇見馬克先生

劉思坊

常常有人問我為什麼還不離開紐約，去其他地方生活？治安那麼不好，通膨如此嚴重，租金無法無天地漲（今年暑假曼哈頓平均房租漲到了五千美金），種種問題都讓紐約這顆大蘋果愈來愈敗壞。我總是先提供官方答案：紐約有文化生活，有各種機會，要吃哪國菜就能找到哪國菜，如此多元的樣貌在美國其他州不常見。但我心中有一個不輕易說出的原因：還不是因為貓。因為貓，我不能離開紐約。

當然，若真要搬離紐約，家裡三隻貓也會跟著我們搬。我說的貓，指的是布魯克林的街貓。我曾經在二〇二〇年六月號的《幼獅文藝》中提到，在紐約疫情嚴峻時，我仍掛念平常餵食的街貓，還是每天外出餵貓。從二〇一九年搬到紐約來，到現在，我已經餵了整整三年的貓。這三年來，不管颳風下雨暴風雪，不管再累再晚，我都仍然維持每天餵貓。出外旅行，也會拜託暫居我們家照顧家貓的朋友幫忙餵流浪貓。「每天餵貓」

這件事寫出來，不過幾句話而已，但只有鬼才知道「挑戰人的惰性」有多困難。好幾次窗外狂風暴雨，我溫暖地縮在沙發上看書，卻得再逼自己從沙發上拔出來，再全身武裝出門。所謂的全身武裝，不是套件外套就好，為了應付冰天雪地，我還需要毛帽，厚襪子，圍巾，靴子，手套等等。我愈是拖拉，外面的貓在寒風裡等待的時間就愈長。

在那個地點餵貓的人不只我們，偶爾會遇到其他的人。只是有人搬走了，就不再回來了，有人只是偶爾經過，有人老了病了。每天固定出現的，也只剩下我。偶爾我會收著其他人不知道在什麼時候放的貓糧空盤空罐，心裡總是希望他們能更常出現。如果能大家互相填個google表單，找各自可以負責的時間，那我身上的擔子可能會輕點，我也可以更常去旅行。但我所住的區域，大多數的人都是勞工，他們不習慣上班族白領階級的責任分工制。他們辛勞了一天，有空餘的精力時才會想到路邊的貓。餵的也不一定是貓食，有時是不要的起司條、炸雞，白米飯，反正想到什麼就丟什麼。丟的東西雖然常常無用，但卻出自同樣的憐憫心。

我們也遇過討厭的人。有一個女人特別愛來找麻煩。她認為她家老鼠滋生，都是因為我們餵貓的緣故。我真想說：「妳不要自己生活習慣不好，還要扯上別人。」但這種時候，阿丹就會跳出來處理，天生具備強大氣場的他只是雙手在胸前交叉，對方就會自然改換語氣。但遇過幾次討厭的人，我心裡就會有疙瘩，每次看到陌生的人往我的方向走近，我馬上就全身豎起毛刺，準備迎戰。

昨晚也是這個樣子，一個身材臃腫的中年拉丁裔男子，突然朝我走近。我馬上警覺地站了起來，採取側身防衛的站姿。

「你們在餵貓嗎？」

「嗯。」我氣弱地回答，準備迎接他的抱怨和責備。

「上帝保佑你們！上帝保佑你們！」他連說了好幾次，誇張地抬頭看著跟著大風搖曳的樹枝，像是看到什麼神蹟一樣。

接著我看見他的眼眶突然變紅，眼睛裡忽然溢滿了水，在夜晚的路燈照耀下看起來像一隻瞪大雙眼的怪異蝙蝠。我還不知道要不要放下戒心時，他眼中湧升的水泉開始往外噴射。一個中年微胖的男子，居然在陌生人的面前，哭泣了起來。

他說他剛停好車，兩隻貓就朝他走來，他認識牠們，因為他常常在半夜出來餵這幾隻貓。但他現在身上什麼都沒有，他心裡非常難受。正當他準備狠心離開的時候，他就看見有人搖著貓食罐子走來。

「這不是神蹟嗎？」他又在那邊繼續感謝主。

我從來就不是上帝派來的使者，我也不是神蹟。我只是被貓制約到不能離開紐約的可憐人，我也是被貓情緒勒索到在冬夜時還得從溫暖沙發上跳起的受害者。

這位先生叫馬克。他除了半夜會來餵貓以外，他還曾經買了個小貓屋，在冬天時放到這塊空地來，但隔兩天就被人偷了。他也在他的院子裡照顧每天來討食的Sabrina，照顧了好幾個月才發現原來人家是公貓。但名字都取了，已經和那隻貓合為一體。只好陰錯陽差地繼續叫下去。但過沒多久，Sabrina就死了，他和他女兒哭得極度傷心，甚至帶去火化，骨灰放在小罐子裡帶回家。

馬克先生又灑了幾滴淚。說今天竟然遇到這麼好的事。

紐約人多半自私冷淡，但像馬克先生這樣的人，我遇到的可不只一次。之前還有廣東阿姨，福州小妹，披髮宅男，紅髮拉丁婆婆，還有一個僂背的老太太（她是餵貓始祖）和一位叫雪柔的黑女人（哎，紐約還真多元，光是列舉這幾個我遇過的餵貓人士，就涵括了這麼多不同的種族。）每遇到一個，我心裡也會敲起同樣的樂鐘：「今天竟然遇到這麼好的事。」

我們就這樣成了彼此心中的「好事」。

回家後阿丹跟我說：“He probably loves cats more than you.”

我故意會錯意說：「他幹嘛愛我，我又不認識他。」

「煩！妳知道我在說什麼。」

我當然知道，我希望全紐約的人都可以比我還愛貓，比我更願意照顧這些街貓。那我就可以離開紐約，我可以去天涯海角，我就自由了。

——原載於「劉思坊　紐約書房」臉書作家專頁，二〇二二年十一月二十二日

劉思坊

出生於台灣台北市，加州大學爾灣分校東亞文學博士，副修性別研究。現居紐約布魯克林，於紐約市杭特大學教授台灣文學與中文。英文散文曾於*The Vassar Review*刊登，中文散文獲選入《我們這一代：七年級作家》。著有散文集《躲貓貓》、短篇小說集《可憐的小東西》。

◉選文評析——羈絆

日本漫畫家深谷薰的作品《夜巡貓8》中，有這麼一則讀來哀傷的真實事件：賣破爛維生的高野先生，在多摩川的河邊搭了小屋，餵養當地被棄養的二十四隻貓，前後長達十三年。但在颱風來襲時，不放心貓兒的高野先生不願撤離避難，最後和貓一起被沖

走了。三隻劫後逃生的貓，至今還在多摩川邊等他回來。

若只將這個故事，視為「邊緣族群與動物相濡以沫」的又一案例，可能會落入一種過度簡化的陷阱。威爾・埃斯納（Will Eisner）《與神的契約》（*A Contract with God and Other Tenement Stories*）中〈管理員〉這個故事，就曾對粗暴偏見潛藏的毀滅性，進行了深刻的刻畫：史卡格斯先生是紐約猶太貧民區一棟公寓大樓的管理員，一臉兇惡的他總是帶著同樣一臉兇惡的狗巡視大樓，沒有房客喜歡他。但只要卸下因為工作而戴上的權威面具，和狗相依為命的他就會對愛犬露出慈祥的笑容。某天，愛犬被前來用計偷錢的女孩毒死了，他自己則受到千夫所指，被誣陷為意圖謀殺女孩的性變態。抱著愛犬遺體絕望痛哭的史卡格斯，最後走上了絕路，沒有任何住戶表示同情。當他的遺體被抬出公寓，偷錢的女孩正在屋外的台階上一邊數錢一邊哼著歌。

誠如埃斯納的故事提醒我們的，底層與人性何其複雜，人並不會因為某個身分而成為他們對動物親近與否的充分條件，若過度強化此一身分標籤，反而可能忽略了每個個體生命選擇的主動性，及其內在更本質的人性。劉思坊的〈遇見馬克先生〉，就展示了一幅多元族群的餵貓人士圖譜，除了拉丁裔的馬克先生外，「廣東阿姨，福州小妹，披髮宅男，紅髮拉丁婆婆，還有一個僂背的老太太（她是餵貓始祖）和一位叫雪柔的黑女人。」他們之間唯一的共同點與連結，無非是貓而已。

不過，種族、階級、外貌、年齡，確實可能影響人們照顧動物的模式——當地人士多屬勞工，餵食方式其實隨性，「餵的也不一定是貓食，有時是不要的起司條、炸雞、白米飯，反正想到什麼就丟什麼。」此種必然會遭到批評的「不文明餵食法」顯然很難見容於大多數的城市，但這些人餵養動物的方式，某程度上正是他們自身生活的縮影：居無定所、食無定時，於是，餵養者亦如街貓般，默默地消失、更替，紐約居之不易，於人於貓皆然。這也成了劉思坊無法離開紐約的理由——她被這些貓綁住了。於是我們發現，〈遇見馬克先生〉一文的主角，乍看之下是馬克先生，其實是「遇見」馬克先生的作者自己。

離不開紐約的理由難以啟齒，因為餵養街貓本就不是人人都能理解與接受之事，至於生涯規畫受到「非親非故」的街貓影響，很多人大概根本難以想像。但是高野先生會懂，史卡格斯先生想必也會，因為，那就是羈絆。

之所以說羈絆，而不僅僅是牽掛，是因為羈絆仍然隱含著某種壓力與不自由的感受——認為貓狗志工以餵食「為樂」，實在是一種誤解。劉思坊在〈布魯克林的貓朋友〉一文，亦曾寫到疫情時期人人嚴守禁令不敢出門，但掛心無人餵食貓朋友的她，仍舊決定「戴上手套與口罩、頭髮塞進帽子裡、披上防風外套，以赴戰場之姿前往餵貓地」。本文同樣提到在狂風暴雨或暴風雪等惡劣天候下，要風雨不改地履行與貓之間的約定何其不易，箇中滋味恐怕只有試過的人才知道。因此她甚至不諱言，「我希望全紐約的人都可以比我還愛貓，比我更願意照顧這些街貓。那我就可以離開紐約，我可以去天涯海角，我就自由了。」

心中覺得不自由，但依然甘願持續著不自由的日子，這就是羈絆。因為情感牽繫之處，有著放不下的對象，為了牠們「一隻隻豎直著天線般的尾巴，直衝我的小腿肚，左抹右抹，像是抱怨，又像是訴苦」（〈布魯克林的貓朋友〉）的身影，可以想像這份不自由還會持續下去。更別說若是哪隻貓臨時或永久失了約，內心的惦記、憂慮與失落，就像詩人隱匿形容的，「此後／你眼睛裡的夜色／就有了一個洞」（〈洞〉）。這些，無非都是羈絆的代價。

因此，透過〈遇見馬克先生〉，我們看到這樣一群人的生命選擇，看見人與動物之間如何建立一種超越階級、文化、身分等標籤的純粹連結，無論認同與否，有些人是這樣活著，他們並非感受不到其中的壓力或代價，仍然願意選擇這樣過日子。就像《夜巡貓》裡那位貓志工志都小姐，掛心某隻不見了幾天的貓咪小灰時的自我解嘲，她說，「沒關係，我就是負責食物跟擔心的。」

（Cathy）

育養者

韓麗珠

我並沒有成為一名母親。於是，我以為不會有養育的體驗。

可是，貓的牙牀腫脹多時。貓擅長隱藏痛苦，而且並不是為了欺騙別人，而是本能地把痛楚埋在身體的深處，以便繼續運作如常。當我在某天習慣性地把他抱起並搔他的下巴，他卻發出短促而尖削的叫聲，我聽到他在說：「痛死了！」我知道，那是一個我不得不面對的問題。

貓是獨立的生物，然而一旦生病，就會呈現脆弱，彷彿從固狀軟成液狀，流向、湧向，並浸沒照顧他們的人。當他們身心堅固時，人貓可以各不相干，但液體卻會互相滲透。育養並不全然是親密，而是包含著責任、規條、嚴厲、施與受、脅迫——那是一種強硬的愛。

我從不知道貓的年齡，醫生只能從他的牙齒狀況估算他有多大。很可能，貓的痛苦，是因為牙齦發炎、牙肉潰爛，甚至蛀牙而引起。拔掉牙齒可以解決這個問題，然而，一旦要拔牙，就必須進行全身麻醉，而麻醉藥則以動物的年齡施以不同分量，藥量過多可能會引致死亡，過少則會讓貓經歷醒著做手術的恐怖。於是，我只能用紗布沾上消炎藥，每天為貓刷牙，希望可以靠他自身的免疫力撐過去。

但貓討厭刷牙。他有異常敏銳的雷達，當我靜悄悄地拿著紗布朝向他，還沒有走近，他已迅速逃竄到看不見的角落。有時候，我只能趁他熟睡時突襲，或，當他躺在地上發呆時，從背後偷襲他。一旦按著他的肩頸，他就無處可逃。

我以為這必然已破壞了我們之間的關係，但他的健康比關係重要。

令我驚訝的是，塗藥兩週後，本來因為牙肉問題而食欲不振，整天沒精打采的貓，又恢復了精神，追著我討食物也要撫摸，而且又像不久前那樣，用兩隻前腳抱著我的手輕咬以示親昵和撒嬌。

與其說是欣喜，我感到更多的是困惑，彷彿行使那種強硬的愛，無意地打開了關係裡的另一扇門——我跟貓更親近——這令我湧起了遲疑。在施藥的過程裡，帶著的威迫，跟施虐接近，而貓從最初的極力抵抗，至慢慢地接受，其中必然有著屈服的成分，不論是屈從於自己的病、關係和意志裡的強弱，還是愛本身。如果這種強制的順從讓他走向痊癒，我即使帶著惶惑的不安，但安心的部分卻其實更多。

育養是不平等的關係。育養者和被育養者，無可避免有著自上而下的凝視，管教和服從，獎賞和懲罰，各種的拉扯之間又滋生出更多不同的自我。育養和飼養又不同，飼養只是餵飼，給被養的足夠的食物和溫暖，以維持生命，但育養者要做的，更多是教導和培育——把對方像陶泥那樣搓捏成心中的形狀，不止是自己心裡的形狀，也是整個社會以至世界所期待的模樣。

我試圖想起為何成了貓的育養者。塗藥最初是為了紓緩貓的不適，而把貓帶回家，最初只是讓他填滿家裡某個屬於貓的空間。然後不知為何，我們慢慢地步進了育養者和被育養的位置，而且樂在其中，大部分的時候，還誤認那是純粹的愛。我有點擔心自己長期演出一個陌生的角色，最後會甘之如飴。

育有兩個孩子的S說過，「母親」的角色總是帶著一種污名。而我身歷其中的是，「不是母親」的角色，才是污名的接收口。當我察覺到原來我是在育養著貓之後，卻感到，或許，那些無窮無盡的羞辱感，根本並非源自任何角色，相反，身分和角色才是這些恥感的出口。

我知道，貓的牙患還沒有完全康復，他只是把痛苦壓在更深處，就像人們把羞恥和憤怒壓在各個器官的底部，直至某個強烈情感來臨的時刻，羞恥感才會像牙痛那樣爆發而出。

——原載於《明周文化》專欄，二〇二二年六月二十四日

韓麗珠

香港當代重要小說家。二〇一八年獲香港藝術發展局頒「二〇一八藝術家年獎」。韓麗珠的小說常帶有超現實主義色彩，她的行文往往安靜透徹，以文學凝視超越表象的真實，在華文世界擁有跨越區域疆界的讀者。

已出版的作品有：長篇小說《空臉》、《離心帶》、《縫身》、《灰花》，中短篇小說集《人皮刺繡》、《失去洞穴》、《風箏家族》、《寧靜的獸》、《輸水管森林》；散文集《半蝕》、《黑日》及《回家》。

◉選文評析——成為親族

貓的育養者，和人類孩子的母親，有沒有不同？在〈育養者〉這篇散文中，韓麗珠記述了她的貓如何抗拒治療牙患，而她又如何勉強貓接受她為牠刷牙塗藥，並因此展開了對育養者角色的思考。不管對象是人類小孩，還是被暱稱為毛孩的同伴動物，韓麗珠

發現，育養顯然都是不平等的關係，因為「育養者和被育養者，無可避免有著自上而下的凝視，管教和服從，獎賞和懲罰」。就算育養毛小孩不用像育養子女一樣，「把對方像陶泥那樣搓捏成心中的形狀，不止是自己心裡的形狀，也是整個社會以至世界所期待的模樣。」但勉強貓這種獨立的生物屈從於她，依然讓作者不安於自己「強硬的愛」。

弔詭的是，韓麗珠百轉千迴的糾結以及不安惶惑，在不覺中其實已示範出與同伴動物「成為親族」所必須具備的態度，亦即覺察到人與動物關係中的愛與暴力，但仍致力於「調音」（attunement）：去理解他者，並尊重其中「不可知」的部分。

這裡所說的成為親族，是借用學者唐納．哈洛威（Donna Haraway）建立親緣（making kin）的說法。她曾在接受史蒂夫．包爾森（Steve Paulson）訪問時表示，身處這個將人們彼此撕裂的世界，最需要的就是創造出更多親族。而她定義下的親族，是指和我們之間「具有持久的相互關聯」，不能在覺得不方便的時候就隨意拋棄的存在。我們對親族負有義務，他們因此絕非可有可無。哈洛威舉例說明這種相互依存的關係：就像「我有一個表親，這個表親也有我；我有一隻狗，這隻狗也有我」。從她的例子裡我們可以看出，她所謂的親族，當然不限定於同類，儘管她從未天真地主張，人可以和任何他者都成為親族，但她相信，親族的網絡絕對可以包含人以外的物種。同伴動物就是其中之一。

表面上看起來，和同伴動物成為親族，似乎不需要特別由哈洛威來大書特書。因為光是「毛小孩」或「同伴動物」這類詞彙，就已經透露了人類確實可能，或早已，將貓狗這類與我們擁有悠長共同生活史的動物，納為親族。但哈洛威所說的建立親緣，並不是那麼理所當然又容易的事，例如首先必須導正對「寵物」的看法。在她眼中，寵物應該易名為「工作動物」（working animal），因為回饋人類的情感其實是很辛苦的工作，其中包含了「勞動與玩耍，愛與暴力」等複雜的關係。但她不像部分動物權倡議者一般，就此主張揚棄這種他們眼中不平等的宰制關係——哈洛威相信，與動物共同生活能帶來深刻而正面的影響。她所倡議的，是人要能為自己的「愛與暴力」衍生的種種形式負起責任。這樣回頭來看〈育養者〉，韓麗珠字裡行間所展現的不安，不正出自對愛與暴力相生的自覺？而對於愛與暴力的形式負起責任的方式，就是承擔做決定的後果——「我以為這必然已破壞了我們之間的關係，但他的健康比關係重要。」

那麼具體來說，到底如何能和異於人類的生命成為哈洛威定義下的親族？雖然在這則散文中，作者強硬施藥的結果並未如預期般破壞人貓關係，貓的狀況好轉，還變得和她更親近，但在許多情況下，「子非魚，安知魚樂」的大哉問始終是擋在成為親族之前的一道藩籬：不僅有些人會據以認定，和同伴動物成為親族終究是一廂情願的投射，就連如韓麗珠這樣的育養者本身，恐怕也不能無惑，以至於直到最後，她還是懷疑「貓的牙患還沒有完全康復，他只是把痛苦壓在更深處」。但哈洛威卻沒有這麼悲觀，因為她相信學習的可能。她以自己和愛犬辣椒（Cayenne）之間的互動為例說明，當他們一起進行敏捷度訓練（agility training）時，並非只是由狗單向觀察人所給出的訊號，人也在試圖理解狗：狗的耳朵正在聆聽什麼？牠的眼睛在注意哪裡？眼睛能看到的顏色、嗅覺能感知的範圍有多廣？對於周遭風吹草動的微小線索，牠的身體如何反應？和同類之間如何交換訊息？透過學習，看似牢不可破的人與動物疆界，其實完全有著被跨越的可能。

人類學者安清（Anna Tsing）便深受哈洛威描述的這整個跨物種學習過程所啟發，在“When the Things We Study Respond to Each Other: Tools for Unpacking ‘the Material’”一文中，她並帶入自身的田野經驗，把這種試圖理解他者的過程比喻為「調音」。她曾在印尼的梅拉圖斯（Meratus）山區進行研究，努力培養自己對當地語言、歷史、文化的認識，儘管這並不會讓她就此成為梅拉圖斯人，也可能在學習過程中出現種種錯誤，但透過持續的調音練習，自然愈來愈能理解在地的動態，她認為這樣的調音，在人與非人之間當然也可能發生，就算在跨物種調音的過程中，或許仍不免有勉強他者接納自己的時刻，但只要能以保持某種開放性作為與他者共處的目標，還是有著調音成功的可能：「我們學習，我們沒有因此變成人類以外的物種，但卻不再只是個靜態的封閉體……是的，人就是人，但不，這不表示我們就只能看著自己的肚臍眼。」

但如果透過學習，依然有未知的部分呢？那又何妨。哈洛威指出，想入駐他者的心靈或達到完美的溝通，近乎一種「綁架幻想」，一種夾帶著暴力、想完全擁有他者的幻想：「如果你認真看待任何人，你要學會的其中一件事，就是不知道（not knowing）。」對哈洛威來說，在一段認真的關係中，欣賞並接受不可知的部分，然後繼續與有所不知的彼此相伴，其實是一種倫理的態度。這樣看來，怕自己「長期演出一個陌生的角色」還樂在其中的韓麗珠，或許可以稍微釋懷，因為擔心自己對「純粹的愛」有過多妄念的這個警覺，就足以讓她比起其他育養者，更懂得如何透過持續的調音，讓隨著愛而來的暴力，變得渺小而無傷。

（Iris）

輯二

離世動物區

三月一日

江鵝

三月一日是美咪滿七，記這天不為習俗儀式，只是一度對這個日期感到緊張。她的離開不是驚嚇，我有心理預備，預備隨時要向兩隻老貓道別的心情已經許多年，但是事情真的發生的時候才知道人能預備的是理智，而且最後關鍵的一個月，還是美咪逐步帶著我備齊了所有未曾預見的理解。人的理解到位之後，貓安靜清潔地走了，滑順得像把最後一塊拼圖按進空缺。

屋裡人貓安安靜靜，公車陸續駛過，社區裡的外來種八哥從來沒停過聚眾喧譁。我開著電腦但做不了事，一看到臉書上的水晶賣家貼出新礦，木木地邀回來，至今養成習慣，家裡多了不少美麗的石頭。手機陸續亮起通知，是幾個工作和社交邀約，我看著自己兩隻拇指以本能打出歡樂正向的語句一一答應。小有驚異，小有感慨，平時愛說萬有實無一有，竟在難得稍微靠近真如覺知的時刻，熱切攀附起種種幻有。跟緊日常情節，好像生命就能恆常。這種句子寫出來荒謬，執行起來卻感覺良好。

但畢竟是死亡。死亡帶來的最大禮物，是旁人的領悟，火化的隔天，起床後吸地，看見自己伸前伸後的手上有條白毛，是美咪的。台灣土貓的毛堅韌有彈性，鑽進織物纖維之間很難清除，最可恨是整條躲在胸罩棉墊裡，平時全無痕跡，見老闆見客戶的時候忽然冒出尖端戳在乳房皮膚上，奇癢無比卻搔不得，只能內心怒喊美咪。我捏起白毛，想起幾次胸罩事件，再把貓毛插回袖子，沒丟到地上吸走。在身上找到美咪的毛以後不會是日常，生活裡少了一個與我長年重疊的生命，不會如常。

沒有特別對人提起她走了，因為不想回答我好不好。其實很平靜，工作吃睡都穩定，只是經過死亡的對比，特別意識到什麼是還沒死的，也會死的。天空下起試劑雨，綿綿霏霏，連日連夜，城與國與人與物浸退十數個色階，當中卻疏落散布著某些事某些人鮮豔奪目，像是不怕藥性。我運作如常，但用來辨識重要與不重要的眼睛再不同於往常。時間那麼少，力氣那麼小，不是不貪，是貪不了。

病貓離世，緊繃而疲勞的愛的意志終於得以解脫，卻怯於解脫，我擔心會不會有什麼漏了擔心。幾乎沒有，現在才知道牽掛的know-how也是冥陽兩隔的事情。只剩一件，我還能擔心的只剩美咪這一程轉生的路能不能順利，這恰恰又是件愈擔心愈不該擔心的事。意念都是召喚，我放開她，她才好走開。

據說轉生前的中陰身最多維持七七四十九日，不信這套也沒別套更顯得可信，在三月一日過完以前，我必須盡可能地不去想她，讓這個世界最大程度地與她毫不相干。立下目標以後，才開始感到困難，幾乎像作戰防諜，我有意識地用各種喜歡的事情塞滿生活，忙碌有利於假裝世界裡再也沒有一隻花色像打翻奶茶叫聲像喊救火的小母貓。其實已經沒有，但我還需要假裝。

做的事情其實不離原本生活操作，只是更勤奮一點聽音樂、看劇、種花。

去年在竹子湖遇到一棵等身高的茶花，枝上滿開，地上一輪落花殘瓣，莫名感動。自小在有庭院的家裡長大，盆栽從來不是稀罕風景，但是很少有花，爸爸不樂意目睹花謝，與其讚嘆盛放之後感傷凋零，不如滿園常綠。十幾歲的時候聽他這麼說欽佩極了，少欲無患是人生智慧，但那天在陽明山的冷風裡撿起一朵正當飽滿的茶花，不覺得只是一朵花，那也是一個活著。知道它注定要死，已經開始在死，但那就是活著。托花在掌心，承著它的來，承著它的去，爸爸不樂意的，我卻嚮往，莫名感到應當嚮往。我立下志願成為一個種好茶花的人，一步一步，慢慢。

手上忙的如果是不必用腦的事情，就聽音樂，音樂能阻斷思考，但我對人聲失去耐性，多數歌詞都像沒話找話，古典音樂相對耐聽。最近重新喜歡起韋瓦第的《四季》（*Le quattro stagioni*），從前曾經非常厭煩，不少虛以委蛇的應酬發生在播放著《春》

的商務現場，去年底看過《燃燒女子的畫像》（*Portrait of a Lady on Fire*）之後，記憶從《夏》開始重灌了整個四季，畫面是片尾那少婦的兩眶眼淚和地動山搖。能夠風涼理解他人的地動山搖，是畢業了好幾所難讀的學校吧，我要是我女兒的話會好好讚讚我。

音樂畢竟是頻率，承載情感的頻率聽久了還是累，世間使人疲勞，累積到一定程度只能聽叩鐘偈。叩鐘偈是出家人的祈願，清晨眾人起床前，和晚上眾人入睡前，逐句誦偈，逐句叩鐘。暮鐘比晨鐘溫柔入世：

「干戈永息，甲馬休徵。陣敗傷亡，俱生淨土。」
「飛禽走獸，羅網不逢。浪子孤商，早還鄉井。」

文言字簡意廣，吟誦起信願來似乎更為純粹深宏，聽起來極為相應。究竟應在哪裡也說不上，一般佛門語言買我不動，只是覺得聲音裡有個什麼東西，能把四處垂散的不知又是什麼東西收攏回來，邊齊邊角對角，重心復歸，站得穩不穩，騙不了自己，生命中一切令我站穩雙腳開胸呼吸的，都值得讚嘆感激，其餘，靜默或唏噓。

以為用來成就美咪的計畫，結果成就了自己，為自己的話根本不好意思這麼盡情過活。如果一開始沒有那麼焦慮刻意以三月一日為題發系列廢文，可能自得其樂到連七七期滿都沒注意。自從她病，我體內生出一股意志，無論發生什麼，無論多麼恐懼迷惘孤單，都要守住她在衰退的過程裡保持最大的平安，此刻任務完結得不能更完結，我開始允許自己隨意念想，經過幾個七天的沉澱，死亡震盪起來的一切重新落定，理智在當時無力辨識的陌生心情，終於得以長養。我站在新填的地岸上，注視不斷遠去的她樣貌開始模糊，察覺到一種從沒有過的悲傷逐漸成織，相對於我更生後的強壯，非常纖巧透明，覆上我的皮膚，透出我原來的顏色。

我開始告別一隻貓，也告別一個我。

——原載於作者臉書粉絲頁，二〇二一年三月五日

江鵝

一九七五年生，輔仁大學德文系畢業，來自台南，住在台北。人類圖分析師兼自由寫作者，經營臉書粉絲頁「可對人言的二三事」，著有《俗女養成記》、《俗女日常》。

◉選文評析——中陰

喬治・桑德斯（George Saunders）曾藉由林肯夜訪亡子威利墓園的軼事，建構了一個眾「魂」喧譁，「秋墳鬼唱詩」的小說世界《林肯在中陰》（*Lincoln in the Bardo*）。仍殘存著欲望與記憶、執著與恐懼，身不由己地徘徊在中陰的亡靈們，不忍年幼病逝的小威利陷入同樣處境，苦勸男孩離開，計畫卻被深夜進入墓園拉出「養病箱」（棺木）的林肯破壞……

桑德斯所謂的「中陰」（bardo），經過了文學與想像的轉化，但仍保有它源自藏傳佛教的核心精神，亦即指向死後到重生之間的過渡階段。對死後的一切仍有覺知的死者，則處在中陰身的狀態。這套信仰系統在華人世界亦相當普遍，因此，或許我們可以形容〈三月一日〉，某程度上正是江鵝版的「美咪在中陰」。

嚴格來說，這篇文章寫的其實是「三月一日之前」，也就是從老貓美咪安靜離開，到三月一日滿七之間，牠處於中陰身的這段日子。不同於桑德斯，江鵝無意建構美咪離開後，牠的意識與魂魄可能的樣貌，相反地，她試圖想像的，是「美咪不在（中陰）」——因為惦念著仍有覺知的死者，期待對方無牽掛地度過中陰階段，故而看似矛盾地不去想像死者的覺知，假裝死者早已不在，世界和自己，都與牠不再相關。「我有意識地用各種喜歡的事情塞滿生活，忙碌有利於假裝世界裡再也沒有一隻花色像打翻奶茶叫聲像喊救火的小母貓。其實已經沒有，但我還需要假裝。」

「其實已經沒有，卻還需要假裝沒有」，正是本文最弔詭之處，卻也最深刻地呈現出道別的艱難。如果說，離世溝通傳達的是生者仍想與逝者連結的嘗試，「假裝死者不在」則是反其道而行，透過刻意地不再念想，讓逝者順利前往彼岸，因為「意念都是召喚，我放開她，她才好走開」。一如我們或多或少都曾聽聞的叮嚀：不要讓眼淚落在逝者身上，那會令他們疼痛與牽掛。一旦陰陽兩隔，愛與思念彷彿都需要小心翼翼避開，以免召喚反成羈絆。

事實上，對於生者而言，「假裝還在」或許是更符合人之常情的反應模式。數度前往墓園拉出「養病箱」的林肯，不正是透過一次又一次再看「最後一眼」的過程，去辨識稚子「還在」的小手與臉蛋，想像著如果《聖經》中死而復生的拉撒路為真，何以威利不能重演此情此景？一再取出棺木之舉或許過於極端，但所謂音容「宛在」，那宛在，不也是透過保留逝者之物，象徵性地否認對方已永遠離開的事實？那些物件，既是回憶的線索，更是「曾在」的證據。

道別的艱難，也就難在這「斬斷」的過程。如同林肯必須在內心說出「（少了生命力，躺在這兒的只是──說呀。）一塊肉」，才有可能真正地「蓋棺」，面對愛子無法重返的事實。江鵝則選擇相信斬斷召喚的意念，能換取美咪的靈魂順利轉生，畢竟，「不信這套也沒別套更顯得可信」。

於是我們恍然，至少對於江鵝而言，相信中陰與其說基於信仰，不如說是為了進行告別的儀式。一如她聆聽叩鐘偈，只為「聲音裡有個什麼東西，能把四處垂散的不知又是什麼東西收攏回來」。而一切在美咪中陰階段時，斬斷念想的活動，全都是一種「一切如常」的練習，正因為「生活裡少了一個與我長年重疊的生命，不會如常」，才迫切地需要「如常」的練習，讓自己能在「經過幾個七天的沉澱」後，將「死亡震盪起來的一切重新落定」。這也是何以她說，「以為用來成就美咪的計畫，結果成就了自己。」說穿了，一切的儀式，原本就是為了生者而設。

誠如伊雯・殷伯-布雷克（Evan Imber-Black）與簡寧・羅伯茲（Janine Roberts）在《生命中的戒指與蠟燭》（*Rituals for Our Times*）一書提到的，生老病死等生命過程的巨大轉變，會帶來令人不安的不確定感，但儀式將我們和歷史、文化、宗教、可能的未來，以及人類共通的感受連結在一起。在儀式之中，那些我們無法掌控的一切，都彷彿變得安穩而可控制。換句話說，假裝「不在」，或假裝「還在」，無非都是為了，習慣他們的不在。於是，當「任務完結得不能再完結」，她開始允許自己「隨意念想」，因為要斬斷的從來不是想念，這個「期間限定」的避免想起，只是一種讓自己習慣死生之間的疆界，習慣貓不在了的儀式。

從這個角度來看，勉強自己斷開念想也好，放任自己傷心流淚也好，都是療傷的方式，原無優劣之別。死生流轉，各有應對之法，能順其心就好。就像文中提到的，父親不願目睹花謝，寧願滿園常綠，故家中庭院少有植花。父親的態度讓人想起《紅樓夢》中喜散不喜聚的林黛玉：既然散時清冷，不如不聚的好，花謝令人惆悵，倒是不開的好。但當江鵝在竹子湖拾起一朵依然飽滿的茶花，「知道它注定要死，已經開始在死，但那就是活著。托花在掌心，承著它的來，承著它的去，爸爸不樂意的，我卻嚮往。」為了曾經的活過，就算愛別離苦，她依然願意，立志成為一個種好茶花的人。

（Cathy）

忽夢年少事

騷夏

朋友的貓走了三年，她問我，看到臉書動態，還是會哭得一塌糊塗，為什麼還是走不出來？我告訴朋友，這很正常啊，我的老狗，算一算，死去超過二十年了，還是會想念啊。

狗死在我懷裡，我抱著，起先是毋喘氣，我把手靠在狗的胸口，心臟還在跳，跳一下，再跳一下，然後我再也等不到。

我的狗已經死掉超過二十年了，所以，我在學動物離世溝通的時候，心想，第一次連線就連牠吧。我一定不會哭的。

冥想的時候，我正攀爬在一棵大樹，高聳入雲的參天巨木。靈魂是主幹，每一世都是一根分岔的樹枝，我選了其中的一枝握緊，俯身往下看。

然後我看到我的狗現在變成一個人了，一個美國人，男生，中學生的樣子，正在學中文，一橫一豎中文字寫得歪歪扭扭，他一筆一劃像是學走路般認真，我卻看到過去的我搭著小狗的腳教牠怎麼爬樓梯的疊影。

美國男孩後來跑去海邊衝浪，腳上綁衝浪板的繩子，是橘色的，我一眼認出，因為那是我家狗的牽繩的顏色。

我喊著牠的名字：「阿咪啊阿咪啊！」喊著喊著我怎麼哭起來了呢？

狗記得我，狗的靈魂也問候我，還問我一個奇怪的問題——牠想問我還有沒有在寫作？

狗的靈魂回憶生前，牠最懷念的時光，是我都牽牠散步去買報紙。當時我是高中生，我幻想自己的文章可以登上報紙副刊，稿子寫在稿紙，厚厚的一大疊，摺到信封再去郵寄，但我投了很多稿都石沉大海。反正都要帶狗散步，都要買報紙，一買到報紙就先翻副刊，看有沒有自己的作品登出來。

然後我就去讀大學了，只有放寒暑假的時候我們才會一起去散步，後來聽說這樣投稿法真的太傻，年少的我逼自己快忘了這段羞恥的過去，寫作的天才都嘛是英雄出少年，這種鴨子划水的笨事，還是少讓人知道的好，幸好只有我自己知道。

但，我的狗，竟然記得。

我當場哭倒。「有的，有的，大姊現在有完成當時的夢想了。」「阿咪啊阿咪，大姊姊好想你啊，嗚嗚嗚嗚……」

我家狗的靈魂很替我開心，說他會更認真學中文看懂大姊寫的字。——「那麼大姊可以不要寫太難的中文嗎？」

「好的，好的。」哭得東倒西歪的我，在斷線前對狗下了這個承諾。

沒錯，現代詩對學中文的外國人太難了，大姊答應你，決定一定要好好寫散文，我第一本散文集成書的時候，特別整理了一些極短，表面上是當初報紙副刊專欄集結，私底下我其實很想獻給這個——很難言說的理由。

不要管我是不是嗑了什麼，看到一些幻象，至少，我懷著不管怎樣要把散文出成書的心願，讓我完成上一本書。我把見到阿咪這件事講給我家人聽的時候，我媽和我弟、妹也都哭了，因為我們都很愛那隻狗，不管是真是假，聽到牠過得好，真的很不錯。

——原載於《幼獅文藝》「魂與紀」專欄，二〇二三年二月一日

騷夏

一九七八年出生於高雄，淡江大學中文系、東華大學創作與英語文學研究所畢。筆名擷取《離騷》之「騷」與出生於「夏」之意。

現居台北，養貓一黑一橘、植株些許。出版作品有散文《上不了的諾亞方舟》，以及詩集《瀕危動物》、《橘書》等。

◉選文評析——離世溝通

「你試過（相信）動物溝通嗎？」這個問題，就像個暗號或通關密語，問與答的雙方，往往比伸出觸角彼此碰觸的螞蟻還要小心翼翼，就怕一旦道不同不相為謀，會落入被人嗤之以鼻的尷尬處境。畢竟，它的另一個名字「動物傳心術」，已清楚凸顯其超越實證經驗的抽象特質。此種溝通形式所訴諸的直覺感應，顯然違反我們所熟悉與長期信奉的，科學理性眼見為憑的價值觀，但對於和動物一起生活的人來說，難免苦於無法更深入理解這些不同生命形態內心的所知所感，此時若有人聲稱能協助我們推開那道通往動物感知之門，自是求之不得。

於是，動物溝通一方面在飼主需求提高的情況下，市場益發擴大，但另方面一般人看待此一領域的態度也更趨兩極化：熱門動物溝通師的預約名額總是瞬間「秒殺」，反對者卻斥為怪力亂神。本文所涉及的「離世溝通」，更顯得過度玄幻，如同前世今生的輪迴轉世之說，可能只有原本的宗教、信仰系統接近的人，才較容易接受。不過，若只將動物溝通視為信者恆信的「新興宗教」看待，恐怕會錯過其中所涉及的人與動物關係，以及它作為一種療癒形式的意義。

騷夏其實也清楚意識到動物離世溝通的爭議性，因此在文末特別強調「不要管我是不是嗑了什麼，看到一些幻象」，可見他知道不少人會將此種溝通方式視為個人的幻覺與妄念。但與動物建立溝通管道的欲望與想像，在漫長的人與動物互動史中從未缺席：古有相傳通鳥語的公冶長；兒童文學經典中那位會說各種動物語言的杜立德醫生，知名度可能更勝真實世界的任何一位獸醫；哈利波特則是能通蛇語的「爬說嘴」。在科學的領域，開發能辨識動物語言的程式，也是方興未艾的研究方向。早期陽春的「貓語翻譯機」，現在已成為一款可自行下載的app程式，如果對翻譯出來的結果不滿意，還可以自行輸入文字修改，讓人工智慧的準確度更為提高。無論相信與否，這些故事和嘗試，都證明了與動物溝通、理解牠們內心世界的想望，具有一定的普遍性。

儘管騷夏分享的離世溝通經驗仍看似過度離奇，令人半信半疑，但讀者的信或疑，顯然並非作者關注的核心，因為與其說本文是為離世溝通的可能性背書，不如說騷夏藉這個溝通／想像形式呈現的，是同伴動物之於我們，最珍貴也無可取代的，獨一無二的陪伴意義。更重要的是，騷夏提醒了我們，這份記憶與經驗，是人與動物共享的。這些相處的時刻與回憶，不僅僅對我們有意義，對於動物來說，同樣是牠們或長或短的一生中，讓牠們感到歡喜、平靜或感受到愛的時光。那被遺忘的年少時的夢想，「我的狗，竟然記得。」

若說動物溝通具有什麼「積極性」的意義，亦在於此。透過動物溝通（無論離世與否），人在承認動物「靈魂」存在的同時，等於也將牠們的意識、意志與記憶納入考量，並將其視之為一個可平等對話的主體。當然，也有飼主僅將其視為新穎的動物管教手段，但那些真心想與動物對話的人，無疑對人類歷史上長期將動物視為沒有靈魂的機器之主流價值，帶來了思維上的衝擊。

有人或會質疑，動物在世時尚有對話意義，離世後主體已不復存在，有何「溝通」可言？溝通云云，無非是飼主一廂情願的「腦補」。然而就算一廂情願，就算是想像，也能帶來安慰。因為離世溝通最核心的意義，是一種延長連結的方式，讓已逝的曾經，在記憶裡重新被召喚，並賦予新的形貌。「因為我們都很愛那隻狗，不管是真是假，聽到牠過得好，真的很不錯。」透過一廂情願的連結所做出的，難以對外人言說的承諾，更是貌似虛幻的對話中，真實無比的，愛的重量。

離世溝通，其實是一帖開給思念的處方箋。

（Cathy）

跟我玩躲貓貓吧！

葉子

在夢裡醒來，你照例趴在我的胸口上，呼嚕呼嚕的。

我一邊摸著你，叫著你的名字。突然你開口跟我說：「跟我玩躲貓貓吧！」你說，在我們的日常裡就能尋找到你，生活中的蛛絲馬跡都是線索。你要我閉上眼睛數到一百來找你，我數著數著卻又睡去。

再次在夢中醒來，胸口上已不見你。棉被上還有你睡過的凹陷彷彿餘溫猶在，上面留著黃白相間的毛以及一根白白長長的貓鬍鬚，我一伸手收進鬍鬚專用盒中，裡面有無數根貓鬍鬚像是珍寶箱。我低嗅著你的氣味，像搜救犬般，在房裡各處追著你的氣味前進。

貓砂盆裡還留著心型的尿塊，我老覺得這是你隱晦表達的愛意；食盆裡吃剩一圈乾糧，你總覺得中間沒了就是吃完了；床頭櫃上茶杯裡的水已經被你喝掉大半，那原是我準備半夜口渴時喝的，卻老是被你搶先喝上。環視臥房一圈，衣櫥裡面沒有你，洗衣籃裡沒有你，連你最愛的賞鳥專用椅上也沒有你。伏彎下身往床底查看，床板下方除了被你玩進去的貓草玩具外，只有塵埃成堆。

我開始有點心慌，連忙往客廳走去。沙發上排滿了貓睡窩，想起你總愛睡在我的大腿上，我不想吵醒你卻把我的腳壓麻了，我一瘸一瘸邊走路邊抱怨你的場景好似昨日。咖啡色的印記出現在客廳每個牆角，這是你留氣味的方式，用下巴磨啊磨的，把客廳圈成你的地盤，我當然也是你的。

你不在客廳，應該就會在廚房吧。我尋思小吃貨最愛的地方肯定能找得到你。流理台上還有你吃罐頭的碗、吃肉泥的盤；這陣子你食欲不佳，我把裝著各式罐頭的小盤小碗排成九宮格擺在你面前，但你什麼都不要，只是眼睛汪汪地看著我，然後我們一起嘆氣。

我以為你隨時隨地都會在，就像是空氣裡的氧，此刻我找遍全家找不到你，才知道那種快窒息的感覺，你不見了，而我依賴的氧氣也真空了。

我坐下來開始回想，想你的最近、想你的過去、想你經歷過的，那些在我每天庸庸碌碌忙亂中遺忘的。我想起你的最初，出生不到四天還沒有一個手掌大，我靠著兩三個小時餵奶一次慢慢拉拔你長大，不小心把你照顧成十公斤的巨貓。這一晃眼十二年就過去了，我以為我們還有很多時間，那些貓哥哥貓姊姊們不都活到十九、二十歲還好好的，那麼，才十二歲的你肯定不用我太擔心。

所有的後悔好像總是在來不及的那一瞬間湧出，所有的自責在找不到你的此時如火山爆發般噴灑，我終於受不了大聲哭喊了起來，「別躲了！快出來，我找不到你！你快出來啊！我不想跟你玩躲貓貓了！你不要離開我！」歇斯底里這詞已無法形容當下的狀態，整個屋子、整個世界是不是下一秒就要崩解沉淪。

忽然間，你從書櫃的上方跳了下來，睡眼惺忪，你慢步走向我，磨蹭著我的手我的臉，翻身露出白色肚子倒在地板上對著我長長地喵了一聲。我緊緊把你抱入懷中，感受你的體溫你的心跳你的呼嚕震動，我把頭埋在你黃色的毛中，再也抑制不了眼淚，我對你說：「我以為我永遠失去你了。」

此刻的你不會說人話只是喵喵叫著，我似抓到《全面啟動》中那顆倒下滾動的陀螺確認順利地回到現實世界，那麼之前一定是在夢中吧！我猜想著，所有的後悔無助都來得及，我們還可以努力盡力去補救改變未來。

我被人搖醒，不過就在一秒鐘之後，夜還是那麼深沉靜寂，他說我做了一場惡夢。我被迫回到沒有你的世界，這個世界裡的你因為心包積液急性衰竭，醫生和我們都來不及挽救，眼睜睜看著你沒了呼吸倒下去，十二歲的生命就這樣消失。送你離開看著你火化，我似不願意接受這樣殘酷的事實，一次一次再讓自己陷入深深的睡眠中。

在哪個夢裡的夢裡，你告訴我：「跟我玩躲貓貓吧！」

在我四處找不到你驚慌的那時刻，你會從容地從某處緩緩走來，坐著睜著圓圓的大眼，對著我長長地喵一聲。

似夢似真。

葉子

網路名稱為Leaf Yang，二十幾年前意外救助一隻雙眼爆膿的小貓開始，與貓的緣分從原本的平行線交織成密不可分的感情線。無償擔任貓中途，救助流浪貓無數，並將照顧送養貓咪的過程中學習到的經驗透過書寫，分享給更多人知道。著有《貓中途公寓三之一號》、《心中住了一隻貓》。

◉選文評析——創傷

葉子的〈跟我玩躲貓貓吧！〉，讓我想起佛洛伊德（Sigmund Freud）在《超越快樂原則》（*Beyond the Pleasure Principle*）裡曾提起的，孫子所玩的躲貓貓遊戲。只是在孫子發明的遊戲裡，躲藏的並不是貓，而是他自己——才一歲半的他，面對不落地的全身鏡，玩起「蹲下去讓鏡像消失，站起來鏡像又出現」的遊戲，以打發母親不在時的無聊；更多時候，他會把木製線軸玩具拋出去，扔到看不見的角落，再把線收回來，反覆玩著線軸不見了、線軸回來了的遊戲。不管躲起來的是自己，還是線軸，孫子所進行的這個關於「不見了」的遊戲，看似是不快經驗的重複——等於不斷提醒自己母親的不在——對佛洛伊德來說卻隱含著理解創傷官能症者夢境的鑰匙。

如果說人的天性都是趨樂避苦，那麼白天努力不要回想起創傷經驗的患者，在夜裡一次次回到遭受驚嚇的事故現場，該怎麼解釋？雖不能完全類比，但佛洛伊德仍在孫子的遊戲裡看到可能的解答：母親離開所帶來的不快，可以反覆地用「消失又回來」的遊戲來處理——媽媽會離開，但她還會回來，就像我的鏡像、我的線軸玩具，消失了會再出現，缺席，只是暫時的。透過遊戲，我不再被動承受著母親離開的不快，因為這個「不見」是由我所發動的，而且我總是能尋回那個以為消失了的東西。如此，不快的經驗好像變得可以承受了，因為都在控制之中。

創傷的夢之所以再三出現，恐怕也是如此——創傷的發生，往往是因為猝不及防，於是充滿遺憾與悔恨，如果能主動回返現場改變點什麼，那麼這次的故事，或許能有不同的結局，即使只是在夢裡。

但葉子夢裡的躲貓貓遊戲，遠比佛洛伊德小孫子一個人的躲貓貓，更令人哀傷。跟隨著葉子的描述走一遭，很快就會發現，這個從貓咪幸福的呼嚕聲開始的夢境，確實是個創傷經驗下的惡夢，一進入躲貓貓的遊戲，隨之而來的就是不安與心慌，因為那些「破關」需要的線索，種種貓曾在的痕跡，指向的都是牠的不在，而夢裡（虛妄）的安心，換來的更只是醒轉後得再承受一次的殘酷現實——來不及挽救因為心包積液急性衰竭的貓。「消失又回來」的遊戲，終究只是夢一場。

文章開頭與結尾呼應的「跟我玩躲貓貓吧！」，像是預示了貓對主人的這句呼喚還會不斷在夢裡出現，一如所有的創傷夢般重複。而葉子所道出的，這個夢的形成動機，亦如同佛洛伊德理論的推測，是為了改寫創傷經驗，修補已經無法修補的現實。貓在夢中現身：「你慢步走向我，磨蹭著我的手我的臉，翻身露出白色肚子倒在地板上對著我長長地喵了一聲。我緊緊把你抱入懷中」，於是，「我似抓到《全面啟動》中那顆倒下滾動的陀螺確認順利地回到現實世界，那麼之前一定是在夢中吧！我猜想著，所有的後悔無助都來得及，我們還可以努力盡力去補救改變未來。」

儘管終究要從夢中醒來，回到「沒有你的世界」，儘管再次夢見還是會再次驚慌，但我想，葉子還是會一夢再夢吧，因為重返創傷場景改寫結局，永遠只能在夢中：「在我四處找不到你驚慌的那時刻，你會從容地從某處緩緩走來，坐著睜著圓圓的大眼，對著我長長地喵一聲。」

以夢處理創傷，徒勞，卻未必不幸吧？想起連夢裡也不曾再聚的，我失去的心愛的Kiki，我多想在夢裡相見，即使要哭著醒來。

（Iris）

告別的姿態

杜韻飛

在加拿大安大略省剛剛結束了一場「生殤相」個展，事後藝廊主人寄給我一些網路上的報導與藝評。

讀者回應相當熱烈，卻也十分兩極：一方認為這套作品之於動保運動與生命課題而言，是極為重要、且具有啟示性質的藝術創作（message art）；另一方則認為這樣的作品「具剝削性」（exploitative），是「沒有品味」（tasteless）的劣等之作。

兩方讀者來回筆戰、互不相讓，進而演變成情緒性地相互指責。最後，對話有如末日過後人煙滅絕般，毫無預警地戛然而止。

就在不久之前，我做了一個夢。

故事沒有鋪陳，夢中的我直接被置入一個場景：我站在一台拍立得相機後面，鏡頭對著的，是一名吸毒過度、不省人事的女孩。為什麼我知道眼前這女孩是吸毒過度並不得而知，為什麼我知道這女孩是不省人事而並非一具屍體也不得而知。

夢境就如同未盡數刪除昨日影像的數位相機記憶卡，總會為做夢的人植入片片段段宛如前世記憶的資訊，不需要任何原因與理由。

從觀景窗望出的景象是任何攝影師都不願錯過的畫面，那絕對是一張值得後世傳唱、藝評人大書特書的曠世傑作。

我的食指遲疑地輕碰著快門鍵，卻怎麼樣也按不下去，強烈的不安與不忍襲擊而來，但是驅使我拍攝眼前這幕令人（我）震懾影像的衝動與欲望，卻也同時籠罩著我。

女孩就這樣一動也不動，看來短時間內都不會有任何動靜，甚至很有可能再也不會醒來。但我怎能就這樣等待？如果她醒了過來，我怕是再也拍不到眼前這張照片了？躊躇再三，感覺像是過了許久，我最終還是按下了快門。

拍立得照片並沒有如常地被機器輸送出來。按下快門同時，相機無聲膛爆，噴出大量黏稠的化學乳膠，沾滿了我的雙手與全身；但我壓根沒想到自身的狼狽，反而是轉身快跑到隔壁的房間，翻箱倒櫃，一心一意只想找出鏡頭更好、畫素更高的相機。

我不曾拍到那張相片，在找到相機之前我便驚醒。

這個夢境至今困擾著我。想要拍到那幅令人震懾的影像的衝動與欲望已不復在（或許是因為在真實生活裡我認知那確確實實只是一場夢，那個場景不曾真正存在，拍到那張照片的可能性當然也不曾真正存在），但是，夢境中強烈不安與不忍的感覺卻真實並持續地綑綁著我。

夢境透過這般曲折與另有所指的方式倒映著現實的處境，現實與夢境一次又一次反芻與吞噬著半夢半醒的肉體與靈魂。

所有回應肉體與靈魂深刻召喚的創作都是作者的自畫像，此時的剝削者同時也是被剝削者；我還是相機背後那不安與不忍的人，同時是夢境中的那個女孩，也是現實中我所拍攝的那些狗。

不論「安樂死」再怎麼人道，過程再怎麼平和無聲，當你親眼目睹一個個鮮活的生命在下一秒鐘心臟被迫停止了跳動，脫糞成了一具具冰冷的屍體，這永遠都是一件痛苦的事。

一直以來，在我的相片中，這些狗是以受害者的姿態被展示；影像中的牠們總是既悲傷又迫切地凝望著，期待觀者的回眸，彷彿只有人類正視牠們的苦難，才能確認牠們曾經真實地存在過；彷彿唯有如此，肉體才能真正放鬆，靈魂才能真正安息。

但原來，是我一廂情願地錯認了告別的姿態。

二〇一一年十月二十四日當日並沒有什麼預言式的不尋常，我如常地拖著不情願的身子來到了收容所，選定了一隻皮膚病相當嚴重的流浪狗，原因僅僅是那幾近無毛的皮囊看似瘦骨嶙峋的老人身軀，那顯然符合我的拍攝設定。牠並不恐懼，卻也不太回應人類的撫摸也不太理會牽繩的引導，以致我最終得抱著皮膚發燙的牠，走進我在收容所會議室內所架設的簡易攝影棚。

12:09 p.m.

相機凝結了這個轉瞬。

一個小時又五十四分鐘後，海水藍色的液態苯巴比妥鈉如海嘯般經由針頭推進了牠的前肢靜脈；沒有掙扎，兩、三秒後，無毛的皮囊垮陷在我的懷中，失了知覺，失了心跳。

牠與其他的狗屍擺放在一起，等著被裝袋，送入冰凍庫；在這裡，牠們還得等待政府招標委託的焚化業者取去火化。那是肉身化作一縷孤煙前的最後旅程，我從來無緣送牠們。

一直到今天，這幅影像持續從不間斷地向我開示道義。

牠並不凝視觀者，以這樣的姿態堅定地宣告了：生命本是自然大化的創造，生命的尊嚴與生俱來，並不因他人的褒貶與差別對待而有任何增添或是折損。

牠大音希聲地吶喊了：「只有人類，才會無病呻吟地苦惱與思索著存在的意義與生命的價值；而我，用盡了身體每一寸肌肉的每一絲氣力，只是為了要活著。努力去活在這一生的每一瞬，存在本身就是生命的意義。」

牠的預言如沙漏墜下了：唯有不卑不亢，真真切切地活著，在生命的最後一刻，我們才有可能懂得如何告別。

牠不在了。我還在，還在體會，還在學習。

——原載於自轉星球編輯部，《練習說再見Lifestyle Magazine》Vol. 3停刊號，自轉星球文化創意事業有限公司，二〇一三年一月二十八日

杜韻飛

一九九八年於羅德島設計學院取得攝影系純藝術學士學位。二〇一〇年起，以攝影為主要媒材開始獨立創作。作品《生殤相》於二〇一一年入選紐約攝影節評審邀請展*PROVOCATION*，二〇一二年獲第十屆桃源創作獎首獎，同時獲得全世界重要傳媒的關注報導。

◉選文評析——不安

攝影師威爾・史岱西（Will Steacy）曾編選過一本「沒有照片的攝影書」，名為《缺席的照片》（*Photographs Not Taken*），收錄數十位攝影師對自己未曾／未能拍下的瞬間之回憶。那些瞬間有時是令人懊惱的錯過，有時是遭到被攝對象阻止，但也有更多，是基於某種倫理的遲疑。一如達夫・安德森（Dave Anderson）無法拍下一個在黑夜中淚眼抱著死去愛貓的男子，因為他認為「當人傷痛之際，你要幫他們拍照，最好要有個很好的理由」。福爾摩斯提醒我們，沒有吠叫的狗，才是更值得注意的線索；那些未曾按下的快門，或許也才是攝影師未必形諸於文字影像的核心價值所在。

杜韻飛〈告別的姿態〉一文，同樣關乎一張缺席，或者說注定缺席的照片，因為那是一張夢境中的照片。夢中的他在一個吸毒過度、不省人事的女孩面前，同時被兩種強烈的情緒拉扯：「強烈的不安與不忍襲擊而來，但是驅使我拍攝眼前這幕令人（我）震懾影像的衝動與欲望，卻也同時籠罩著我。」躊躇之後他做了選擇，而夢境的後續格外值得留意：按下快門的同時，相機噴出無數黏稠的乳膠，但他無視身上的狼狽，反而跑去隔壁想找出更好的相機——只不過在拍出「更好」的相片之前，他就驚醒了。

我們或許無須對這個夢進行太多解析，因為杜韻飛自己在文中已經試著這麼做：

「所有回應肉體與靈魂深刻召喚的創作都是作者的自畫像，此時的剝削者同時也是被剝削者；我還是相機背後那不安與不忍的人，同時是夢境中的那個女孩，也是現實中我所拍攝的那些狗。」夢中的掙扎與躊躇，來自於現實生活中拍攝收容所犬隻臨終前影像的《生殤相》發表後評論的兩極，以及部分認為這是「剝削」的批評聲音。

杜韻飛的攝影倫理，當然無法也不應用一篇短文來蓋棺論定，然而夢中的狗即使被置換為女體（更容易也更常碰觸到物化與否爭議的對象），即使在按下快門後面臨了一身狼狽的後果，他還是想著要去找出更好的相機，顯然意謂夢境某程度上對於現實中的種種質疑，與他或許因此產生的某種動搖，給出了心之所向的回應——就算不安與不忍，仍要按下快門。或者應該說，正因為不安與不忍，更需要按下快門。

不忍，比較容易理解。畢竟他所拍攝的對象，是生命正在被無情倒數計時的，收容所中的狗，其中許多更由他兼任送行者的角色，「無毛的皮囊垮陷在我的懷中，失了知覺，失了心跳。」無論這個過程再怎麼「溫和人道」，「當你親眼目睹一個個鮮活的生命在下一秒鐘心臟被迫停止了跳動，脫糞成了一具具冰冷的屍體，這永遠都是一件痛苦的事。」

但《生殤相》更深層的意義，即在其中蘊含的「不安」。杜韻飛曾表示，拍攝《生殤相》的過程，是「不斷在矛盾的悲傷與興奮之中拉扯」，他甚至形容這個「預知死亡紀事」，是台下的人知道台上角色的結局，台上的角色自己卻不知道，「這個張力產生出來的某種興奮感，是變態的。」[1] 杜韻飛並未迴避身為攝影師對於能拍出具有張力與話語的影像時，「見獵心喜」的誠實心情，但此種心情的存在與對這些狗死之將至的不忍並無衝突，正因為它們並存，不安由此而生。狗在夢中被轉化為對昏迷女體的窺視，恐怕也正在於攝影師內心，隱隱對追求影像張力背後隱含的「變態」感到不安。

從另一個角度來說，《生殤相》之所以能帶給觀者複雜的感受與思辨，亦來自攝影師本人的不安與不忍。如果少了這種不安，只剩下「見獵心喜」，很容易迷失在影像張力的追求之中。近年「快門殺鳥」的生態攝影倫理爭議，正顯示出當擺拍、誘拍成為營造理想畫面理所當然的手段，而觀者又缺乏分辨此類影像的敏感度時，生命只會淪為以美或知識、教育之名包裹著欲望的犧牲品。

回到作品本身，美國評論家阿蘭・特拉赫騰貝格（Alan Trachtenberg）曾謂：「攝影師不需要說服觀者接受他或她的觀點，因為讀者別無選擇；在照片中，我們是從攝影機的視角觀看世界，從按下快門的那一瞬間所處的位置來觀看。」若由這個角度來思考《生殤相》的「舞台」，攝影師／攝影機的視角是什麼呢？答案是，他是趴著拍的。

對野生動物攝影師來說，趴著取景並不稀奇，尤其拍攝對象如果是較為微小的昆蟲等生物，在專業上並沒有特別值得強調之處。但《生殤相》趴著的角度，是為了營造肖像最後「古典繪畫人像風格」的平視視角，「拍攝時，只要調整自己的拍攝角度，不用改變狗的狀態，就能完整地記錄當下的顏色、氣味及情緒，更讓觀看者可直接關注流浪狗本身的生命狀態與情感。」[2] 換言之，乍看之下的「擺拍」，其實不是擺拍，那些狗的神情、姿態，是攝影師趴在地上捕捉的，「不卑不亢」，數小時後就即將「不在」的存在本身。而此種翻轉收容所中為人賤斥的生命形象，具有自身堅定與尊嚴神情的影像，無疑會在觀者端也造成不安。當攝影者的不安與觀者的不安接壤，新的張力即在不安之中萌生。

若借用評論家中平卓馬在《決鬥寫真論》中，對某些攝影作品的不安感受之描述來理解杜韻飛，其影像對觀者造成的衝擊同樣在於「世界與自己關係的動搖，出自某日突然襲擊我們的關係的扭曲」，而所謂觀看，無非就是「意義的崩壞與再生」。當這些眾人避之唯恐不及的狗，成為攝影師的「自畫像」，牠們的遺容形貌帶來的種種視覺上、觀念上、經驗上與想像上的不安，就有可能成為重新思考人狗關係的契機。反過來說，若我們不會從中感到不安，或許才是更令人不安之事。

（Cathy）

1 李奕萱撰文，〈還給流浪犬一張「臉」——訪《生殤相》攝影師杜韻飛〉，《鳴人堂》，二〇一八年四月十日。

2 Vesuvius撰文，〈攝影是自我實踐，從《生殤相》解讀杜韻飛〉，《*DIGIPHOTO*》，二〇一三年四月八日。

貓隱去的那三天

朱和之

那是入秋之後第一個漂亮日子。熾熱難當的盛暑過去，風柔暢了，微斜陽光把景物打得暖暖的，色彩飽滿，層次分明。

豆豆選在這天離去，毫無反顧。

中午在廚房，不知怎麼打斷一支用了十多年的貓咪圖案瓷匙。這是長久愛用之物，總是萬分珍惜，卻莫名其妙失手碰掉了。立刻跑到書房看豆豆，見牠身軀依然緩緩起伏著才稍微寬心。

下午講完一通電話，回頭就聽到豆豆哀哭幾聲，嘔吐酸水。我擦拭乾淨，心想今天都把牠關在房裡，也許可以讓牠出去活動，就把對著院子的門打開。牠先在門口張望了一會兒，然後走到外面安穩坐下，彷彿只是閒來吹風。但等我轉身再看，貓已經不見。

貓感知生命行將結束時會本能地尋找隱密地方藏身，不願被看到斷別肉身的難堪模樣，何況是豆豆這樣心性高傲的貓。但牠最後幾天已經無法吃喝，昏沉彌留，即便迴光返照又能走去哪？

我裡裡外外、屋前山後找了兩個小時，回到書房門口想起似乎遺漏了某個角落，又失心地從頭再找一遍，最後只能頹然坐在屋頂，看著晚霞拔除沾滿衣襬褲腳的數百咸豐草鉤。

對豆豆的思念從此開始。

●

春天老狗琅琅走後，豆豆開始變得黏人。奇怪琅琅最後兩年幾乎都在昏睡，從沒看過牠們之間有任何互動，但狗一走，貓就那麼寂寞，有人靠近便大聲叫喚，卻又不是討吃而是討蹭，甚至還會跳上廚房椅子看人洗碗的背影。

牠甚至對逗貓棒這種騙小孩的玩意兒重新產生興趣，要知道牠是自由穿梭後山野地的，有狗尾草搔鼻子，捕慣野鼠幼雛，有一次還不知從哪裡弄出一尺來長的大蜥蜴逼在牆角不許動彈，沒想到最後又對向來不屑一顧的逗貓棒瘋狂翻滾撲逐起來。

家裡曾經人畜興旺，養著四犬三貓，還會有浪浪們來串門。貓狗自有其位階倫理，有架要吵有醋要吃，大抵貓不爭寵而自然多受偏愛，豆豆尤其置身事外。

我曾搬離老家七、八年，貓對這種事非常介意，每次看我回來都愛理不理，豆豆更總是逃得老遠。直到我搬回來一段時間，牠才重新認我為家人並親暱如昔。

十多年裡貓狗凋零，最後獨留豆豆，儘管看著還是小貓一隻，畢竟孤老，開始任性耍賴。幾次聽到牠在遠處哭號，哀哀切切，以為出了什麼事，趕去查看，牠卻沒事貓般在腳邊蹭起來。肚子餓了，從二十公尺外就喵啊喵啊招搖而來，那麼刁蠻，收地租保護費似的。

豆豆出發兩天，依然無影無蹤，我照例在飲盆裡換上乾淨的水。

書房裡的輸液架仍舊吊掛著。老貓幾乎無可避免腎衰竭，豆豆打輸液超過一年，中間幾次急性發作，吊睛流涎看起來不行了，輸液打過竟又一尾活貓。打得慣了，牠有時甚至會自動來書房報到等著注射。

我整理起豆豆的照片，從還沒睜眼的小肉團，被魔法點活玩偶似地爬來滾去，鑽紙筒攀紗網瞬間長大，多少溫馨時刻，一時卻驚覺自己已經開始緬懷這一切，感傷得難以為繼。關掉檔案夾前瀏覽一眼，挑選出來的多非可愛風格，而是帶著野性、狠勁，齜牙咧嘴，粗魯滾背搔癢，或者孤高遠望的。

牠是山中的小豹，月下的幼虎，妖精花園裡天塌不管的安沉睡眠。

豆豆堅持身為美麗生靈的優雅與尊嚴，自己選定最後處所，安靜等待完成生命，在我們家三隻貓裡唯獨牠有福如此，似乎應該替牠感到欣慰。難熬的是，我無法確知牠是否已經離去，或者當下仍蜷縮在某個隱密的地方受苦。

傍晚天色正好，我走到院子，心裡反覆說不要再找了，讓牠如願安靜地去吧，但身體依然不由得往後山走。我一路拔除道旁久疏清理的咸豐草，在階梯上隔著欄杆遇到隔壁家大黑狗，不遠不近對望，平常牠都兇惡狂吼，但這天兩次我問，小黑，你有看到豆豆嗎？牠都露出虛心而憂傷的眼神別過頭去，默不作聲。

我花了一小時，勉強開路通到一處展望平台，俯瞰山谷。聽起喬治・哈里遜（George Harrison）的"All Things Must Pass"，瞬間覺得豆豆在搖尾巴，感覺得到牠就在這山谷裡的某處。

我並無靈通，或許只是心中激盪，感受著意識裡的豆豆。也因此明白，我失去的不僅是貓，也是自己無可挽回的時光與回憶。很多自以為還抓著餘緒、還沒走遠仍搆得著的事物，我戲稱為青春傷停補時的那些，其實早就都消失很久了。

天色漸暗，金星出現，木星同時亮起，然後是牛郎星。晚霞橙紅，暮色瀰漫在谷中，前所未見，卻又像是童年印象裡的風景。

滿天都是歸巢蝙蝠。天整個黑了，邊緣還有微微餘光但山谷裡已徹底入夜。

All Things Must Pass。

●

豆豆非常挑食，但格外愛吃一種脆脆小餅乾，金色鋁箔包，一小袋五六顆。每次一看到金光閃動，聽見嘁嚓聲響便忽然整個警醒，並且不自覺舔起舌頭。我總是故意搓揉袋子，不是要逗牠，而是建立食欲制約反應。有段時間牠被灌藥之後受辱羞憤賭氣絕食，硬是撐了兩三個禮拜，最後畢竟敗在小餅乾的誘惑。為了防止萬一牠又不吃東西，所以我刻意強化牠對脆脆的喜愛。

我把脆脆當成打針獎勵，每天完成皮下注射之後，搓搓袋子嘁嘁嚓嚓，讓牠上前用臉頰蹭蹭，這才戲劇性一把撕開倒在掌心遞過去，然後就是一陣貓吞虎嚥，犬牙交錯嗑崩嗑崩。

貓消失第三天，我突發奇想，不如來吃顆脆脆，看到底是怎樣的美味能讓豆豆如此熱愛？

拿起小袋子習慣性地一搓，卻發現被深深制約的其實是我自己，聽到嘁嘁嚓嚓就覺得會有貓來，瞇上眼睛微偏著頭那樣傾心鍾情地蹭，蹭過去了又回頭，蹭過來了再回頭。我把袋子捏在指尖久久無法打開，像是怕一開就揭穿了魔法已經失效的事實。

畢竟狠心撕開倒在掌裡，乍一舔好鹹，細細品嚐卻有點像消化餅或麥餅，原來貓的口味挺健康的嘛。但且慢，豆豆可不會這樣細嚼慢嚥，於是把手上五顆一口氣丟進嘴裡狠狠咬碎。

是貓的味道沒錯。

傍晚陽光還是那麼好，誘人走進院子，引領我爬上樓梯，不由得沿路東張西望是否遺漏任何蛛絲貓跡。走到頂樓雨遮下放工具雜物的地方，再次細細檢查，依然什麼都沒有。

往裡側走幾步，靠山壁有個水泥平台，中間下凹一塊小乾水槽，隨意探頭一看，豆豆就在裡面。

那瞬間很不真實，理智知道是牠，徹底死亡的姿態，側身臥倒四肢伸展，眼睛似看非看。牠已經離開了，再也沒有氣息和個性，所以也很陌生。奇怪的是有種既視感，彷彿這個場面並不是第一次遇見。

平台上積滿灰塵，腳印清楚演示著，牠從另一邊跳上來，在水槽旁原地貓轉了兩圈，然後躍下——

那時我正緊跟在後，一邊尋找一邊呼喚，但牠只是默默縮起身子，牠已下定決心。

奇怪我曾到頂樓找過好幾次，距離水槽都只有一、兩公尺，但總是忽略。今天經過時不知怎麼探頭看了一下，就在那裡，這麼簡單明顯。

牠不想讓你找到時就算站在旁邊也只能視而不見。或許是這天我吃了脆脆餅乾通貓性，也可能牠已經徹底離去不再介意了。但又何嘗不可能是，我無意識地想成全牠匿蹤的願望，所以克制自己不去探頭。

●

我把豆豆火化的遺灰埋在後山一株梅樹下，讓牠俯瞰每日悠哉來去的山谷。土坑挖好，紙罐打開時，原本不時吹拂的秋風暫停下來。罐裡白灰只有淺淺一層，倒進小坑中，從此就化為山的一部分，自在去玩吧。埋好之後風再度吹起，豆豆應該很滿意這個地方。

傷心必然，但我沒想過會難過到這個程度。直到塵土埋下，霎時理解這也是對一個自我生命階段的告別，從貓突如其來闖入，到貓飄然隱去，十多年如一瞬，遇合分別也是種通過儀式。

回想我們相處的最後那一刻，難得的漂亮日子，我把房門打開，光透進來，霎時喚醒陷於漫長昏睡的貓。牠察覺到了什麼，抖擻起身，走到院子坐定，恍若無事，等我視線一離開，便毫不留戀地邁步，直到最後都不曾回頭。牠一心只想著要去，充滿勇氣，用盡所有殘餘力量，去完成生命裡最後一件事。

人有悲歡離合，貓才不管這些。

我在樹下閉目感受風來，腦中浮現豆豆身影。牠正打起呵欠，伸著懶腰，眼睛又圓又亮。風悠悠說，但去莫復問，白雲無盡時。

——原載於《聯合報》當代散文專欄，二〇二三年三月十二日

朱和之

本名朱致賢，一九七五年生，台北人。

兩度獲得全球華文文學星雲獎歷史小說首獎，曾獲羅曼．羅蘭百萬小說賞，為國內罕見榮獲三座百萬小說大獎的得主；入選二〇二二年愛荷華國際寫作計畫。

著有長篇歷史小說《當太陽墜毀在哈因沙山》、《南光》、《風神的玩笑：無鄉歌者江文也》、《樂土》、《逐鹿之海：一六六一台灣之戰》、《鄭森》，歷史隨筆《滄海月明：找尋台灣歷史幽光》，小說《夢之眼》、《冥河忘川有限公司》，人物傳記《指揮大師亨利．哲》，編著有《杜撰的城堡：附中野史》。

◉選文評析——哀悼

朱和之〈貓隱去的那三天〉一文，記錄了在確認愛貓豆豆的肉身死去之前，他所經歷的種種心情。為了讓已昏沉數日的貓透透氣，他打開了院子門：「牠先在門口張望了一會兒，然後走到外面安穩坐下，彷彿只是閒來吹風。但等我轉身再看，貓已經不見……對豆豆的思念從此開始。」但或許是無意識地想配合豆豆匿蹤的願望，才打開了門？畢竟他其實相信，貓在感知到生命行將結束時，會本能地找地方藏身。直到三天後，當朱和之在先前曾經多次尋找卻無所得的地點看見豆豆「徹底死亡的姿態」時，才恍然發現，之前的遍尋不著，是自己對豆豆願望的成全。其實，「成全」恐怕比他所承認的，發生得更早？發生在打開院子門，讓腎衰的豆豆離開輸液架的時刻。而哀悼，也在確認豆豆的死亡之前，就發生了。

法國哲學家德希達（Jacques Derrida）便曾談過哀悼先於死亡的這種弔詭，雖然當時他所思考的，是哀悼與友誼之間的關係。德希達認為，友誼從一開始，就包含了「兩人之中有一個人會看到另一個人的死亡」這樣的可能。而在人際關係中流通的名字，則使人有了被宣布死亡的可能性，在還活著的時候即是如此。德希達於是說，「名字比我們還快奔向死亡……名字一開始就是死者的名字。」從這樣的角度來看人與同伴動物之間的關係，竟一點也不違和，畢竟我們對於心之所愛的、有名字的動物，也同樣會因為對死亡的預期，提前啟動哀悼的可能，甚至，因為壽命較長的人類通常得為同伴動物擔任送行者，來得太早的哀悼，更加地逃所難逃。

作家董成瑜的散文〈貓咪去哪裡了？〉，就曾精準地捕捉過這種幽微卻又真實到令人想逃避的心情。原有兩貓作伴的她，在小貓死後，用塑膠儲物箱裝著小貓送去火化，儲物箱的大小剛好可以容下小貓，以至於幾天後仍陷在悲傷情緒中的她，在路邊看到有人販賣一樣的儲物箱時，竟「不自覺目測著一個個的箱子，回憶著我家大貓咪的身體尺寸」。小貓離開的衝擊，顯然觸動她對大貓的提前哀悼。她坦言過去也曾揣想貓咪離去的情景，且「沒有一次例外地立刻熱淚盈眶」，但直接目測丈量著未來送行時要用的箱子，還是讓她在回過神時，「簡直無法原諒自己」。其實，正是因為愛之深，哀悼才會無預警地提前襲來啊。

不過在朱和之的這篇散文中，預先的哀悼與實際死亡發生的時間差，來得更近些，哀悼的強度也因此更高。在屋前山後一面尋覓可能的貓蹤一面想像「豆豆在搖尾巴，感覺得到牠就在這山谷裡的某處」、緬懷共同生活時的回憶點點滴滴、透過整理照片回到豆豆仍是「還沒睜眼的小肉團，被魔法點活玩偶似地爬來滾去」的溫馨時刻……這些被精神分析視為足以讓人撐過憂傷的哀悼儀式，作者在豆豆真正死亡之前，就已一一經歷。[1]

更特別的是，朱和之還經歷了某種與貓認同、將牠內化的過程。德希達如此描述這種內化：「被死亡帶走的他者已不在，但我們能以記憶留存他者；因為不捨失去，他者被內化（interiorized）以保存在我們之內／之間——他者變成了我的一部分。」那是在貓消失的第三天，作者突然想試試挑食的豆豆最喜歡的一種金色鋁箔包裝的小餅乾——每次「一看到金光閃動，聽見嘁嚓聲響」，便足以讓豆豆不自覺舔起舌頭的「脆脆」：「拿起小袋子習慣性地一搓，卻發現被深深制約的其實是我自己，聽到嘁嘁嚓嚓就覺得會有貓來……我把袋子捏在指尖久久無法打開，像是怕一開就揭穿了魔法已經失效的事實。畢竟狠心撕開倒在掌裡，乍一舔好鹹，細細品嚐卻有點像消化餅或麥餅，原來貓的口味挺健康的嘛。但且慢，豆豆可不會這樣細嚼慢嚥，於是把手上五顆一口氣丟進嘴裡狠狠咬碎。是貓的味道沒錯。」從好奇地想知道貓喜愛的口味，到像貓一般把餅乾「狠狠咬碎」，乍看是主人傷心過度，行為異常？其實卻寫出了在哀悼中透過與消失的所愛認同，將之保留的過程。

這樣的內化，未必只能理解為病態或鬱症，精神科醫師沃米克．沃爾肯（Vamık D. Volkan）便認為，雖然逝者的肉身只需要被埋葬一次，但走出哀悼的過程卻漫長得多，因為在生者記憶中重現時的炙熱形象，得透過無數次的埋葬、重生與再埋葬，才可能慢慢冷卻。而在這期間，與逝者認同、出現類似的行徑，都是完全可以理解的。文章末尾，火化後的豆豆埋在梅樹下，作者「在樹下閉目感受風來，腦中浮現豆豆身影。牠正打起呵欠，伸著懶腰，眼睛又圓又亮」，炙熱的形象不就立即重生了？儘管，亦終得靜靜地被埋葬。

（Iris）

---

1 佛洛伊德在他知名的文章〈哀悼與鬱症〉中曾分析過哀悼的運作機制。他認為當所愛的對象已經不存在時，主體等於是被要求應當將原本放在與對象物身上的，愛的投資——精神分析的術語稱之為欲力或力比多——抽離回來；這個要求是如此不易達成，以至於有時主體會繼續攀附著已經不在的所愛，出現憂鬱的症狀。然而在一般的情況下，主體還是會認清現實，即使不能立刻將欲力全數收回，還是會一點一點地收回，只是達到這個目的之前，必須花費一些時間及能量的貫注（cathectic energy）。在這個期間，「失落物的存在在精神上被延長了，而牽繫於失落物的欲力，舉凡主體關於他的記憶和期待，都將被提及、被賦予過度的貫注（hyper-cathected），從而完成將欲力收回的工作……事實就是，當哀悼的工作完成時，自我將再次變得自由而不受約束。」從這個角度來看，許多哀悼的儀式都是為了幫助生者度過這個難熬的階段。

輯三

觀賞動物區

去海生館的好日子

林楷倫

她在我放假那天，說要去海生館。

她問好嗎？可以嗎？從前一天的晚餐，問到掀開我蓋住光線的棉被。跟她說我放假得補眠，都是沒用的抵抗。

「去海生館好嗎？」

我問她開車到海生館要多久，她手指比三。下一秒跑出Google的女聲，說開車到那的時間。「走啦，你累了我幫你開車。」

我想不懂為何今天要去海生館，而不是去科博館、植物園、鳥園。「因為今天是去海生館的好日子。」她說。

我嘴裡咕噥，放假還要看魚。

「你可以看看那些被你殺的魚，活著的樣子。」她說完這句就去買早餐，買完在副駕駛座等我。

我一週摸六天的魚，放假還得去海生館，魚販的休日想好好睡覺呀。休假日去漁港，是為了找尋貨源，去吃西餐、日料，也是為了拓展知識。到海生館？我不覺得能學到什麼，我一看到魚，腦中就自動跑出價格，巨大水族箱裡千千萬萬的魚，我腦會壞掉無法計算。

百般不情願，還是得去。因為她堅持，我妥協，她的興奮像是童年去遊樂園的期待。無感的我心想，幫情人當司機也好。

去過墾丁，從沒去過海生館。我在百貨公司、餐廳看過死去的珊瑚礁、長不大的海葵，和那些被叫成尼莫的小丑魚。有幾個客人都會指著我，跟小孩說我是「尼莫叔叔」，我拿起一尾活的吳郭魚說：「你要吃尼莫嗎？」又將魚嘴放在小孩面前，一開一闔，皮一點的會把手上東西放進魚嘴巴裡。小孩就跟他媽媽一樣，傻傻地在那裡說著尼莫、尼莫，分不出魚種。

吵著要去海生館的她，那時就在客人旁邊笑：「唉唷，尼莫叔叔，真可愛捏。」可愛的我，穿起尼莫的服裝會很可愛，我邊想那模樣，邊笑出聲來，「對對對，我就是尼莫叔叔。弟弟下次來我拿尼莫給你看。」

山城的魚攤，是這些人的水族館吧。就像我小時候會跑進家對面的水族館，看頭上有大肉瘤的金魚、嘴巴吐氣泡的金魚，興奮地幫每尾魚取名字，取完沒有買，只是在腦中想像了只有這類魚的大海。直到店員過來問：「阿弟，要買嗎？」一尾上百，還買得起，但那時的我只心想，家裡沒有海，怎麼養這些魚。

「我家沒海啊。」我說。

「唉唷，這些魚不用海水。這裡怎會有海水？哥哥教你，把這些魚和這些水放到大碗裡面，牠就會活了。」

「活多久呀？長命百歲？」

「長命百歲。」

我指著一尾黑色的肉瘤，叫牠肥頭；又指一尾一般的金魚，叫成我的小名。店員分開包裝，兩個塑膠袋裡裝半滿的水，兩尾魚游沒幾下就停在那，不太會活的模樣。

回家倒在碗公裡，半滿的碗公是我的水族館，肥頭的頭都浮出水面。食指戳了戳魚的肉瘤，摸了肉瘤的皺褶，皺褶摸起來也很平滑，手上沒有打開冰箱會聞到的臭臭魚腥。

肥頭向上游，游到碗公上彎的邊邊，又向下滑。「在溜滑梯喔。」看牠溜了幾次，嘴巴浮出水面，我以為牠餓，倒了些飼料，牠吃，又不吃。是不是欠水呢？我將碗公填滿自來水。肥頭又玩起溜滑梯的遊戲，這次牠游到碗公的頂端，跳了出來，在摺疊桌上跳了幾下。我抓起牠，好小的魚鱗也是有點刮人，有點黏，摸狗摸貓般地摸摸牠的肉瘤，放入水裡。

沉入，上游，要跳出來。一次有趣，兩次好玩，三次你這尾魚故意的是不是。

雖說很煩，但小朋友的遊戲可以一玩再玩，笑聲愈來愈大聲。肥頭一次帶出一點水，久了一灘，碗公的水面也降低了些，我再加點水，多水多游。又跳一次，黑色小片的魚鱗更刮手了。放入水裡，跟女生誇張的蓬裙一樣的魚尾，慢慢地動。

我想牠累了，轉看一旁無趣的金魚，不斷地在碗公底繞圈。

跟我想的一樣，一到巨大的海水魚展示區，色彩斑斕的魚，都被稱為尼莫。兩、三歲小孩喊「尼莫耶」，三、四十歲的爸媽也在喊「尼莫」（當爸媽的看到一定要很興奮）。《海底總動員》沒有其他角色嗎？有，但海島人民只記得那尾小丑魚，不記得擬刺尾鯛的多利（俗名倒吊），竹梭什麼的就不用說了。那面藍和魚的體色應該要成為網美牆，只不過不能太亮，海魚的環境沒有適合拍照的亮光，每一張相片都背光，幾個誠心要成為網美的開了閃光，沒人制止。我笑她們看不懂中文，卻也不多說幾句。

「你看那個魚，很像白鯧耶。」她說。

「金鯧。」

「那尾魚我看過，上過新聞。」

「浪人鰺、GT。」我說。

凸透鏡看久會暈，想吐，但為了找到沒人發現的魚，我近近地看，一尾橘斑懶懶在礁石上歇著。赤羽太耶，我說，但她怎麼也找不到那尾赤羽太。一旁推孩子的爸爸，一樣仔細地找，那爸爸找到了，用手指敲敲玻璃，叫他兒子、太太來看。我以為他有聽到我說的魚名。

「紅色的尼莫耶。」他說。

我無奈。那時她才看到那尾魚，她說這叫赤羽太，那家子只回：「喔。」

「我就說假日不要帶我來這種地方。」我說。

「我在家很無聊呀。你跟我說那是什麼魚，還會說這些魚怎麼煮，給你炫耀的機會不好嗎？」說完這句，她每走到一缸就問一堆。

黃雞、青嘴龍占、青石斑（是黃色的但叫做青）、青衣，這區台灣珊瑚礁魚區，都澎湖的喔。長尾鳥、濱鯛、姬鯛、青雞魚，台灣太平洋黑潮區，都花東的喔。

她說強喔，聽完沒筆記，直說：「這種你煮過，我吃過。」

那些海魚的區塊，會隨所處區域的海深有不同亮光，但人類站的地方總是暗的。直到環繞形魚缸，正藍色的玻璃纖維缸，淺淺的，魚的世界與人的世界同樣色澤，都一樣的亮，兩尾小白鯨，分別在走道的兩旁。一尾盯著人群，她跟每個看到的人一樣，都說牠在笑。

「牠天生嘴形就這樣。」我說。

「我知道，你別在那裡破壞氣氛啦。」她回。

另一尾不斷繞圈，從上往下，缸壁到多層玻璃前。

「厲害喔，很會喔，這尾很活潑、很會表演喔。」旁人說。

「不安而已。」我自言自語。

她說：「什麼？」我跟她說了我用碗裝黑金魚的故事，她笑我笨，怎可以添沒曝曬的自來水，游得慢是快死了，沒氧氣了要省點氧氣用。

「這尾小白鯨不安嗎？」她問。

「我怎知？」我回。

「你魚專家耶，不是很會。」

小白鯨不斷繞圈，從左上到右下。牠們習慣被觀看了，人們會想說牠們怎麼不玩塑膠桶玩具，人們會等飼養人員固定時間的餵食秀。那藍藍的缸好無趣喔，但我不敢說，一說，她一定會回子非魚安知魚之樂。

盲鰻區有個旅行團的阿伯說這很補（阿伯錯了，對男人以形補形的是沙蟲）。巨大海菜是裙帶菜，沒人知道那是海帶的原料。

「繞回去吧。」她說。

走到腳快斷的我說，走出去再重走就好。她為了剛剛沒摸到的觸摸池出來又進去。

「你要摸嗎？」她摸著海星、海參與無肉的貝殼問。

不要，我平常摸膩了。

回程，Google導航說到家已八點半，隔天凌晨三點要起床的我覺得累，但車到高雄她已深深地睡。

今天是去海生館的好日子嗎？我想。

車行過無數路燈，總覺得這條路走不完，兩百公里到一百九十公里，減少里程的種種都成迴繞。我想起那尾黑色的金魚，玩膩了放在水槽旁，牠撥出大部分的水，只剩幾口氣。隔天，牠死了，鱗片乾了，變成黑底白點的金魚，眼凹，好多螞蟻過去，淹在水裡。旁邊那包金魚，水濁了還活，我吵著家人要養，養了，但沒多久也都死光了。

海生館裡的小白鯨和所有缸裡的魚們隨意游擺或迴繞，每尾都像活得好好的樣子，病了會被撈起，觀眾看到同類咬食反而興奮。牠們死了不會沉入水裡腐壞又成沃水，或許會像我臭掉的魚一樣，被丟入廚餘桶。開著車想這些，更睏了。

我們也是裝成活得好好的樣子，病了沒人撈起，要人撈還會被問幹嘛不自己來。觀眾看到有人被咬時依舊興奮，死了旁人哭一哭，不會成沃土。

手機相簿中，有她和海藻、白鯨還有多到模糊像星點的魚牆合照。請路人幫我們拍的合照裡，她將藍鯨的帽子套在我頭上，我們都笑了。

海生館都是魚，我看膩了，她卻像是遠足的孩子感到新鮮。被關在水族箱的魚會有童年嗎？我回不到童年，救不起放在碗公裡的金魚，甚至以賣魚殺魚為業。若能回到童年，我會把每個水族箱都當成是一片海，有牆、有玻璃的海，回到那個看著金魚缸便能滿足，便覺得世界好美的童年。

今天是去海生館的好日子。開車的我沒有跟熟睡的她說這些。去哪，都會是好日子。

到南投時她醒來，問我無海的內地，對海會不會特別嚮往？我說：「不會，你住在有海的城市，你也沒看過海啊。」

「好玩嗎？」她問。

「好玩吧。」我說。

「想一想，魚很可憐耶，每天跟我一樣要上班，哭哭。」

片。

她邊說邊打開社群軟體，打卡標註，傳一張在小白鯨前，我裝醜學小白鯨笑的照

我第一個按愛心，真的。

——選自《偽魚販指南》，寶瓶文化，二〇二二

林楷倫

一九八六年生，想像朋友寫作會的魚販。曾獲二〇二〇、二〇二一、二〇二二林榮三文學獎短篇小說獎。

午眠人類、投射者、INFJ。

三十六歲時驕傲地說當下都是人生最快樂的時刻。希望能一直如此。

◉選文評析——尼莫

選自《偽魚販指南》的〈去海生館的好日子〉，以乍看之下頗為違和的設定——「魚販變身海生館遊客」——作為主題。魚販懂得挑魚、煮魚，但是懂賞魚嗎？賞魚不會產生某種衝突感嗎？用「常理」推想，既然把魚當成販售的商品，並且還是自己必須經手「殺生」的對象，應該不太可能像「一般」遊客一樣，對魚產生欣賞或共感之類的情緒吧？文章起始時，作者確實予人他的確也不想碰觸這個矛盾情境的印象，直言自己一看到魚，「腦中就自動跑出價格，巨大水族箱裡千千萬萬的魚，我腦會壞掉無法計算。」彷彿對賣魚殺魚的他來說，魚真的只是商品。但他畢竟因為情人「你可以看看那些被你殺的魚，活著的樣子」這半玩笑的堅持，陪同前往海生館參觀，也才讓讀者發現，當日海生館中最用心看待魚的觀眾，恐怕就是作者本人，至於「一般」遊客，他們只看得見「尼莫」。

自從動畫《海底總動員》（*Finding Nemo*）讓劇中主角尼莫聲名大噪之後，水族館中和尼莫「同款」，學名海葵魚的小丑魚，從此成為人氣焦點。關心海洋生態議題的澳大利亞學者伊恩．布坎南（**Ian Buchanan**）曾為此感到憂心，認為尼莫的走紅並沒有嘉惠自己的族群——在視覺效果優先的考量下，牠們往往被單獨展示在並不符合生活習性的環境中，更糟的是，身為明星動物的牠們吸引所有目光後，產生了排擠效應，使得其他魚種彷彿顯得不值得關心。如果說布坎南看到的，是人們「只在意尼莫」可能造成的問題，那麼林楷倫可說是寫出「所有的魚都是尼莫」背後更大的隱憂：所有的魚都被尼莫化，並不表示都一起得到了重視，反而是所有的魚都不曾被好好地關注，甚至包括尼莫在內。

其實早在去海生館之前，作者就已經洞察了這點，因為他就是客人口中的「尼莫叔叔」。他還以此「將錯就錯」地與小客人互動，拿起活的吳郭魚問小孩，「你要吃尼莫嗎？」所有的魚種都是尼莫，在魚攤，在海生館都一樣。與海洋的疏離，造成我們對魚類知識的貧乏。而貧乏，與其說是因為沒機會深入了解，不如說是並不真的想認識。在魚攤上牠們是食材，在水族館中則構成景觀，前者滿足味蕾，後者是視覺饗宴；所以對魚的認識，來自動畫就足夠了。也因此在海生館的海水魚展示區，作者才會不斷目睹不僅兩三歲的小孩對著所有的魚喊尼莫，三四十歲的爸媽也全都喊著尼莫的場景：「《海底總動員》沒有其他角色嗎？有，但海島人民只記得那尾小丑魚，不記得擬刺尾鯛的多利（俗名倒吊），竹梭什麼的就不用說了。」

對比於只知道尼莫的遊客群，作者逐缸辨識著澎湖的黃雞、青嘴龍占、青石斑、青衣，花東的長尾烏、姬鯛、青雞魚……能夠如數家珍般為情人導覽固然是因為魚販的身分使他必須對魚種如此熟悉，但對魚的「在乎」，卻不能全然以「職業需要」來解釋，因為他顯然有些介意，其他遊客對認識魚種竟完全不感興趣。例如當作者發現一尾在礁石上歇息、不易發現的赤羽太時，就感慨於即使努力為之正名，遊客還是只想當牠是「紅色的尼莫」。這也就難怪「看門道」的魚販遠比「看熱鬧」的遊客，更在乎展場中不斷繞圈的小白鯨。儘管不想掃興地在海生館這樣的娛樂場所，指出外行人眼中小白鯨的活潑與愛表演，其實是源於無趣而封閉的環境造成的躁動不安，但當每個人都說小白鯨在笑時，他仍忍不住說，「牠天生嘴形就這樣。」雖然想迴避與人進行「子非魚，安知魚樂？」的辯論，但作者清楚知道，海生館裡的小白鯨，沒有笑的理由。

殺魚賣魚就不可能在乎魚？或許這原本就是我們狹隘的成見而已吧。穿插在這則海生館遊記中的童年回憶便已透露了這點——用半滿的碗公養著，名為肥頭的那隻沒能養活的金魚，始終巡遊在作者心中；童年的無知確實讓他把魚養死了，但「我回不到童年，救不回放在碗公裡的金魚」竟牽念至今，說明了即使看似與他人眼中魚販的身分不搭，但他總是願意把魚當成有特殊性、甚至有名字的個體，而不是一隻隻尼莫。

（**Iris**）

魚燈

崔舜華

漆黑如墨的房間內，我捻亮一盞魚燈，青金色的燈火，教剎那耀輝方圓。燈光力有未逮，照幅因而囿限，僅僅兩步之內有著神祕的光合：水草貪婪地吸收著光，光化作碧綠的游動的線條，化作不知名的塵埃、蜉蝣與碎礦，與五彩的魚溫和且靜默地交尾於淺淺的水底。

貓輕輕地攏過來，柔軟的耳尖指向門縫，月黃的貓目專注凝望幾步之外的三尺魚缸。缸內眾魚輕划鰭尾、魚軀或靜止或流動，擺尾轉身之際亦深深回望著俯首凝視的貓臉，那場景彷彿《水底情深》（*The Shape of Water*）中，那日復一日清掃巨大實驗工廠的女工，與囚養於實驗室大水柱內的水獸四目相觸，一瞬間永恆的無聲響起，彼此皆親見到水波蕩漾之下的夢想，情欲如水，浸淫他們濕潤的眼睛。電影中，有一場奇異絕倫的人獸交頸——將獸偷渡回家之後，為了滋養日漸萎靡的水獸，年輕的女子在狹小的浴室裡注滿清水，游至天花板處深深吸氣，隨即一絲不掛地下沉，泅往她祕密孕豢的愛情。

魚是水，是純氧，是綠草與珊瑚的歡愛之心，那歡暢的情意連貓都豔羨，並暗自嫉妒著魚們所炫示的那份，因不得自由而格外醒目的自足。我伸出掌心，撫過貓柔若無骨的背脊，眼望向浴室門縫傳來的游魚光影，側耳諦聽氣泡在水面破裂的清脆微響，心念則懸著那尾被我隔絕於他魚之外，獨享一缸白水黑石、尾翼竟張如煉鬼赤焰的半月鬥魚——半月美貌產自南國，我獨缸餵養的此月則遍體鮮紅、情韻鮮豔如春風牡丹；我擺一面小鏡子在鬥魚缸前，對於自己和虛構的映影，魚皆不為所動，大多時候靜靜不動地睡著，動時無非是攝食需求，偶爾，我以指尖細細敲響玻璃缸身，牠才如夢初醒，搖鰭晃尾做活潑無虞狀。

我養魚，向來凶多吉少，那無可捉摸而居高不下的凶死頻率，教我感覺自己渾然是滅世的殺手、陸生的重罪犯。但我偏偏愛極了燈魚和小型熱帶魚，半透明爍著鱗光的刺點，一個一個的名字都那麼好聽：玻璃貓、藍尾孔雀、馬賽克孔雀、日光燈、女王燈、鑽石紅蓮燈……像一盞又一盞小星，懸吊在籠罩大地的黑湖表面，各自行進一線袖珍光暈。

眾多魚種之中，除了嬌媚飽滿的半月，我更鍾情於玻璃貓——玻璃貓，顧名思義，通體清澈，冰潔見骨，游動時如一尊白玉風鈴。款款擺擺水波之間，仙仙脫俗，但聽說玻璃魚敏感害羞，力氣也小，水質稍微變異或怯於搶食，極易就魚命歸天，故經常充當了魚群裡第一批犧牲者，沉落的剔透身軀，被一層惘惘的憂悒網羅，那是異常純粹而靜謐的死，僅僅止於死之本身，每一次都教我心口緊揪。

孔雀魚也養了各色各種，此款魚種出乎意料地強韌，我想牠們必定已感知周圍的燈魚接連滅絕的悲慘情狀，卻仍舊堅定而樂觀地存活著。有漆黑如夜的單色孔雀一對、紅黑金白四色錯織、美如寶礦的馬賽克孔雀三尾，一日兩次胃口挺好地搶吞我撒落水面的食物微粒。面對伸入缸中噴吐氣泡的陌生細長狀物體，孔雀們竟敢張揚著尾羽、大搖大擺地趨近視察。有時，會有某魚潛入稍深的水域，那裡有我鋪置的一把雪白卵石，十來顆晶瑩如雨滴的雨花石、一座擎著紅尖屋頂的迷你城堡。

豢養某種生物，難免使人感覺胸中洶湧起一股創世的驕矜，其中關乎幾許興奮，又包藏某種私密的神聖：缸是我上網選購的，水是我滴濾潔化的，魚是我精挑細揀的，飼料過濾器活性碳是我求教魚友一一備齊的，一件件細小滑溜的生命體，飢飽浮沉皆操於我手。我要鮮碧的水光，便有了金魚藻和水蘊草；要夜月和晨星，便有了碎白晶和琥珀礦——我是孤寥的創造之神，萬物因我而有了光暗、乳蜜、氧氣。

然而，豢生若不徹底，便容易演變為輕率的殺生，創世的歡愉亦變質成小型的末日風景。為了避免重演往昔的滅族慘劇，我痛定思痛，不再將魚缸偷懶擱置陽台，而將缸安置於永恆開著抽風機與日光燈的浴室，倚靠著磁磚牆面的魚缸安穩堅固，魚生用品一應俱全，加以維持室內常溫，照理說魚沒有養不活的道理，但養魚的關鍵是水質，要養魚必先養水，偏偏任憑我反覆地嘗試，也無法調配出清澈無垢的水質；我小心翼翼地彷彿進行一場偉大的化學實驗，分別向缸水內滴入硝化菌、水質清澈劑、除氯水質穩定劑，缸內依舊是白濁不明的一潭渾水，混濁得像一樁不見天日的冤情。所謂的魚水之歡，大約已無指望。

試盡各種方法之後，我才發現缸底的水草一株一株地分崩離析，撈了又撈，那細小的莖葉仍然不停地軟化，腐敗，斷裂。將水草盆栽盡數拔除之後，撈洗數只空瓶，注滿那號稱食用級過濾蓮蓬頭流出的聖水，輪流且少量地滴入三四種藥劑，擺陣般占據了將近一半的浴室，並嚴重警告每個進出浴室者：洗臉洗手，千萬留意不要將自來水甩進了缸瓶。

最終，也許真的是腐爛的水草導致水勢濁蕪，也許只是恰巧走了運——那缸水真的一夜之間明朗起來，我的歐洲小城堡、水晶貝殼、各色雨花石和雪白鋪底石歷歷可見，魚群以我沒見過的活潑姿態歡快地游上竄下。這一刻我感動莫名，幾乎想讓全世界看見這經過巨大的勞碌和挫敗之後、終於抵達的成功的終點線，我不禁想著也許真有孔雀和燈魚之神冥冥中護佑。

清晨六點半，我貓步踏進浴室，貓在身後滿臉好奇而渴望地盯著。我捻亮魚燈的開關，青銀色的燈光隨之應和，燦美純淨如龍鱗輝爍，如一句機巧的偈語——魚不孤，必有靈。

——選自《貓在之地》，寶瓶文化，二〇二一

崔舜華

一九八五年冬日生。有詩集《波麗露》、《你是我背上最明亮的廢墟》、《婀薄神》、《無言歌》，散文集《神在》、《貓在之地》、《你道是浮花浪蕊》。曾獲吳濁流文學獎、林榮三文學獎、時報文學獎等。

◉選文評析——共構

「我的歐洲小城堡、水晶貝殼、各色雨花石和雪白鋪底石歷歷可見，魚群以我沒見過的活潑姿態歡快地游上竄下」。〈魚燈〉寫的，是一個養魚殺手如何經過無數挫敗與努力，終於抵達「成功的終點線」。細數養好一缸魚要做多少準備功夫、注意多少細節，又可能遭遇哪些問題……作者對整個歷程的描述，如同她自己所形容的，像是一場「偉大的化學實驗」。等等，化學實驗四個字，聽起來是否令人微微感覺不安？難道魚對飼養者來說，只是被觀賞的玩物嗎？人可以選擇「愈挫愈勇」，但在「實驗」過程中犧牲的魚呢？

在〈魚燈〉中，自承養魚向來凶多吉少，卻對小型觀賞魚的美無法抗拒而一試再試的作者，一開始予人的形象，確實可能被冠上「把自己的喜好看得比動物生命重要」的罪名，畢竟，在她坦言豢養某種生物難免產生類似創世的驕矜之際，卻讓我們看到這位孤寥的創造之神，如何因為她迷戀「半透明爍著鱗光的刺點」般的燈魚、「游動時如一尊白玉風鈴」的玻璃貓，就讓魚群們遭受了「滅族慘劇」。

然而這樣的「第一印象」其實並不公允。因為自始至終，作者都展現了對養魚責任之重大的高度自覺：正因為深知「一件件細小滑溜的生命體，飢飽浮沉皆操於我手」，所以戰戰兢兢地選缸、養水、挑水草；正因為不想讓不徹底的豢生演變為輕率的殺生，所以想方設法讓魚缸化濁蕪為清澈，讓魚群終能歡快地在其中泅泳。我們甚至可以說，〈魚燈〉開啟的，是一個鮮少被關注的，養魚當「寵物」的人所應盡的道德責任問題。

關心環境倫理與永續議題的代頓大學哲學系教授札哈里．皮索（Zachary Piso）曾指出，人們對魚的「需求」，其實相當缺乏敏感度，甚至還持續地在爭論魚是否能感覺痛楚這類答案非常明顯的問題，而哲學上也鮮少談起對魚的道德責任，提到魚，似乎我們唯一關心的，就是，可以吃嗎？皮索還發現，即使不少觀賞魚飼主本身將魚定義為寵物（現在多稱為同伴動物），但比起我們和貓狗，甚至和鳥的關係，談起「寵物魚」的時候，我們很少會從共同居住的歷史或共同演化的觀點，去思考怎麼樣讓這些動物過上更豐富而有意義的生活。儘管和同伴動物共同生活的人，自我認知乃至對世界的感受，都極可能被同伴動物影響而有所轉變，但魚，還是不被視為具有這種轉變的力量。

正因如此，皮索認為有必要帶入學者哈洛威共構（co-constitution）的觀念，來思考養魚者和魚——嚴格來說是和一整缸魚，或說魚作為一個群體、魚缸作為一個生態系——的關係。想把魚當成同伴動物來豢養時，就像〈魚燈〉的作者崔舜華一樣，很快會發現一個關鍵，那就是要讓魚好好活下去，靠的不是對個別一隻魚盡好照顧之責就夠了，甚至，也不是靠對單一魚種悉心呵護便能成事，而必須讓魚所在的這整個生態系穩定平衡地發展。於是飼養者不但要了解哪些魚適合一起養、個別的魚在水族缸這個生態系中扮演的角色是什麼，甚至如何撒魚飼料都是一門大學問，如同落葉林以掉落在土壤上的葉子開啟食物網一般，是牽動生態系複雜變化的一個過程。這樣看來，崔舜華以「擺陣般」的陣仗占據一半浴室來養水草，還警告每個進出浴室者洗臉洗手時不得以自來水汙染了水質，就顯得非常合情合理了——對魚缸這一整個生態系的照養，就是如此牽一髮而動全身，絲毫馬虎不得。

如果打造一缸悠游的魚如同創世，那麼作者顯然體察到了創世的艱辛。而這也正是皮索認為養魚足以培養道德責任，甚至足以讓養魚者與魚「共構」、被魚改變的原因所在——飼養者必須對魚所需的生活條件更為敏感，才能讓「魚不孤，必有靈」，而每一隻魚和缸中的其他生命之間共同組構的關係，又具體而微地提醒了我們，人也依靠著食物網的滋養，也掙扎著在生態系中找到定位。一個小心翼翼的養魚者，儘管仍可能如作者般歷經魚命歸天的心口緊揪，但終究會被自己所豢養的魚，改變為一個謙卑的創世者吧。

（Iris）

蛛生

黃亭瑀

沒有孩子的我和K，在臥室豢養了一隻蜘蛛。

起初是因為陰雨綿延，圍困住這城市。

是梅雨季嗎？那陣子，蟑螂出沒的頻率比往常高了許多。睡前走到廚房倒水服藥的時候，清晨醒來思緒滿溢的時候，開燈瞬間，經常撞見一抹惱人的褐色身影，迅速鑽進櫥櫃縫隙，或傻愣在木桌旁。雖然平時眼不見為淨，但要是正面遇上了，那便是不殺死不罷休。適逢疫情期間，家裡囤著好幾瓶酒精，只要我驚叫一聲，K就會拿著酒精趕來，滅蟑消毒一併搞定。

這是家家戶戶慣性常備酒精、口罩與體溫計的另一年。日子拖得久了，再緊繃的神經也依循生物本能逐漸鬆懈，多數人都恢復了正常外出、社交的生活。不過，患有特殊病症如我仍小心翼翼，時刻窩在家裡，與外界彷彿隔著一層單向玻璃，裡面的人看得出去，外面的人看不進來。

某晚，我又在陽台門檻邊碰見一個黑褐色的小身影。K照例拿著酒精趕到，但他定睛細看後，竟歡快宣布：我們得救了！因為那是一隻跳蛛，會吃食家中蟑螂、螞蟻和小蟲。起初我半信半疑，覺得蜘蛛可沒比蟑螂可愛多少。K卻認真解釋，跳蛛和一般蜘蛛不同，牠們不會在角落結網、被動等待食物上門，而會主動找尋並撲食獵物，如同迷你版的貓科動物，而這是因為牠們的視覺特別敏銳……

「牠剛才抬頭看我呢。」

望著K露出遇見貓咪和小狗那般、興奮中帶著一絲溫柔的神情，我啼笑皆非。雖然我一點也不想與蜘蛛四目相接，對牠的習性也不感興趣，但如果能因此少撞見幾隻蟑螂，那就放牠一條生路吧。

小跳蛛起先躲藏得很好，但過沒多久，我們就發現牠時常出沒在廚房的木桌下，還在那裡織了小吊床似的網、睡在其中，儼然當作自己的家。K探頭靠近牠也不怕，彷彿聽得懂初次見面時，他維護牠生命的那番話。甚至，當他伸出手試圖跟小跳蛛玩耍，牠會跳上來一秒，再跳走。隔天，牠在K手上連跳了兩下，才回到牆上。有時候，牠似乎不太想搭理人，又有時候，願意上手待超過十秒。

這麼微小、簡單的生命，也有自己的記憶和個性嗎？

如此反反覆覆，固定的地點、不變的善意，K和小跳蛛彼此馴養，日益相熟。久而久之，牠竟開始大膽爬行在廚房各面白牆上，那麼赤裸、顯眼、毫無保護色。與此同時，家中蟑螂果真愈來愈少了。我們驚喜萬分，也不在意究竟是因為牠的獵食，或是因為初夏到來、雨季不再，而只是一股腦地將功勞歸給小跳蛛，替牠取名為「跳跳」。

從此，我要是再不巧偶遇蟑螂，第一聲喚K，第二聲就喚跳跳。

「牠聽到會跑出來唷。」

就在我開了這樣的玩笑之後，跳跳連續消失了好幾天，K翻遍家中角落都不見牠蹤影，落寞不已。而我，愧疚地覺得這彷彿是牠的靈性和頑皮，故意躲藏起來：我可不是幫妳消滅蟑螂、任妳呼來喚去的東西噢。

我在心底向牠道歉，希望牠回來，當我們的朋友。

然而，牠一失蹤就是好幾週。

●

如果擁有是失去的開始，那麼不曾擁有，如何言說其失去？

跳跳不見了的那段時日，我們正好被醫生告知，以我的身體狀況，懷孕機率極低。

這其實在意料之內，畢竟，我和K新婚幾年，就已經病了幾年，相關的、不相關的、醫學尚無法確知是否相關的其他身體問題，從沒少過。這一回，不過是又增添了一項。

儘管K毫不在意，愉快地勾勒只屬於我們倆的未來，但一時之間，我仍內心震盪，一波波並不洶湧、卻難以平復的悵然若失，幾乎讓我丟失繼續寫作的動力——那原是我極少數還能憑藉意志而努力的事情。

然而，不曾懷胎，生病後也早已不再想像能有孩子的我，在聆聽醫生宣判之際，究竟失去了什麼？畢竟，懷孕生產的可能性其實並非在這一刻喪失，而成為一位母親的欲望本身也不會從此消逝。

「每個人都有孕在身。」

多年前讀到的這句話，此刻從記憶深處悄然浮現。柏拉圖《會飲篇》（*Symposium*），從前我最喜歡的一篇對話錄，談論愛的本質、愛與美的關聯、以及愛的內在方向性。其中，蘇格拉底援引了女祭司狄奧提瑪關於愛的辯證，她說，愛是渴望永遠擁有美好的事物；愛，會讓人從愛一個特定的、美好的人，提升到愛所有美好的人事物，愛所有美好的知識，最後來到美的本身面前，看見永恆的、絕對的美。她說：

「每個人都有孕在身，精神上和肉體上皆然。人一旦足夠成熟，就會有自然的欲望想要生產，而且只能在美的環繞下生產。這個過程是神聖的；懷孕和生產，是終有一死的生物唯一能觸及永生不朽的方式。」

學生時代懷抱無限熱情的我，曾經著魔似地迷戀那對於美與不朽的追求。而如今再讀，眼中所見卻是自憐，是「創生」的局限性，是愛與欲的先天與永恆缺陷。

●

初秋陽光灑落的某個早晨，小跳蛛回來了，而且，竟有兩隻。K和我擔心牠們會爭奪地盤、相互吃食，當下決定把「跳跳」豢養起來——K分別對牠們伸出手，一隻後退想逃，一隻抬頭看他，立刻就辨認出誰是跳跳了。

我們很快就發現，跳跳真是極為理想的都市寵物。牠不占空間，只有兩顆小紅豆那麼大，我們買了昆蟲箱，在底部鋪滿碎石，從陽台的長壽花盆栽折下一段枝葉，再擺些小木塊、小公仔，輕鬆布置出豪宅花園般的家。牠安靜，不會發出任何聲響造成干擾；牠乾淨，經常舔舐梳理自己的毛，細沙粒般的白色糞便無臭無味。牠一週只需進食一次，可以餵食蟋蟀或果蠅。牠的作息與我們同步，開燈就醒、關燈就睡，風光明媚的日子，牠特別活蹦亂跳。

最重要的是，牠和所有討人喜歡的寵物一樣，可愛又親人。

家人朋友聽到這樣的形容，全露出不可思議的表情。印象中，蜘蛛是多麼惹人厭的生物；也曾看過科學研究證實，這份懼怕是與生俱來的，因為數百萬年前，當人類祖先還在樹上生活時，毒蜘蛛是極具威脅性的生物。

遠古時代的恐懼，流傳至今早已不合時宜，卻深深刻在我們的基因和潛意識裡。但要超越生物本性、突破心理障礙，需要的也不過伸出手掌、看進對方的眼睛。

正如我第一次鼓起勇氣對跳跳攤開掌心，而牠毫不猶豫地跳上來，抬起頭，張著兩大兩小的眼睛望著我，無辜、信任，彷彿有靈性；我感到彷彿握住初生嬰兒粉嫩的小手，而她輕輕回握，那樣柔軟的心情。

觀察討論跳跳的一舉一動，從此成為我和K樂此不疲的事。K最喜歡看牠進食時熱切滿足的模樣，為此用心替牠養活蟋蟀。牠捕獵時很有耐心，先從高處觀察，慢慢潛近，再快速撲跳到獵物身上，如此重覆幾次。跳跳膽小，萬一獵物回擊，牠會迅速躲回高處，不輕舉妄動。而當牠吸吮進食，小小的身軀會隨之鼓脹，能明顯看出牠吃得多飽，吃愈飽，待會睡愈久，有時甚至懶洋洋地睡上兩三天。

雖然，更久以後我們才知道，跳跳的捕獵習慣，不是身強體壯的跳蛛常見的行動模式。一般情況下，跳蛛可以輕易將獵物一擊斃命；很可能因為跳跳前腳較短、力道不夠強勁，捕獵能力特別差。或許因此，牠打從一開始就對昆蟲箱裡的生活適應良好，看起來安然自得，從未試圖脫逃。

我則喜愛看牠跳躍，看牠認真瞄準方向、預備動作抬起前腳、放出絲線當安全繩，偶爾沒跳準，還會被自己嚇一跳。更喜歡看牠織網，看牠大力搖擺扭動整個身軀，對著空氣反覆繪製「無限」符號，左左右右，節奏感十足。中型的昆蟲箱裡，牠織了一個又一個的窩，好像無論這世界大至天地森林、小至箱內四方，牠需要的只是讓自己在不同的角落都有地方安心躲藏。

看得出神了，我的思緒跟著牠的絲線，凌空跳躍，在狹窄的空間裡創造出彈性和可能性，同時防護我摔得一蹶不振；我的文字跟著牠扭動編織成網，由網成窩，讓我自由穿梭，供我安靜棲身。

我不再厭惡身在昆蟲箱裡的日子。

●

那年冬天，因為有我們仨，窗外淒風冷雨，滲透不進屋裡的溫暖豐盛。

直到有一天，跳跳不知為何躲進昆蟲箱頂的小縫隙裡，織了前所未有厚實的網，天天待在裡頭。K上網搜尋，判斷牠這是在蛻殼，幼年跳蛛在成年以前，都需要經過多次蛻殼，這是牠們的關鍵期，也是危險期。

愛蛛心切的我們把昆蟲箱移進臥室，每日早晚對牠說加油，在牠的窩旁邊抹幾滴水珠，保持最佳溫濕度，希望牠度過成長的難關。同時，我們也欣喜於牠還是個孩子，畢竟跳蛛的壽命僅有一至兩年，牠愈年幼，我們便有愈多時間繼續相伴。

跳跳終於出窩後，原先被養得圓圓胖胖的身軀瘦了一大圈，卻食欲不振。幾天後我們才赫然發現，牠不是蛻殼，而竟是產卵了！圓滾滾的小不點、半透明的跳蛛寶寶從窩裡爬出，一隻接一隻，那麼迷你、那麼脆弱，彷彿風一吹就會消散，卻已經能清晰看見牠們的眼睛。

正當我感動於這些意外的、奇蹟般的小生命，K卻轉頭憂傷地說，懷孕生產過的跳蛛壽命將會縮短，所以跳跳的餘生，應該比原先預估的短得多。牠更早之前的那次失蹤，也很可能是為了生產；跳蛛只需交配過一次，就能多次產卵。

「每個人都有孕在身。」

我忽然很想吹一口氣，讓跳跳的蛛生重來，別成為母親。

●

那次，跳跳生了六隻寶寶，可是牠們存活率不高，一覺醒來，就有兩隻動也不動了。孩子出窩後，跳蛛媽媽不會繼續照顧牠們，我們也遍尋不著足夠迷你的食物餵寶寶，索性將牠們放生在廚房，適者生存。跳跳對於孩子的離去沒什麼反應，在我們的加倍疼愛下日漸恢復元氣，一如往昔跟我們玩耍，在我們的手指、掌心、手臂之間流輪爬行跳躍。

可是，隔沒多久，跳跳再度產卵，而這一次，那些卵沒能孵化出任何新生命，牠自己卻因此瘦得乾巴巴，似乎耗盡了一生的氣力。

如果懷孕生產能讓終有一死的生物觸及永生不朽，或至少見證有限生命的無限性，那麼，養寵物與生養孩子，確實有本質上的相反。比起生之活力，養寵物更常觸碰到的，反而是生物的脆弱與死亡，是站在自然規律面前，感受無能為力；是看見生物作為群體的生生不息，同時一體兩面地，認識到個體注定與永恆無關。

永恆只屬於人類創造出的信仰。

儘管如此，這不必然指向虛無。相反地，如果愛的內在方向並非狄奧提瑪所言，是上升的階梯、目標朝向最高的美與永恆；如果所有精神或肉體上的懷孕生產，不再是為了留下什麼、使什麼不朽，而只是單純地成為孕育者的生活樣貌，就像跳蛛的跳躍與織網，以及養寵物帶來的歡快時光。

我們的愛與創作，也許從此更自由了。

而跳跳，我們將牠埋在牠喜愛的長壽花盆栽裡，花季將盡之際，枝葉中心開出了一朵拔高挺立、格外嬌紅的小花。後來，每當我和K遇到跳蛛、或甚至只是一般蜘蛛，總是欣喜雀躍不已，像跳跳捎來問候，而我們仨的日子從未真正遠去。

——選自盧美杏主編，《蛛生：第四十三屆時報文學獎得獎作品集》，時報出版，二〇二二

黃亭瑀　台北人，現居新加坡。倫敦政經學院國際政治碩士。曾獲二〇二二年時報文學獎散文首獎，目前多寫散文和影評，發表於《釀電影》等雜誌和網路媒體，經營臉書粉絲專頁「藝文日常」，筆名黃郁書。

◉選文評析——移情

「沒有孩子的我和K，在臥室豢養了一隻蜘蛛。」這樣的開場白，難免令人直覺認為文章的內容，無非是作者如何透過移情到寵物身上（儘管選擇豢養的對象「另類」

了點〉，來撫慰無子的遺憾。一如海明威（Ernest Hemingway）短篇故事〈雨中的貓〉（Cat in the Rain）裡面，那位反覆說著「我要一隻貓。我現在就要一隻貓」的女主角，儘管最初是同情雨中的貓而想將牠帶回，但話語中流露出的，仍是基於「沒辦法擁有長髮，也沒有其他樂子」的婚姻生活之匱缺，從而想在動物身上取得一種實在而立即的滿足感。不過，黃亭瑀的〈蛛生〉所描述的，既是，也不完全是移情。進一步來說，移情在人與動物關係中的意義，往往被用比較負面的方式看待，其實亦不盡公允。

豢養跳蛛，最初是一個偶然。用作者自己的話來形容，是跳蛛與K「彼此馴養」的過程。從最初抱著「放牠一條生路」的想法，慢慢地，愈來愈安心的跳蛛，願意在K伸手的時候跳上去幾秒，再之後，牠有了專屬的名字，「跳跳」。讓跳跳自由在家中行動、擔任「蟑螂捕手」的相處模式，在牠突然失蹤數週之後發生了變化，由於擔心跳跳與另一隻同時出現的跳蛛爭奪地盤，作者與K決定正式豢養跳跳，用昆蟲箱為牠布置了一個「豪宅花園般的家」。

這段「失而復得」的關係，伴隨著昆蟲箱的登場，產生了本質上的差異，所謂的移情，亦是此時才出現的。作者並非求子不得，替代性地選擇飼養寵物，將寄託轉移在動物身上來彌補內心的失落。她是先失落了跳跳，在醫生宣判自己的身體狀況可能很難懷孕之後，她開始思考，人如何失落不曾擁有之物？或者說，如何言說對於不曾擁有之物的失落感？然而再次出現的跳跳讓她感受到，一隻蜘蛛跳上手心，用「無辜、信任，彷彿有靈性」的眼睛看著自己時，那份「柔軟的心情」與被一個初生嬰兒粉嫩小手回握並無不同。日日觀察、照顧跳跳的生活，逐漸生出一種由「我們仨」為家庭單位所構築的，歲月靜好般的日常。

作者對跳跳的感情，固然多少帶有一些彌補無子之憾的味道，但昆蟲箱裡的跳跳，既是作者移情的對象，更是她認同的對象。某程度上，跳跳是她的孩子，也是她自己的投影。尤其在發現跳跳可能是先天體弱導致獵捕能力較差之後，安適於昆蟲箱內生活的跳跳，讓同樣因疾病與疫情而被困居在家的自己，多了一些從容與面對的力量，讓她「不再厭惡身在昆蟲箱的日子」。

失蹤又重返的跳跳，竟在昆蟲箱裡成為了一位母親，也為作者帶來一堂意料之外的，關於孕育的哲學課。交配一次便能夠多次產卵的跳蛛，每一次的生產都在縮短生命的限期，一開始，她生了六隻小跳蛛，第二次的卵卻未能孵出任何新生命，反而讓她彷彿「耗盡了一生的氣力」。作者因此對於多年前讀過的，柏拉圖《會飲篇》中那句，「每個人都有孕在身」，有了新的體悟。懷孕和生產，真的是「終有一死的生物唯一能觸及永生不朽的方式」嗎？見證著跳跳的孕育與虛弱，讓她「很想吹一口氣，讓跳跳的蛛生重來，別成為母親」，蛛生與蛛之生，在此成為雙關的反諷，既是起點，也是終點。孕育，究竟是對生命有限的救贖抑或人類的執念？

作者的這些懷疑與思辨，深刻凸顯出她對跳跳的情感，不僅僅是移情與投射。透過跳跳的蛛生，她體會到養寵物與生養孩子「本質上的相反」，但這層體悟並非導向生養孩子的不可取代性，而是將生養與不朽之間的連結斷開，那麼，即使是養育一隻生命如此短暫的跳蛛，也能從中感受到一種更純粹與自由的愛。

〈蛛生〉一文的意義還在於，作者讓我們看見，將移情與同情的對象拓展至微小如昆蟲、蜘蛛的身上，確實是可能的。讓－馬克・德魯安（Jean-Marc Drouin）在《昆蟲哲學》（*Philosophie de l'insecte*）一書中曾引述學者弗洛朗斯・比爾加（Florence Burgat）有關同情的論述：「同情是指對他者遭受的痛苦感同身受的能力，它可以針對動物世界，但可能不包括那些最小的動物，因為很難甚至無法與牠們形成認同。」德魯安進一步補充，人們很難對一隻微小的節肢動物形成認同，除了因為在思想建構上，這些動物被排除在被承認具有痛苦的感受、因此需要放入倫理考量的對象之外；也因為在思維經驗上，「體型與結構上的差異阻礙了移情嘗試」。

確實，體型與結構的差異會阻礙移情嘗試。就像奧爾嘉・朵卡萩（Olga Tokarczuk）的小說《犁過亡者的骨骸》中，一位護林員冷酷又實際的話語：「您覺得我們會因為甲蟲在那裡繁殖，就踮著腳走在森林裡嗎？」但我們無須以歷史學家儒勒・米什萊（Jules

Michelet）那句：「怎樣的大小才能贏得您的尊敬？」（引自《昆蟲哲學》）來隔空反擊，因為黃亭瑀與跳跳所建立的這段既獨特又難以複製的馴養關係，已充分體現了即使渺小如跳蛛這樣的生物，同樣擁有獨一無二的個體性，以及將情感投射在動物身上，也可以成為擴大同情與連結的起點。

在長壽花盆栽裡長眠的跳跳，用牠的蛛生證明了，即使看似微不足道又短暫脆弱的生命，亦蘊藏著如宇宙般深邃待解的，生之奧義。

（Cathy）

輯四

虛擬動物區

迷你龍還在那裡

陳栢青

有一陣子總讓神奇寶貝帶我回家。

我的家鄉曾經是台灣最富裕的小鎮，是馬達與球鞋代工之鎮，號稱百萬資產以上富翁密度最高……可終究隨著產業轉型、縣市合併，小鎮成為一個口袋，那樣風光的舊事只是彈珠，聽起來鈴鐺響，但你伸手也掏不出什麼。

但那可不正是最適合實驗「線香」的地點嗎？

我不知道還有沒有人在玩「Pokémon GO」這款手機遊戲。我倒希望在它完全退流行之前，真的有人來實驗一下，關於遊戲裡號稱「能引誘神奇寶貝」出現的道具「線香」這回事。都說無人之處隱藏著等級更高的神奇寶貝。作為一款標榜「VR實境」高度與現實疊合的遊戲，「Pokémon GO」其中一則流傳在網路上的謠言是，在螢幕上找不到「補給站」的地方——補給站是玩家申請所設，沒有補給站的地方其實是遊戲的空白地域，一個真真正正，「拍攝期間沒有一隻神奇寶貝受傷或消失」，蛋殼猶密尚未被人拿湯匙或用指節摳出裂縫的真正處女地——只要點燃遊戲中吸引神奇寶貝的線香，之後緩步慢行，隨著路線往前推，就會一路出現稀有少見的神奇寶貝……

每一次我回家，其實是因為，它讓我離家更遠。

那樣漆黑的小鎮。沿著深夜荒廢的高爾夫球場邊緣疾走。或由廢棄河堤直往九二一災後裂開的地塹而去，夜裡全飛散綠色的螢火……

小鎮這麼遠，才吸引我回去。回去了，就可以去小鎮裡離家更遠的地方。

但其實那就是都市傳說吧。關於線香，或是「未設有補給站的空白地圖」之傳言，那是我們這個手機遊戲世代的「深夜十二點對著鏡子削蘋果」、「在公園電話亭撥打六個6」……其實是神骰下骰子，或是777霸子機拉下扳手後隨機或陰錯陽差之下誕生之偶然與巧合，「錯得多美麗」。

線香快用光的深夜，我已經去過小鎮更多荒涼的地方，這一次，我朝市公所方向前進。從醫院後頭繞過去，區域改制後政府將辦公大樓全部集中在這一小塊土地上，那些掛著稅捐處掛林務局掛健保局其實全都鐵門深鎖，新建築喪失機能性其實只是另一種變相的廢墟，在這個被時間差隔出來的密室裡，我想這裡才是真真正正，小鎮的黑暗之心啊。我刷開螢幕，果然一個補給站也沒有，可能公務人員抓龍抓逃漏稅抓姦，就是不抓神奇寶貝吧。我按下線香，隨著手機螢幕裡白煙裊裊，視線外，路燈一盞一盞通向孤獨的建築群，我一個人沿著道路往前。

螢幕裡依序出現是超音蝠。綠毛蟲。和叫做波波的傻鳥。

嘖，怎麼淨是這貨。

珍稀的神奇寶貝呢？

眼睛在螢幕和現實空間裡切換，接著，我就看到狗。

不，不是「Pokémon GO」裡的卡蒂狗風速狗。

是真的狗。

路燈像浮動的火，垂下的樹枝枯得像是燒過的了，但眼前確實是狗的形體。牠不大，身體剽悍的，腹部到胯下有一種精實的弧線，毛色是黑色，還是某種灰，幾乎像水了，因為太有光澤，彷彿自己獲得了生命，那樣溜溜的，一忽兒，風甫吹，牠一潑水似動了。

牠跑起來根本就是一匹馬，我聽到牠的指甲敲在柏油路上發出答答聲響，很流暢地在斑馬線上溜出一個圓，只差沒有像馬一樣嘶地從鼻孔噴出白煙，而牠看也沒看我，斜斜俯頭衝入一旁公所大樓旁的空地。

那裡有什麼呢？

我從圍牆的細縫往那頭看去，這才發現，在空地上，有十隻，不，十五隻，總之是，能夠用肉眼盡數，但數量上讓你感到好大一批的狗群。

花斑點的；黑帶花的；乳牛色系的；雪練似渾身一刹白……

牠們一頭又一頭，全趴伏在中庭。

很秩序，很安靜。並不躁動。直到那隻黑犬啪搭趴搭用趾角扣出響聲，緩緩踱步到牠們面前。然後全身鬆開似地忽然俯身臥下。

我站在黑暗中，持續凝視著牠們。

這是一個，狗的行政大會嗎？

會發生什麼事情嗎？

一牆之隔，我覺得那像是兩個世界了。在那一頭，違反了種性，牠們為什麼這麼整齊，為什麼這麼安靜，甚至出現一種秩序，是要發生什麼了嗎？

或者，此刻，什麼已經發生了。

「我發現你了。」我只感覺自己窺看到不應該看的什麼。作為一個異生命，我才是闖入牠們之中的那個。

後來我就回到我屬於的城市了。沒有狗。補給站比便利商店還多，當然也不需要使用線香了。倒是我覺得線香這種東西啊，是一種變相的抽獎，香煙裊裊，你不知道憑空跳出什麼樣的籤來。相比之下，玩家開發的雷達app把運氣變成一種努力，螢幕上地圖一打開，哪裡有什麼神奇寶貝，剩餘幾分鐘可捕捉，全都一目了然，剩下的，就是「要不要去」了。把機運變成一種全然的體力活。

我住在河堤旁，根據雷達地圖顯示，那裡是迷你龍的隱密洞穴，一小時會出現三到四隻。地圖上出現一個倒U字型，如果是算命師看了必然會用摺扇敲著桌面捻鬚道這就是玉帶水啊。有水環經，我住在河堤的凹槽裡，迷你龍星星點點的，命運零星地示現，還真的就是銅板，我不時在這個打橫的口袋上下左右撿著。比較高難度的部分是，如果迷你龍出現在河堤的任何地方倒也都好，但牠若出現在U的最底部，看起來和我離得最近，但實際上，迷你龍是在對岸了，卻沒有一道橋可以輕易地過去，偏偏抓不到。

後來我倒是看出門道來，怎麼回事？總是深夜十二點前，總是河對岸那個點，每一晚，時間一到，地圖那端很固定閃起一個亮點，一水之遙，到不了的彼岸。

其實揣著河堤這只口袋裡的迷你龍，也就足夠我進化迷你龍成為更高級的哈克龍快龍了吧。但你知道，得不到的，才想要啊。

那無關完成，只是一種欲望。

一樣是黑狗群聚的晚上，十二點，地圖上燈號一亮，我真的騎車去了。

那條路比我想像得遠，必須沿我家這端河堤，找到連接對岸的橋，再騎一段路繞回U字型河堤凸起的另一面。我跨上機車，一邊在心裡抓時間，一隻神奇寶貝出現的時間大概是十到十五分鐘，現在多久了呢？油門一下兩下三下地催，輪撇成空，心裡有個聲音在催。

事實是，我從不曾到過河堤那端，隨著機車切到河道那端，這樣遙望著，喔，那就是我的家啊。就會產生一種親切的陌生感，或陌生的親切感。我到家的另外一面了，一切像是那個小鎮的夜裡，走進家鄉最陌生的地方。某一刻，我倒是真心對這遊戲感激涕零，這是不是它被設計出來的目的？——用截然不同的眼光凝視本來熟悉的世界。

但河堤那端的迷你龍到底在哪呢？儀表板上指針往上翹，心底有沙漏在倒轉，河堤這端全是曲曲彎彎的小路，被分隔成菜園和停車場。我眼角瞥向用固定桿立在機車儀表板旁的手機，就在轉角巷子了，可距離迷你龍消失時間還剩十秒。

現在是九秒了。

面前是個拐彎，我身子貼地小於九十度角，大腿外側幾乎要擦到地表，像是運動頻道出現那些環道賽越野賽車手，天知道這樣撇尾甩輪，是為了螢幕裡一頭沒毛沒有實體的畜生。

八秒，小路在前，旁邊就是螢幕上標示的停車場。是了，就是那裡了。

可就在這時，前方車頭燈亮得比乍睜的瞳孔還要大，怎麼一台卡車迎面衝來。

倒數七秒。那一秒。永恆的一秒。我只想到，唉呦，糗了吧。這下子，明天自己終於上報了，只是會從副刊移到社會版。「青年騎車抓寶可夢……」

但身體比我的腦更快做出反應。它比我想活下去。在幾乎可以感覺到卡車車頭鍋面擋板的熱氣那瞬，反射神經做出判斷，當下往旁壓倒，我覺得自己像顆陀螺，以著地身體為圓心，斜斜往旁邊打飛而去，險險避開正煞車卻依然緩速向我這頭撞來的卡車。

耳鳴轟轟。疼痛重新接管身體前，我拍拍身體跳起來，耳邊還有卡車司機隨著車窗搖下聲量逐漸轉大的罵罵咧咧，但我哪管啊，我說，那一刻，我一心一意，貫徹始終，只想拿起手機，我想的是，嘿，我的迷你龍呢？

地上散落著碎片，我艱難地摸起手機，螢幕上已經摔出一個角，但在蛛絲紋路之下，你瞧，現實與虛擬疊合，停車場的影像依然完整無瑕顯現，四秒，對了，我將手機對準路燈下空洞的停車場一角，三秒，迷你龍還在那裡。

就是現在，把手指滑出。

去抓住他。

但下一秒，忽然遲疑了。

我把螢幕拿開，在手機後方，那是真實世界，和剛剛螢幕裡沒多大差別，偌大的空間裡，一盞幽幽的路燈，銘黃光下，現實世界多空洞，當然，沒有活跳跳的龍了。

可就著街燈的光，我清楚看見，在路燈下方竄出來的野草之間，放了一個瓷藍的甕，小小巧巧，四邊用膠帶貼著，那蓋子不知道被什麼弄裂了，很窄的孔洞之內有一個更幽深的說不出是什麼的黑暗。

我眼光再移回手機。

迷你龍還在那裡。

再移開手機。

是那只甕。

再移回手機。

迷你龍。

（只要把手指貼著螢幕揮出的話。）

（但是，我會把什麼抓回來。）

遲疑之間，耳邊響起清楚的倒數。2，1。

夏天的風好涼好涼的。

也有這樣的事情，和鬼故事無關，我只是忽然明白，這一生我想要的，大概就是這樣了。若不是，「我發現你了」，就是「請你找到我」。

——原載於「Readmoo閱讀最前線」「陳栢青之壞品味」專欄，
二〇一七年五月十七日

陳栢青

一九八三年台中生。台灣大學台灣文學研究所畢業。曾獲華語科幻星雲獎、全球華人青年文學獎、中國時報文學獎、聯合報文學獎、林榮三文學獎、台灣文學獎等。作品多次入選年度散文選，並獲《聯合文學》雜誌譽為「台灣四十歲以下最值得期待的小說家」。曾以筆名葉覆鹿出版小說《小城市》，以此獲九歌兩百萬文學獎榮譽獎、第三屆全球華語科幻星雲獎銀獎。二〇一六年出版散文集《Mr. Adult 大人先生》。

◉選文評析——虛擬

「我不知道還有沒有人在玩『Pokémon GO』這款手機遊戲」。陳栢青在散文〈迷你龍還在那裡〉中這麼說。比起他撰文的二〇一七年，這個疑問現在似乎更能成立，但作為一個資深寶迷，我相信這款手機遊戲還是會繼續存在，因為寶可夢所創造的，虛擬的真實效應，對許多人來說，依然足以補完不夠美好的現實、讓平凡的日常多一點期待，一如作者這段抓寶歷程所透露的那般。

關於虛擬對真實的介入，一般更常見的反應或許是憂喜參半，畢竟虛擬太逼近真實，將引發虛擬取代真實的憂心甚至恐懼，但〈迷你龍還在那裡〉卻賦予虛擬介入後的現實頗正向的呈現。例如因為寶可夢遊戲中的道具「線香」據稱在愈是荒涼的地點愈可能吸引稀有的神奇寶貝出現，這都市傳說就足以讓作者屢屢回歸隨著產業轉型而不再風光的家鄉小鎮。雖然結果傳說只是傳說，伴著作者在深夜廢墟般的場景中行走的，依然只是超音蝠、綠毛蟲之類的「菜市場怪」，但能讓他堅持在夜裡飛散的綠色螢火中繼續前行的，顯然就是虛擬的線香點起時，手機螢幕裡裊裊白煙所帶來的希望：「小鎮這麼遠，才吸引我回去。回去了，就可以去小鎮裡離家更遠的地方。」在更遠的地方或許有些什麼吧？珍稀的神奇寶貝可能終會出現的想望，成了「有一陣子總讓神奇寶貝帶我回家」的原因。

而即使回到城市裡，虛擬的神奇寶貝依然發揮著真實的魅惑力。在玩家開發的雷達地圖上，作者持續看到，每當深夜十二點左右，居家附近河堤對面那個只有一水之遙、卻沒有簡單道路可以通達的地點，就會出現迷你龍。某夜，作者終於決定克服萬難，騎車前往迷你龍的祕密巢穴：「一切像是那個小鎮的夜裡，走進家鄉最陌生的地方。某一刻，我倒是真心對這遊戲感激涕零，這是不是它被設計出來的目的？——用截然不同的眼光凝視本來熟悉的世界。」而作者的文字，也確實讓我們感受到虛擬如何能讓乏味的現實變得奇幻了起來：「我把螢幕拿開，在手機後方，那是真實世界，和剛剛螢幕裡沒多大差別，偌大的空間裡，一盞幽幽的路燈，銘黃光下，現實世界多空洞。」但擴增實境的遊戲，卻讓迷你龍活跳跳地出現在路燈下空洞的停車場。這雖比不上當年南寮漁港海上出現乘龍般令眾「寶迷」瘋狂，但瞬間也足以照亮作者幽暗的夜吧。

類似寶可夢遊戲所觸發的，科技介入現實的正面效應，其實也已經應用在虛擬動物園上。日本的銀座圖鑑博物館，就是以近似寶可夢遊戲的方式，讓參與這個數位型體驗展的遊客，一面「捕捉」展場內的虛擬動物，一面學習關於牠們的生態知識。入場之前，遊客會得到一顆「紀錄之石」，接著在草原、森林、河川、深海、叢林五區的展場中走動時，如果紀錄之石顯示「感應」到附近的生物，遊客就必須像抓寶一樣，先觀察、等待動物的變化，再按照指令按下紀錄之石，如此就能「捕獲」動物的相關資料。

例如當紀錄之石顯示，「發現了正在吃草的生物，請注意牠們的叫聲，把牠們進食的身姿記錄下來吧。」就要在附近的環境中尋找形象符合的動物，成功捕獲後，「非洲旱獺」這種動物的形象就會在紀錄之石上顯影，而相關資訊諸如棲息地、習性，示警叫聲的特色等等，也會一併出現。如果缺乏仔細觀察與等待的耐心，就無法獲取該動物的資訊，而如果太靠近動物的影像，動物就會被驚動而逃走。上述的設計並未讓遊戲的難度變得太高，但無疑是要求遊客做到認真觀看與正確互動。此外，展場中的虛擬動物，並不只是在真實動物園中也特別吸睛的熊貓或獅子等「巨型動物」（megafauna），如響尾蛇或老鼠也都列在展示的範圍中。儘管因紀錄之石的面板空間有限，顯示的生態資訊量不能算非常完整，但比起在動物園走馬看花，能學習到的知識未必比較少。

事實上，動物園的教育功能長期以來受到質疑的原因之一，在於被圈養的動物生活在與原本差異甚大的環境中，早已失去所謂「真實」的樣貌，僅憑觀看動物就宣稱能達到教育的目的，似乎言過其實，更不用說許多動物園在「票房」壓力下，對娛樂性的重視遠超過教育——學者蘇珊．戴維斯（Susan G. Davis）就曾以edutainment一詞，來指陳海洋世界主題樂園把娛樂包裝為教育的這個現象[1]。從這個面向來考量的話，或許如

1 引自布坎南（Ian Buchanan）的"At the Mall with Fish"一文。

銀座圖鑑博物館這種擺明了以親子共遊為訴求的娛樂展場，反而能在不傷害任何動物的情況下，進行基本的生態教育。

回到〈迷你龍還在那裡〉。故事最後，作者發現迷你龍所在的位置，對應著真實空間中一只瓷藍的甕，「小小巧巧，四邊用膠帶貼著，那蓋子不知道被什麼弄裂了，很窄的孔洞之內有一個更幽深的說不出是什麼的黑暗。」他忖度著若抓回迷你龍，可能也會同時抓回不可知的什麼，於是任由迷你龍消失。此時虛擬所產生的真實效應，似乎不如先前詮釋的那般正向？但試想一下《阿爾罕布拉宮的回憶》，在這齣據稱受寶可夢遊戲啟發而創作的韓劇中，在擴增實境的虛擬遊戲裡對戰身亡的人物，真實世界裡的本尊竟然也死了，但又回歸為遊戲中再也殺不死的，鬼魅般的存在。虛擬衝擊真實，以至於兩者難以分辨，虛擬凌駕真實的焦慮，莫過於此。〈迷你龍還在那裡〉卻不同。最後作者雲淡風輕地說，這一切其實「和鬼故事無關」。讀來有些聊齋味的結尾，讓文學所能達致的虛擬（想像），和科技所成就的虛擬，在此疊合；而透過遊戲帶來的某種靈光乍現（epiphany），讓作者在捕獲迷你龍之前止步，只因他忽然悟出了這一生的追尋，想要的是什麼。

（Iris）

為了要讓紙魚游起來

陳宗暉

那是隨時可以盛夏擴張或深夜降臨的時節，在鴿群尚未入侵的南陽台，交換這趟旅行的地圖與鑰匙，循線開啟文學院轉角的66號寄物櫃，發現艙內平躺一本《祕術一千種》。

在文學課與寫作課之間的每一部精裝書與經典選集之間，日日夜夜在對方的寄物櫃投放昨天的日記，交換日記與今天的紙條。寫信的朋友也是寄物櫃的朋友，負責保管內心劇場與每一本讀不完或捨不得讀完的書。不讀書的時候寫日記，日記裝訂成回憶。讀書是進入一種異常狀態，讀詩是進入另一種更異常的狀態。日常通常不讀詩，夏宇在《腹語術》說過，不讀詩的時候，讀《祕術一千種》。

使紙魚游水法：「雄狗膽、鯉魚膽各一枚，以其鮮汁和勻塗厚洋紙上。剪成魚形（如製成魚形尤佳），放置水盆內，須臾則游走與真魚無異矣。」

有時缺乏膽量、有時一身是膽的年少時代，讀書就像搭便車，沿途張望每一次借來的聲光與景色，續借再續借。搬進大學宿舍的第一天，還沒打招呼就先偷瞄書櫃，在姓名學號之外，那些書名可能是更準確的自我介紹。「新潮文庫」就是一種洋紙魚形，塗抹膽汁協助消化脂肪。讀書有時是燃脂增肌，有時是漂浮徜徉。

新潮文庫的隔壁，通常是洪範書店。「朋友在一起都做些什麼呢？難道整天談詩？」當《一首詩的完成》作為一種「文學概論」課本，書裡說：「少年時代很依靠這種怪異的交談，來支撐那無窮大的幻夢。」譬如，哪裡去找鯉魚膽？為了要讓紙魚游起來。

我們分別讀過哪幾本書才可以在這裡相遇交談？如果躲在圖書館過一夜，那一定不會是徹夜讀書，我們會亂談到天亮。白日讀書，夜間筆談。青春憂傷而不無聊。聊天一回三小時，質感殊異的三小時，花蓮台北，自強號也是三小時，那是常規的三小時，三小時可以讀完一本書。讀書就是來回搭火車，那時從來不覺得自己回不了家。那時背包裡一定有書。

為了考試，為了畢業，總會有一段時間必須把自己關在圖書館。白天進去，出來黑夜。在一個沒有黃昏的縱谷，這樣的閱讀工程是午後而作，日落不息。背著背包，走路去圖書館，聽著〈晚安曲〉散場，需要再走一段長路才能消化。

流汗總比流淚好，一邊散步一邊回想，穿越志學街，走到圖書館四公里外的火車小站，去看一看天橋，去跟停在車站外面淋雨的腳踏車說對不起，我來接你了。有點悲傷有點倔強的啃讀歲月，剩下我在這裡牽著腳踏車走路，背包裡一定有書。埋首讀書的時候，一個人也有會合的感覺。在路上翻讀《鯨與海豚圖鑑》，在房間對窗翻讀《雲圖鑑》，為了指認，為了遙遠的嚮往與相望。

現代散文選課堂的名家名篇逐一選讀，選來選去還有一本心中有名的曾麗華《流過的季節》沒有被跳過。這樣的書名，也是一種清澈湍急的青春回首深流，「只有流淚的時候，我才覺得全部的天真重新回來，並且怒詛著外面的雨水多得真蠢，然而比起黃濘的街道，雨水堪稱是潔白的。」

遠看以為傘內也在下雨，安靜而節制的雨，傘下的人思想清明微溫。我們不是在淋雨，我們就是雨。單身媽媽撐傘牽著兒子。

有些書讀起來會覺得自己是落單的小孩。「喂，我明明說過很多次，不要在賣場裡撐傘。」店員責備。「這個不是傘，是我的家。」八方遊蕩的小孩反駁。翻開書頁有時就像撐起一把傘，在自己的雨季週期裡，重讀松本大洋《Sunny》也是一種走路回家的方法。

草鞋一雙涉行千里法：「以鯨魚鰭，漬爛泥中，冬五十日，夏三十日，然後取出。

用木槌打碎，使之柔軟若苧麻，製草鞋穿之，可步行千里不敝。但草鞋內須襯布片，否則恐足受傷作痛。」

學會開車以後還是習慣走路，開車去一個比較遠、離海比較近的地方走路。三個小時是一個單位。從此以後，我們都說，讀完這本書就是從台北到花蓮，讀這本書就是一種挑燈探路。紙魚成為鯨魚草鞋，涉行千里不敝，內裡有預先安襯的防撞布片。閱讀的危險與撞擊是必須的，我們都知道有一種傷害是具有療癒性的。那些未曾經歷過的他者的傷痛有一天也會滲透我們。有時我也會羞愧自己的傷感怎麼這麼人類中心主義。只有你會告訴我：地球只有一個，你也只有一個。

五月的第二個星期天，去了一間一推門就看見一疊《邱妙津日記》的書店，店主喜歡的書，就會私心多進幾本。架上有書，角落藏書。牆壁後方備有椅墊，隔牆有人，隔牆有書，地下室通往另一個寬廣縱深的書櫃。書店是分享，讀書是隱藏，「有些客人不希望讓別人知道自己正在讀什麼書。」可以坐進放心的角落試讀，把書頁讀成鯨鰭。

讀書是祕術。古今祕術的揭露，只是一次詩意的示範。看山川土地知晴雨法。黑夜中照路不用燈火法。知水善惡掘井法。各家方法有效無效，人生諸多苦難諸多建議諸多教訓，倖存者的通報可信可不信，一邊讀書一邊走路，修習與復健沒完沒了。

《一首詩的完成》給出一個提示：「詩不複製具象事件，詩要歸納紊亂的因素，加以排比分析，賦這不美的世界以某種解脫。」在不美的世界裡，為了出口而潛入一個水下洞窟系統而覺得美。一首詩的沒有完成也有完成感。二十歲那年有約沒約但是我們會在繞路的多年以後各自赴約。有一天我們會搬進一本書裡，共享一組ＩＳＢＮ門牌號碼，旅行之家，住在會經過海邊的火車裡，紙魚游水，當我們團聚的時候，我們就是祕術第一千零一種。

——選自孫梓評主編，《九歌110年散文選》，九歌出版，二〇二二

陳宗暉

一九八三年生於雲林，花蓮長大，蘭嶼第二次長大。東華大學中文系、華文文學研究所（原中文所）碩士班畢業。曾為黑潮海洋文教基金會志工、蘭恩文教基金會志工；近年多於蘭嶼野銀部落協助當地推動環境保護工作，發起並參與「說蘭嶼環境教育協會」相關事務。著有散文集《我所去過最遠的地方》。

◉選文評析——祕術

陳宗暉此文，以祕術喻讀書、喻文學。文學即祕術，文學青年以楊牧《一首詩的完成》、以夏宇《腹語術》作為通往文藝之巔的祕笈。楊牧表示，「少年時代很依靠這些怪異的交談，來支撐那無數大的幻夢。」夏宇說，「不讀書的時候，讀《祕術一千種》。」兩者相加，談論祕術如何成真，顯然就是最強大的武功心法。

心法指示，若要使紙魚游水，須尋「雄狗膽、鯉魚膽各一枚，以其鮮汁和勻塗厚洋紙上。剪成魚形（如製成魚形尤佳），放置水盆內，須臾則游走與真魚無異矣」；若要以草鞋涉行千里，則「以鯨魚鰭，漬爛泥中，冬五十日，夏三十日，然後取出。用木槌打碎……」青年當然不至於真的去尋覓鯉魚膽或鯨魚鰭，他只是反覆翻讀，在書裡面旅行，把紙魚變成草鞋，「把書頁讀成鯨鰭」。他說，「古今祕術的揭露，只是一次詩意的示範。」

詩意一部分源自距離帶來的非日常之感，透過距離，過去的寫實也可能宛如今日的幻術。好比翻讀中世紀那些煞有其事、慎而重之的食譜、指南，諸如用山羊膽汁修眉、鴿子血敷臉，又何嘗不是西方系統的《祕術一千種》？我們固然無需過度解讀，認為某個時代的人全都真心實意相信這些看來相當「不科學」的偏方或奇談，但這些「祕術」

確實曾經被置放在某種日常的體系中，或者更準確地說，它們和現實之間的切割相對是更模糊曖昧的。

陳宗暉文中已有例證，草鞋千里法的後半段強調的是：「草鞋內需襯布片，否則恐足受傷作痛」——一個相信用鯨魚鰭可以創造奇法的世界，卻如此務實貼心地提醒：「記得墊塊布否則走久了會腳痛」，不是充滿違和感嗎？但這種看似違和的並置，正是祕術的核心——世界無奇不有，怪異，亦為日常的一部分。當紙魚游水之術、知水善惡掘井法等聽來神祕奇幻的祕術，與製作薄荷精油、小兒夜不安眠、黏膠粘著衣物……這類生活小偏方放在一起，無疑意謂這些五花八門的「生活祕訣」，都具有實踐的可能性。換言之，提醒草鞋襯布，正是因相信祕術可能成真。

但祕術成真的前提，是需要尋覓或說備齊必要的材料。嚴格來說，這些材料和民間故事裡為了刁難人的靈丹妙方不太一樣，後者有時是為了讓你知難而退而設計的——例如黃梅調《梁山伯與祝英台》裡那些「一要東海龍王角」、「八要王母身上香」之類的「藥材」；祕術的材料，關鍵多半在於，你不知道某些東西以某種方式相加之後，可以帶來意想不到的效果，而在眾多如何美容或洗衣服的「生活小百科」之外，祕術終極的力量可以產生靈通，極致的靈通，無非與天地相應，預知吉凶跨越生死之力。祕術大全，其實就是欲望大全。

弔詭的是，讓紙魚游水的力量，是以雄狗鯉魚之膽來換，透過剝奪或說犧牲真實鯉魚游水的力量來換取脆弱的紙魚之游。祕術之中，不乏此種邏輯運作下的方案，例如捕捉螢火蟲將其螢光塗抹在紙上，以其光之消逝換取戶外就能看見的月光。我們希望將幻異納入日常，又對真正的日常視為理所當然而不以為意，這或許才是人心之欲望最需解開之祕。

正因如此，陳宗暉文中將文學視為祕術的看法，又多了一層深意。文學確實才是那個無須備料，即能上天下地創造無限可能的祕術宇宙。在文學作品中，我們早就看到無須取膽即能讓紙魚游水之術：吳明益《天橋上的魔術師》裡的魔術師說，「只要你在心裡用咒語呼喚想要變出來的東西，就會發現什麼都可以從畫裡頭走出來。」單憑用手在紙上摩娑，透明如冰塊般的金魚就躍入了水瓢之中；劉宇昆《摺紙動物園》裡，敘事者的媽媽在摺紙之後，對著摺好的動物們吐氣，「讓牠們共享她的氣息，隨著她的生命動起來，這是她的魔法。」不像魔術師直接把紙變為魚，媽媽摺的動物們仍然保有紙的本性，因此一開始她的鯊魚遇水之後，癱軟透明地散了開來，改用錫箔紙做的鯊魚，才在大魚缸裡悠游。與摺紙共享氣息的母親，在紙老虎身上，寄託了她寫給不同文化背景下長大的兒子的字句，那是摺紙真正的謎底。這些幻術在作品中自有其言外之意，但透過小說家的想像力，在祕術的欲望背後，卻多了幾分溫柔。

（Cathy）

網上追貓

樊善標

我一直想辨認清楚對這張網的感覺。自從大廈外架起竹棚，張開了綠色的細眼尼龍網，幾天裡我都在思索這問題，怔忡而疲乏。也許思維過度，第四天開始，走到街上，觸目都讓我想起那繩網，最初是任何青綠色的物體，後來甚至穿通花衣服的女人。

回想竹棚架成的第一天，午後回家，拾級而上，不過五層樓，怎麼天就黑了。定神看去，一幅密匝的網懸在屋外。誰說過黃昏是一張網，我的窗外竟駐此一片無限光景。在窗旁書桌上工作，尼龍網的綠色漸漸溶入深夜，外面的世界隱約布了一片煙靄，那種安全的喜悅，熟悉而新奇。

抬頭瞥見書櫃頂上，壯年夭死我家寵貓的遺像。牠生前最喜歡鑽塑料袋，躲在裡面只露出眼睛。牠暴斃了，我們都以為是吸入太多毒氣的緣故，不是有些吸毒的青少年愛嗅燃著的塑料袋嗎？現在我想牠一定別有死因。照片上貓眨巴著一棕一綠的眼，鼻子裡呼出一個氣泡，脹大飽滿，把我吞進去，飄起，穿過地板下沉。還剩上半身在地上的時候，貓從照片上虎跳出來。氣泡沉到很深的海底，貓游泳尾隨，鼻子抵著泡壁，兩色眼睛有節奏地眨。我在海水深處，和牠對視。貓伸出前足撫摸氣泡，我聽見金屬刮在玻璃上的聲音。

拉起簾子，陽光以暈眩的速度射進房間。竹棚上赫然站著一個背光的人影，正在移動我窗台上的盆栽，發出響聲。「阿哥，唔該借個門口出去。」我狐疑地瞅著這人。他解釋說遺漏了一些修補外牆的工具，想取道我的單位到樓梯擺放雜物處拿取。我讓他進來。是個三十多歲的男人。他提醒我鎖上窗欞，昨天有一個單位給爆竊了，架了竹棚誰都可以爬上來，分不出是不是賊人。還以為是你們在工作，我答。下午上班前我撿出四把鎖，把窗欞一一鎖上，關緊玻璃，拉上簾子，又重新查看一遍才外出。

當天下班，我特別走到街的對面仰望，窗戶都完好，植物沒有七零八落。在家門前遇見一位鄰居，他又提醒了我一遍要關好窗，並告訴我從前他住在十三樓，也因為架了竹棚，給人爬進屋裡行劫。賊人晚上由洗手間潛入，他半夜起床小便，一開門驀地給一柄刀指著。我再三謝謝他，答應睡覺時寧可熱一點，也把窗關上。

晚上仍舊在窗邊工作，仍舊感到安全。一直到睡覺貓也沒有出來。畢竟那並非牠的慣例。但也可能因為太熱。為怕竊匪沿棚架潛入，我真的把窗都關上了。

第三天要到學校的圖書館蒐集資料。與公共圖書館相比，那還算是靜穆的，除了管理員。搜尋第一個書架時，兩個女管理員滔滔滾滾在月旦電視藝員。第二個書架，一個男的加入，討論今天晚上劇集的發展，他們忽然都想不起那個在預告短片出現，將要幫劉青雲一把的是誰，反覆商討，熱鬧非常。找遍三個書架還是沒有，匆忙掉頭離去。答案我當然知道，但考慮到逕直插嘴似乎過分唐突，還是算了。當晚在飯桌上，我懇求家人別看電視，他們不很滿意，但仍答允了。飯後小坐片刻，各自返回房間，關燈睡覺。

獨站在窗前，對面家家戶戶燈光明亮而柔和，在這底色之上另有一種頻率不定的閃爍，所有窗戶一起亮，一起暗。那是電視機。這夜我不復能拆解閃光的含意，這種感覺令人寬慰。我伸手觸摸那尼龍網，似乎把頻密的閃光也一併搖散。

十二點一過，貓又眨巴著眼睛，虎跳出來。我迫不及待問牠：你是怎樣死的？頓時牠定在空中，身體彎成有力而圓融的弧線。仔細看，原來牠卡在一張精細的網上，頭和前足已穿過網眼，後足和尾巴卻在另一邊。我想替牠解開繩索，牠毫不領情，伸出爪來抓我，發出金屬刮在玻璃上的聲音。正在糾纏，母親敲門進來，夠鐘上班了。

今天有一節課，要教象徵手法。我靈機一動，打算以自身的經歷作為例子，讓學生思考。可是我得先想通：網象徵什麼？

貓肯定不是給網眼卡死的，牠的屍體沒有纏著繩索，事發當天我看得很清楚。但那時我已有一種不願說出來的想法：牠是悶死的。不是給塑料袋，是給我們。記得當天早上離家時，牠跟著到了大門前，看我拾級下樓，眼睛睜得圓大圓大。可是我們已經按時餵飼、撫摸牠了，再提出這死因未免太令人傷心。

學生果然產生了興趣，提出各種假想，但我憑直覺判斷，都不以為然。他們反問我的看法，我指出竹棚也可以看做一張網，兩者都有孔眼，竹棚材料較堅硬而已。他們反對：但本質不同嘛。這個下星期再深入研究，我虛與委蛇。可也不盡是強辭奪理，我直覺隱隱然如此。幸好還有一星期餘裕。

回辦公室的路上，有一堵張貼宣傳品的牆，上下課的時候，各路宣傳人員在此散發單張，什麼學術講座、籌款活動，聯歡舞會、社會服務等等，應有盡有。隔幾天就換一個樣子，但基本上和幾個月前，甚至幾年前，沒有絲毫差別。每次經過總接來厚厚一疊紙，隨手塞進口袋。不能多看，會悶死人的，我想。

晚上仍然沒有以電視劇佐膳。也許家人以為我沒有作聲，是心裡不痛快，因而冒著明日沒有話題的危險，多遷就一天。千篇一律的東西少看點也好，但我實在是因為想不透那象徵而沉吟。端著飯碗，母親抱怨修葺工程進展太慢，棚架令人提心吊膽，上街買點菜什麼的也牽腸掛肚，整天在家提防，悶也悶死了。

對，網的象徵意義正在這裡。貓卡在網中，牠是給悶死的。牠是因為被人按時餵飼、撫摸而悶死的。是《養貓大全》的規定害死了牠。

抬頭看網外的天空，「今天的雲抄襲昨天的雲」，原來書上這句只是白描。儘可以作各種各樣的補充，比方：今天的電視劇抄襲昨天的電視劇、今天的《養貓大全》抄襲昨天的《養貓大全》，諸如此類。貓不知何時跳了出來，輕輕靈靈站在竹棚上向我眨眼睛。這次我心領神會，咔嚓打開了窗櫺的鎖。貓一竄就到了下一層，我追著牠跑。爬了一層，晚風生涼，從口袋掏出那疊紙，朝網的缺口一撒，碎紙在電視機頻閃的光影裡燃亮飛散，瞬間開成一朵明麗的煙花。

——選自樊善標，《力學》，香港：振然出版社，一九九九

樊善標

香港中文大學香港文學研究中心名譽研究員、中國語言及文學系退休教授。研究興趣包括香港文學、現代散文及建安文學。著有學術論文集《真亦幻：香港散文及非虛構寫作》、《諦聽雜音：報紙副刊與香港文學生產（1930-1960年代）》、《清濁與風骨：建安文學研究反思》、《爐外之丹：文學評論及其他》，創作集《發射火箭》、《暗飛》、《力學》，主編《香港文學大系一九五〇～一九六九．散文卷一》、《香港文學大系一九一九～一九四九．散文卷一》等，合編《西西研究資料》、《疊印：漫步香港文學地景》、《墨痕深處：文學．歷史．記憶論集》等。

◉選文評析——悶

「寵物其實是介乎動物世界與人類世界之間的一種存在，牠們活在兩種價值觀和文化系統之間。只有適應能力和生命力格外頑強的動物，才能在家裡自在地當上寵物，並且活上很久很久。」（韓麗珠〈人與蟑螂的距離〉）

韓麗珠的這段文字，某程度上似乎可以作為樊善標〈網上追貓〉一文的註腳。畢竟他原先認為那壯年夭死的寵貓，想必是因為生前喜鑽塑料袋，吸入過多毒氣而暴斃，但在大廈外架起竹棚，張起了綠色的細密尼龍繩網後，作者卻回頭惦念起自家寵貓：「現在我想牠一定別有死因。」

然而，樊善標真是此刻才頓悟了貓的死因嗎？事實上，他回溯事發當天，「已有一種不願說出來的想法：牠是悶死的。不是給塑料袋，是給我們。記得當天早上離家時，牠跟著到了大門前，看我拾級下樓，眼睛睜得圓大圓大。可是我們已經按時餵飼、撫摸牠了，再提出這死因未免太令人傷心。」

壯年暴斃的，被悶死的貓，顯然適應能力和生命力並未頑強到足以「在家裡自在地當上寵物」。但〈網上追貓〉以一種游離於幻想和夢境的手法寫貓，顯然並非意在回頭為貓重新開出一張死亡診斷書。時而卡在精細網眼中，時而輕靈站在竹棚上的貓，成了作者自身的象徵。若說寵貓那圓大的眼睛裡，訴說著活在自身自由天性與人為打造的文化系統之間的愁悶，被突然架在屋外的竹棚與尼龍網困住的作者，又何嘗不是如此？與其說貓的命運就是人的命運，不如說人的命運與貓的命運遇到了同樣的困境，從而產生了某種認同與疊映。

被悶死的貓，得到了〈象徵性的〉自由；被困居的人，卻依然深陷城市製造的憂鬱沉悶之中。綜觀〈網上追貓〉一文，將會發現樊善標真正著力刻畫的，其實是一種天羅地網般，籠罩在生活之上的，全面性的「悶」。

生活在香港，「窗景」是一種奢侈的存在。這個寸土寸金的垂直城市，樓與樓建得密集，就算有窗，也可能陷入作家梁莉姿所形容的處境：「大廈建得緊貼彼此的關係，也能跟鄰座窗戶裡的人打個照面，如果對方開窗，她甚至可以這樣爬進別人的家。當然對面人家看到她，通常會立馬拉下窗戶。」（〈鼠〉）這是何以許多香港小說中，「窗戶」都是承載著隱喻的存在。而竹棚與尼龍網直接衝擊的，正是「誰都可以爬上來」的安全威脅，鎖緊窗櫺、拉上簾子之必要，讓已經窄仄的空間更失去延伸視野的可能。窗戶外隱約搖曳的光影，自然不會是星光，而是電視機。

當電視裡的星光取代了真實的星光，作者對於此種「電視劇佐膳」的生活形式提出了反抗，在學校圖書館聽著館員們討論「幫了劉青雲一把的人是誰」，內心想著「答案我當然知道」的他，回家卻要求家人別看電視。家人只好「冒著明日沒有話題的危險」予以遷就。但是，就如同黃照達在《那城THAT CITY》中〈My.TV.Buddy〉一篇所描繪的諷刺場景：「我習慣一起床就看電視／盥洗時看電視／煮早餐時看電視／我會一邊吃早餐一邊看電視／做運動時看電視／在家工作時愛看電視／（中略）／然而……／今天我發現／原來一直以來／電視都是關著的」。無時無刻不在看著的電視，開與不開，原來是一樣的。用樊善標的版本來形容，則是「『今天的雲抄襲昨天的雲』，原來書上這句只是白描。盡可以做各種各樣的補充，比方：今天的電視劇抄襲昨天的電視劇、今天的《養貓大全》抄襲昨天的《養貓大全》。」

如何才能從這千篇一律、日復一日的空洞、束縛、鬱悶中解脫？文章最後，已經在精神上自由了的貓，輕巧地在網上帶領作者踏出窗外，把「會悶死人」的那些學術講座、籌款活動等傳單撒了一地，「碎紙在電視機頻閃的光影裡燃亮飛散，瞬間開成一朵明麗的煙花」——在貓的引領之下，作者彷彿也在想像，或者說象徵的層次，得到了自由。換言之，作者的自由與貓的自由，同樣是疊映的、對等的，這是〈網上追貓〉一文，格外值得留意之處。樊善標並非僅僅以貓作為一種文學象徵的手法，用貓的死亡指涉人的精神苦悶，相反地，他是在竹棚與繩網在視覺上及實際上都帶來壓迫感的情況下，得到了重新去感受貓的感受之契機，更具體地說，他自身的遭遇強化了他對早夭寵貓的同理，當年那個「太令人傷心」的答案，如今才有了重新去面對與承認的勇氣。

（Cathy）

輯五

經濟、實驗動物區

木瓜與蝸牛

楊富民

大學畢業後，人生茫然，因緣際會下，搬出去村裡的長輩借我們一甲地的田，要我們好好學農，唯一的條件是不灑農藥、不施化肥。因為豐田在一九七〇年代時，曾因種植無籽西瓜，當時的農民們不懂得輪休，灑大量的雞屎肥，八年的時間就將村裡許多的農地種壞。長輩希望他的田要給村裡的後生好好學習與愛護，要我們記取前人的教訓。

當時我們一群人，有的正等兵單、有的還在念研究所，正是游手好閒時，想來好玩便答應長輩。畢竟田上已有近百棵木瓜樹，若是新種的農作被我們種死，還有保底百棵木瓜源源不絕地為我們產出。

起初事情的確順遂，每天都有將近成熟或半熟的木瓜可以摘採，於是我加入清晨到鬧街擺攤販售自家蔬果的婆婆阿姨們之間。學著她們拿帆布鋪起自己一塊小小的地盤，搬著塑膠小矮凳，撕下紙箱一面，寫上「木瓜」二字，看看又不滿意，右上角又寫上

「無毒」，畫個圓圈了起來。

當一切搞定，擺攤的婆婆媽媽們對我很是好奇，其中一個阿婆一邊拿著小刀剁牧草心，一邊用紅色的塑膠杯倒著米酒，叫我喝上一杯。大家看著我飲酒，哈哈大笑，來往經過的行人們也對一群「年上街攤團」裡冒出一名年輕的小伙子而感到好奇，多看我兩眼。

第一個上門的客人，是常在街上出沒的大姊。她問我木瓜怎麼賣？頓時間便將我難住：木瓜要賣多少錢？我趕緊看向左右的攤位，希望尋得一些啟示。但不巧，今日僅有我一人賣木瓜。於是小聲地問著剛剛請酒的阿婆，這木瓜該怎麼賣？阿婆說，這邊賣東西，開的價有人買就好。於是我轉頭跟客人說，你看這要賣多少？

大姊聽了笑，說一顆五十元。我答應，一下就賣出三顆半熟的木瓜。待大姊走後，旁邊的阿婆才與我說，下次人家買，你一顆賣七十元。我問她可以嗎？她說行啊！憨仔，你這又大粒、還無毒的！

那一天賣木瓜所得幾百元，我跟夥伴們買了手套、雨鞋，還貼錢買些農具。總算不用穿著運動鞋下田，也不用向鄰田的阿嬤借工具。

不過好景不常，我們馬上就遇到耕田以來的第一個災難——蝸牛。牠正式的名稱是非洲大蝸牛，牠們開始入侵到我們的田園裡。最初我們不在意，看著木瓜樹上爬著蝸牛，大家爭相拍照上傳，回頭還向家人炫耀。但得意沒有太久，我們便發現木瓜樹開始萎靡、葉片軟爛下垂、瓜果逐漸變色，果樹旁的嫩葉也在出生後的隔天，離奇消失。

當時我們還不知道是蝸牛的關係，向鄰田的阿嬤求救，她才告訴我們蝸牛要除。夥伴一邊聽著，一邊拿出手機查著，背著阿嬤輸入「蝸牛、木瓜」兩個關鍵字，確認阿嬤誠未欺瞞，偷偷地向我們點頭。我趕緊問阿嬤，那蝸牛該怎麼處理？是要在樹旁設小圍籬，又或者……撒鹽?!我天真地想，撒鹽蝸牛就會脫水，或許就不敢再來靠近。

阿嬤看著我啞然失笑：撒鹽?!搖了搖頭，旋即起身，佝僂著背走進我們的田，在木瓜樹下看了一眼，便從樹幹上瓜果的陰影處裡找到了躲藏的蝸牛。她隨手拔下一隻，看也不看、頭也不回，便往後方拋去……一會就聽到啪地一聲，蝸牛劃出了一道拋物線，重重地砸在田邊的柏油路面上，蝸牛殼碎裂飛散，留下一灘屍體在初夏的路面。

還能想像待到太陽一兩小時後完全升起，那一灘蝸牛將會成為路面上的黑漬，甚至散發出濃烈的異味。我們被阿嬤突如其來的舉動嚇得還未反應，第二隻、第三隻蝸牛便又陸續地撞擊到柏油路面……

阻止了阿嬤，艱難地向她道謝。她回到自己的田裡時，叮囑我們要記得每天除蝸牛。我們幾人後背發涼，躲在她視線外圍在一塊，小聲討論該怎麼除蝸牛。要我們這群人一個個殺蝸牛，心理負擔還是太大了些。本以為躬耕生活可以養生，沒想到此刻卻得殺生。

我們決定取巧，每人拿著一個水桶，將百棵木瓜樹上的蝸牛盡數拔除，扔在水桶裡，傾倒在田裡的一隅，眼不見為淨，也不讓牠再靠近果樹。但我們始終還是小瞧了蝸牛，一週後木瓜樹的狀況仍未好轉，蝸牛反倒越除越多，田邊倒蝸牛的角落，甚至在隔日未見一隻蝸牛殘留。為了確認這些蝸牛是不是又跑回樹上，我們拿有色的膠帶貼在幾隻蝸牛的殼上做記號。果然，隔天又在木瓜樹上發現牠們，這令我們不得不開始認真地討論除蝸牛一事。

於是我們耕田的團隊爆發了第一次的衝突，五個夥伴分成了兩派，一派為殺生派，若不選擇像阿嬤那樣殺死蝸牛，那也可以將蝸牛通通倒進水溝裡，任其沖走；另一派則為放生派，他們認為不若把蝸牛全部抓盡後，找塊荒田倒入，任牠們在裡頭自生自滅。

殺生派指責放生派這樣會造成生態浩劫，放生派則指責殺生派為了作物，就要殺掉成千上百隻的蝸牛，難道良心不會不安嗎?!

當兩方都爭論不休時，我們突然想起了鄰村的國中同學——「kacumuli（南勢阿美族語，蝸牛之意）」，本姓倪，我們都叫他kacumuli，因為他們家是鄰近有名賣蝸牛的店家。他家就在村子往南的省道上，一間磚砌的平房，院子邊角長年堆積著蝸牛殼，像座小山般高。他家好認得很，除了院子小山般高的蝸牛殼外，入口還有塊招牌，用紅色的廣告顏料寫在白底的木板上，就大大兩字「蝸牛」。

捉蝸牛通常晝伏夜出，他們要在夜裡頂著頭燈背著背簍於溝邊、田邊尋找蝸牛，直到清晨或傍晚，才一群人坐在院子裡敲著蝸牛殼，取出蝸牛肉，散裝成不同大小，放在透明的塑膠袋裡，用紅色的尼龍繩繞上兩圈束緊。一袋一百五十元或二百五十元，端看大小與重量。料理的方式常見的有三杯，原住民的家庭更會拿來煮湯，煮完的湯有勾芡，不是那麼多人可以接受，但在花東也是家常菜餚了。

總之，電話撥通給kacumuli確認他們家有收蝸牛時，殺生派與放生派終於達成了協議：養雞的會殺雞、養豬的會殺豬，蝸牛是在我們田裡的，那就是我們養的——某種意義上，蝸牛也是我們的作物了。於是，當天我們花一早上的時間，撿三大桶的蝸牛去到國中同學家，滿心歡喜地給kacumuli的母親秤重。

最終秤得幾斤忘了，但換算錢才一百零三元……三大桶的蝸牛，最後只變成一張紅色薄薄的紙鈔與三枚小銅板。夥伴們不服氣，事後再次打電話給kacumuli，想要問清楚他媽媽是不是坑我們的錢。kacumuli聽後氣得笑了：你們的蝸牛還帶殼的，殼的重量不用算嗎?!去殼的工不用算嗎？

他罵得我們啞口無言、面色羞赧，甚至難以回嘴。掛了電話後，我們回到木瓜田裡，看見又有蝸牛爬上木瓜樹，我們逐漸明白，鄰田阿嬤那瀟灑又熟練的拋蝸牛姿態，究竟從何而來。

——原載於「上下游副刊」「生態／環境」專欄，二〇二二年三月十九日

楊富民

一九九二年生，東華大學華文文學系畢業，花蓮繭居族、社區工作者。任職於社團法人花蓮縣牛犁社區交流協會，專職社區營造與輔導、地方發展、青年培力以及地方文化與藝術工作。

◉選文評析——除害

在大眾耳熟能詳的〈蝸牛與黃鸝鳥〉裡，知道自己爬得慢，所以葡萄樹才剛發芽就準備上樹的蝸牛，有著未雨綢繆又勤勞的形象。只是這個正面形象恐怕是「童謠限定」，看在務農者的眼裡，蝸牛是造成農損的入侵者，別無其他。就像〈木瓜與蝸牛〉文中的阿嬤，一旦發現樹幹上的蝸牛，必然立刻隨手拔下，當機立斷地拋出去，讓蝸牛

重砸在田邊的柏油路上。

但對於務農尚屬於「玩票」性質的作者來說，顯然難以立即接受阿嬤處置蝸牛的方式。不殺，是基於不忍將扼殺生命納入日常工作的常態。當蝸牛隨著阿嬤的拋擲，落地碎裂飛散時，那初夏路面上的一灘屍體，讓作者忍不住想像，「待到太陽一兩小時後完全升起，那一灘蝸牛將會成為路面上的黑漬，甚至散發出濃烈的異味。」即使是渺小的生命，消逝時也是一灘「屍體」，作者畢竟難以忽略這死亡的味道。

但殺生又似乎才是務實的做法。作者的耕田團隊想選擇「眼不見為淨」，拔除樹上的蝸牛扔在水桶裡，卻愈除愈多：「為了確認這些蝸牛是不是又跑回樹上，我們拿有色的膠帶貼在幾隻蝸牛的殼上做記號。果然，隔天又在木瓜樹上發現牠們。」只有五人的團隊因此分裂，分成了殺生派與放生派。

難道沒有兩全其美的辦法嗎？例如以友善農法為解方？

若以已產出「還台第一百二十代」的福壽螺來說，的確是有的。以福壽螺亞洲離散史為研究主題的學者蔡晏霖，便在論文〈金寶螺胡撇仔：一個多物種實驗影像民族誌〉中提到，面對入侵台灣四十年的外來種，許多友善耕作小農已經找到了新的途徑來面對「螺害」。從年年施藥撲殺仍免不了農損與隱形生態損失的「害彼害己」，改為追求「減量共存」甚至「協同生產」：方法是以水位控制減少福壽螺的活動力（淺水可以阻礙福壽螺的偵測與游行能力），再「以人手撿除福壽螺，並利用秧苗與雜草成長的時間差、逐步調高田中水位來誘導福壽螺吃雜草而不吃秧苗」。

但非洲大蝸牛造成的農損呢？似乎還沒有類似的解方。澳洲保育學者托姆．范道倫（Thom van Dooren）在夏威夷進行田野調查時發現，儘管肉食性的玫瑰蝸牛曾被引入對付同為外來種的非洲大蝸牛，結果反而是本土的夏威夷樹蝸受害最深。范道倫指出，這種玫瑰蝸牛如今被視為邪惡的入侵種，「儘管是一些不夠謹慎的人將牠們刻意引入，而牠們只是做了肉食性蝸牛會做的事。」范道倫進一步說明，玫瑰蝸牛是在一九五五年由佛羅里達引入，當時因為非洲大蝸牛對農業與園藝造成危害，為了除此害，在相關研究與評估並不充分的情況下，就引入玫瑰蝸牛作為生物防治法——事實上，為了對付非洲大蝸牛，夏威夷島在十五年內引入了十九種蝸牛與十一種昆蟲，這些物種後來大部分都入駐生態環境中。這些引入種對於非目標物種會造成怎樣的影響？對於防治目標物種的效果如何？後續卻乏人進行相關的研究與追蹤。對眼前最大的敵人「除惡務盡」的心態，顯然壓過其他一切。范道倫因此感嘆，雖不能否認玫瑰蝸牛對夏威夷島甚至全球各地的腹足類動物多樣性（gastropod diversity）造成衝擊，但在某些保育的討論中，人們頗有把外來種當成替罪羊的傾向，而且刻意忽略人類在其中所扮演的角色——包括引入前的評估不夠謹慎、混雜了民族主義情感與其他經濟或政治因素而不斷放大外來種的危害影響等等。這種頭痛醫頭的防治方式，讓類似的劇碼，不斷上演，而移除的成果，卻未必照著人原訂的腳本走。

如果非洲大蝸牛造成的農害在各地都是棘手的問題，我們自然也很難期待在〈木瓜與蝸牛〉中，就能看到習農階段的作者，想出什麼讓殺生派與放生派和解的好方法。但他們還是勉力為之了——不願把蝸牛拋擲到柏油路上，取而代之的方式是讓牠們至少死得有價值一點，雖然還是對人類而言的價值。由於蝸牛在花東算是家常菜餚，他們決定捕捉蝸牛賣給肯論斤收購的國中同學。危害木瓜的蝸牛，成了可換取經濟利益的「作物」。

當然我們大可以質疑，對於蝸牛來說，結局都是一樣的，作者的行為並沒有太大意義。有沒有意義，或許見仁見智，但我忍不住想起一則教導人們如何用吃來消滅非洲大蝸牛的影片，和這篇散文之間鮮明的對比。影片中的直播主表示非洲大蝸牛是害蟲，是怎麼都移除不完的外來種，所以要教大家如何將蝸牛料理為炒螺肉。影片開始不久，直播主便指揮大家要抓大蝸牛，一面說，「小隻的不要，小隻的踩死就好。」然後毫不猶豫地踩爛小蝸牛。比起覺得對付外來種不用客氣，所以不能入菜的小蝸牛就一腳踩死的做法，作者的團隊在決定進行更積極的移除之前，還大費周章地去確認木瓜樹上的蝸牛是不是先前被移除的同一群，這種就算是要「除害」，也還是認真地把「有沒有比較不殘酷的方式」先想一回的態度，毋寧是更令人肯定的。

然而這個捕捉販售的解方，後來仍因投資報酬率之低，讓作者逐漸明白，「鄰田阿嬤那瀟灑又熟練的拋蝸牛姿態，究竟從何而來。」長期面對種植的木瓜與蝸牛之間不是你死就是我亡的對決，阿嬤的做法不得不更務實。這種理解是否讓作者在接下來的躬耕生活中起而效之？我們不得而知。但可以確定的是，相當程度上，他既願意在選擇殺生之前，為蝸牛多花一點時間去思考其他可能性，也願意看見務農者的為難與不得不然。光是這樣，就已展現了難能可貴的，倫理的態度。

（Iris）

棕狗事件：動物實驗與人道思想

李鑑慧

走進南倫敦貝特希公園（Battersea Park），馬上遠離市區塵囂。順著步道，繞過幾片寬廣草地，就來到典雅靜謐的「老英國花園」（Old English Garden）。一尊小獵狗銅像，座落園中幽靜角落，小狗仰著頭，搖著尾巴，似急於與人親近。銅像下刻著：「紀念一九〇三年死於倫敦大學實驗室的一隻棕色獵狗。牠在生前，承受了超過兩個月的解剖實驗，由一實驗室換至另一實驗室，直到死亡方告解脫。同時也紀念一九〇二年，在相同實驗室被解剖的兩百三十二隻狗。英國男女們，這樣的事，究竟還要存在多久？」

這尊銅像，正是百年前全英國媒體關注，著名的「棕狗暴動」（Brown Dog Riots）事件主角。環顧四周，靜謐的環境和悠閒散步而過的民眾，平靜安祥，很難使人想像，這就是曾使人心為之沸騰，各方勢力集結鬥爭、英國有史以來最受爭議的一尊銅像。銅像對面長滿青苔的長椅，或許是要讓人靜坐沉思，緬懷這段慘烈的「歷史」吧?![1]

「野蠻法國人」的抗議

藉動物解剖來探索人體奧祕，文獻中早有記載，對後代醫學影響至鉅的希臘名醫加倫（Galon），曾活體解剖豬隻，研究神經切除的影響，證明輸尿管位置；哈維（William Harvey）之發現血液循環，也是藉著解剖小鹿和其他動物，才得以成就。其他著名科學家如培根（Francis Bacon）、笛卡爾（René Descartes）等，也都曾進行動物解剖。

作為一種科學方法，動物解剖實驗一直到了十九世紀才建立地位，開始大量運用於生理學的研究。這項進展，主要可歸功於兩位法國著名生理學家——弗朗索瓦．馬根迪（Francois Magendie）和克洛德．柏爾納（Claude Bernard）。師生兩人，不但在方法上建立動物解剖學的穩固科學地位，同時亦廣招門徒，大量從事動物實驗以求新

1 有關棕狗事件及十九世紀反動物解剖歷史，請參閱：R. D. French, *Antivivisection and Medical Science in Victorian Society*, Princeton, 1975; N.A. Rupke ed., *Vivisection in Historical Perspective*, N. Y., 1987; Peter Mason, *The Brown Dog Affair*, London, 1997; C. Lansbury, The *Old Brown Dog, Women, Workers, and Vivisection in Edwardian England*, Wisconsin, 1985; H. Kean, "The 'Smooth Cool Men of Science': the Feminist and Socialist Response to Vivisection," *History Workshop Journal* (1995), pp.16-38。

知；而且四處重複解剖示範，藉此建立聲名地位。此時的科學家，許多仍抱持笛卡爾的想法，認為動物並無所謂心靈，亦無感受痛苦能力，只是如鐘錶般有些精巧裝置的機器（automata）。即使承認動物亦能感受痛苦，如柏爾納在其經典作《實驗醫學概論》（*Introduction a letude de la medecine experimentable*）中所言，許多人仍舊認為人有「完全且絕對的權利」從事動物解剖實驗，即使這些實驗造成動物痛苦及危險，只要有益於人類，這行為在本質上即為道德。

就在科學以前所未有的規模快速發展利用動物求取新知的同時，所幸，十九世紀亦是人道思想迅速發展，蔓延社會各層面事務的重要世紀。奴隸、女人、兒童、貧戶、精神病患等的處境和人權，都在此時有重大進展。人與動物的關係、人對動物的待遇等議題，也在此時進入道德討論的領域。過去街頭巷尾，尤其是人畜擁擠的倫敦市區，習以為常的流浪貓狗、車伕毆打驢馬、動物超重載貨、傳統屠宰方式以及下層民眾的鬥雞、鬥狗、鬥牛，和中上階層的狩獵、動物皮草羽飾等，在新一波人道思潮檢驗下，都很難再為接受。這股逐漸普遍的人道情懷，亦不再以少數人的零星抗議來呈現，而是有組織的集體行動——西方世界中，又屬英國發皇最早。在這人道思想發展背景下，科學界漸為人知的種種殘酷動物實驗，自然成為各方聲討對象。

一八二四年，當馬根迪來到倫敦，示範其著名的神經系統動物活體實驗時，[2] 卻在英國引起嚴重抗議風潮，國會中，甚至有人試圖要將這「野蠻的法國人」驅逐出境。其實，科學界為求新知或為教學示範，不斷重複帶給動物強烈痛苦的實驗，不單引起輿論抗議，在科學社群內部，亦出現自律聲音。一八七一年，「英國科學促進會」發表報告，試圖建立一套基本規範，以管理動物解剖。規定強制麻醉的使用，並限制會引起痛苦之實驗的重複示範。此一規範，精神上大致與五年後英國「皇家調查委員會」草擬的「防止殘酷對待動物法案」（Cruelty to Animals Act）相同。此一世界最早的規範動物實驗法案，建立了登記審核制度，也規定麻醉劑的強制使用，唯有當實驗特殊需要時，得申請特別執照，免除麻醉。此一法案，沿用一百多年，一九八六年取而代之的「科學程序法案」（Scientific Procedures Act），只是延續其精神。

十九世紀英國反對動物解剖運動，即在一八七六年的「防止殘酷對待動物法案」之後展開新頁。當時許多反對解剖者認為此一法案給予動物解剖正當性，規定過分寬鬆，且無完善檢查制度，等於只是「麻醉」社會大眾，而非麻醉動物。短短數年間，英國成立近十個反動物實驗的單一議題團體。運動之激烈，不下百年後另一波反對浪潮，陳

2 這個實驗，主要是藉切割脊椎動物脊柱，觀察動物知覺喪失和癱瘓情形，以建立神經系統的運作原則。這實驗，最初是在八隻小狗身上進行，後來擴及其他多種脊椎動物。馬根迪的實驗，是在未使用麻醉劑的情況下進行。

情、投書、室內演講、室外集會、遊行示威等運動基本要素，無一不備。但是，團體間亦存在基本立場差異，有的仍認可動物實驗，只是欲加強管制審核，將傷害減至最輕；有的則認為動物解剖應完全廢除，因為即使麻醉，痛苦亦不可免，且人類沒有權利為自身利益，強加痛苦於亦同樣具生存權利的動物身上。

有一天醫生會成為「科學怪人」

近代「動物解放運動」，並非單靠動物權利觀念動員，而是更進一步結合當代對工業社會、消費主義、科技文明等的批判，以及各種環境深度思維；同樣地，當時的「反動物解剖」運動，亦非單由人道思想促成，而是牽涉十九世紀更廣泛的兩道議題：對逐漸專業且制度化的醫學發展之疑懼，以及對科學無限制擴張之隱憂。

十九世紀的醫學發展，在歷經醫學教育正規化及醫院制度化後，逐漸成為專業，並取得社會權威地位。這項發展本身，似乎也標示著新一波倫理取向。病人逐漸不再是醫療關係主體，商業利潤和醫學知識的無止盡追求反成為醫學主要目標。因此，各種殘酷動物實驗，和層出不窮「慈善」醫院，以貧窮病患為實驗對象的案例，漸為大眾所了解時，社會更加質疑醫學及更廣泛的科學知識之發展。許多人認為，在逐漸世俗化的社會中，科學似乎取代了過去宗教的地位，廣受大眾敬畏膜拜；科學家亦成新一代的「祭師」，在追求科學新知之名下，進行各種驚世駭俗實驗。

反對動物解剖運動極具影響力的發言人蕭伯納（George Bernard Shaw）說：「強盜小偷心中至少仍知道什麼是正當的取物之道，但科學家渾然不知限制為何物。好奇心的滿足和知識之追求，若不講道德規範和倫理責任，只會帶來邪惡的無政府狀態。」蕭伯納說他寧願褻瀆神明五十次，也不願虐待一隻曾親舔他的友善動物。[3] 筆名路易斯・卡洛（Lewis Carroll），寫《愛麗絲夢遊仙境》（*Alice's Adrentures in Wonderland*）的牛津大學教授道生（Charles Dodgson）——動物實驗的嚴厲批判者——在講到醫學教育時，他說：「從早年開始，即在訓練將同情心壓抑殆盡的這一代學生，有一天將會發展成一種可怕的科學怪人（Frankenstein），一種沒有靈魂、而科學就是一切的怪物。」生活在有許多知名解剖者的牛津校園中之道生教授，對動物解剖有種特殊恐懼，當他捐款給當時的流浪狗之家時，甚至還會先寫信詢問，必須被結束生命的狗，會不會送給生理解剖實驗室。[4]

---

3 G. B. Shaw, *The Doctor's Dilemma*, London, 1911.

4 卡洛對解剖之態度，見S. D. Collingwood, *The Life and Letter of Lewis Carroll*. N. Y., 1981, pp.167-171, 187- 191。

結合了社會原已存在對醫學和科學的批判，十九世紀的反對動物解剖運動，不但在理論上因之更強而有力，動員實力亦如虎添翼，除了愛護動物人士和人道主義者等基本成員外，教會人士、文人雅士等社會傳統意見領袖，包括當時活躍的女性普選運動者、工會人士和社會主義者等等，也都加入保護動物行列。棕狗事件中，這些勢力，聚結成為動物一方的捍衛者。

由一八七〇年代開始，至二十世紀初，面對科學和醫學更為迅速的發展，反對動物解剖運動，有節節敗退之勢。但就在這時，倫敦大學實驗室，一隻備受折磨的棕狗可悲的遭遇，卻掀起了動物保護運動的千層巨浪。

棕狗事件始末

這宗傳奇的棕狗事件，起源於兩位瑞典少女——露意（Louise Lind-af-Hageby）和麗莎（Leisa Schartau）的巴黎之旅。抱著仰慕之心，申請參觀當時聞名歐洲的醫學研究重鎮「巴斯德研究中心」，但，飼養動物的惡劣環境和殘酷的解剖景象，使她們決心要解救這些悲慘的動物。回到瑞典後，她們迅即成立一反對動物解剖團體，一年後，為了做更充分準備，她們決定進入醫學院，親自了解實驗室內不為外人所知的實際狀況。

一九〇二年秋，兩位二八年華少女進了「倫敦女子醫學院」。每堂實驗示範課程，她們鉅細靡遺地記錄種種細節，不到一年時間，已看過倫敦大學數十個實驗室的無數解剖示範。就在這時，一隻棕狗的遭遇，特別感動了她們。如銅像碑文，這隻棕狗在未麻醉的狀況下，連續被解剖多次，兩個月間，輾轉於不同實驗室，直到最後死於解剖刀下。她們再也無法忍受這樣的課程，於是離開學校，將筆記拿給英國當時最大反動物解剖團體「全國反解剖協會」（National Anti-Vivisection Society; NAVS）出版，棕狗的遭遇，於是在一場數千人的反解剖群眾大會中公布。

依照一八七六年英國法令，未施打麻醉且重複實驗於同一動物是違法的，媒體於是大加報導。倫敦大學執刀的貝理斯教授（William Bayliss）為保護自己名譽，遂控告NAVS祕書長柯立芝（Stephen Coleridge）涉及誹謗。此一聲譽卓著的學府和英國最大反動物解剖團體的官司，馬上成為媒體評論焦點。數天的調查過程中，雙方陣營劍拔弩張，尤其在法庭上，大批倫大醫學院學生進場叫囂和干擾秩序，即是當時媒體所謂「醫學黨徒暴行」（medical hooliganism）。官司以被告提出反證不足，法庭誹謗罪成立，柯立芝被判五千磅罰金。官司雖輸，卻正是反對動物實驗陣營動員的開始。透過幾個友好媒體的呼籲募款，社會同情大眾在短短數月內，集結超過賠償所需金額。《每日新聞》（*Daily News*）亦發起抵制有動物實驗醫院的捐款行動；建立棕狗銅像計畫，也同時展開。

要找一地方當局願意提供用地，為一具高度爭議性的棕狗樹立銅像，並非易事，因為此舉無異立場宣示。貝特希這一區的議會之所以成為遊說對象，原因在於，低收入工業區的貝特希，早以工會主義、共和主義和普選運動等各激進政治思想，馳名全國。當時社會主義者所努力達成的「市鎮社會主義」目標，在貝特希地方議會亦多年有成，《泰晤士報》（*The Times*）譽之為「左派自治區聖地」。此時，貝特希在「大倫敦行政區」議會唯一代表，即是數年前領導倫敦碼頭工人罷工的伯恩司（John Burns）。貝特希區另兩個明顯地標——貝特希流浪狗之家（Battersea Dog's Home）和居民稱為「反解剖醫院」的貝特希綜合醫院——亦清楚標示此地居民在動物議題上的傾向。果然不負眾望，區議會批准了銅像案，一九〇六年，在貝特希市中心一主要廣場，一尊七呎高的棕狗銅像就此誕生，也成了往後數起暴動事件的引爆點。

激怒醫界的，並非銅像本身，而是銅像下的紀念碑文。誹謗案既已成立，碑文上卻又鏤刻露意和麗莎兩位小姐所見遭遇，連「倫敦大學、大學學院實驗室」時間、及遭解剖之小狗數目，都公諸在這眾人可見的碑文上。醫界之憤怒可想而知，而血氣方剛的醫學生，也就成為事件中捍衛醫界清譽的急先鋒。

一九〇七年十一月某日凌晨，在倫大醫學生李斯特（W. L. Lister）的號召下，一群學生，人人手持斧頭，意欲砍掉這礙眼銅像。警察馬上包圍這群興奮揮舞武器的學生，十人現場被捕。心有未甘的學生，隨即聯合上千名倫敦地區其他醫院學生，遊行示威、焚燒市長和棕狗芻像。往後一個月中，倫敦各地區學生抗議不斷。十一月三十日，百名年輕人再度於市中心來斯特廣場（Leicester Square）等地示威，三名獸醫系學生被捕，罪名是酒醉及干擾警方執勤，以及揮舞一隻愛爾蘭獵狗標本，敲打路人。

除了市區示威，醫學生的另一戰場，即是反對動物解剖的群眾大會。多年來干擾保護動物會議，已是醫學生的積極反制之道。棕狗事件中，貝特希民眾和動物團體亦舉辦多次數千人群眾大會，表達立場，但往往受學生的叫囂和怒罵所阻撓，甚至以打群架收場。醫學生的武力抗議行為，醫學院當局亦相當頭痛。雖然校方和醫界支持學生立場，但學生的抗議卻往往與夜間喝酒、叫囂玩樂、打架、破壞公物等行為連結，故校方只能選擇性地支持，比如肯定學生的千人陳情書，請求除去碑文上倫大校名。《英國醫學期刊》（*British Medical Journal*）亦只有向學生喊話說：「讓貝特希的瘋子不受干擾地，去膜拜他們的偶像好了。」但是，只要銅像樹立在那裡一天，醫學生之怒就無法平息。兩年後，一九〇九年底，甚至還有一醫學生企圖賄賂警方被捕，因為他企圖賄賂夜間守衛警員，讓他順利砸毀銅像。

運動雙方的長期對峙，使得警方最後去函貝特希當局，請求移除銅像，因為二十四小時的警力保護，和不時地出動大批警察維持抗議秩序，已造成過大人力財源耗損。

僵局終於在一九一一年解決，區議會決議將銅像移走。今天矗立在貝特希公園的，自然不是一世紀前那尊聞名全國，成為戲劇歌謠話題的棕狗銅像。銅像的側面，根據另一段碑文：「『英國廢除解剖聯盟』（British Union for the Abolition of Vivisection）暨『全國反解剖協會』（National Anti-Vivisection Society）共同出資；大倫敦議會提供用地；希克（Nicola Hick）雕刻，於一九八五年十二月十日揭幕。」這應是在八〇年代反對動物實驗浪潮再達高峰時，由另一批動物解放人士促成建立。

以科學和人類之名……

百年前轟烈的棕狗事件，終以銅像移除落幕，標示醫界的「勝利」和反對動物實驗人士的「挫敗」。的確，事件不久後，第一次大戰爆發，英國動物保護運動全面受挫，人們的關注焦點，轉移到其他更迫切的社會問題上。兩次戰爭間的蕭條，各動物團體也只能保持立場，慘澹經營。相對地，醫學與科學卻仍蓬勃發展。棕狗案中的科學家也都持續在科學研究方面寫下輝煌成就。操刀解剖棕狗的貝里斯醫師，一年後升為倫大基礎生理學教授，兩年後寫下經典教科書《基礎生理學原理》，一九二二年以其科學成就封爵；而結束棕狗生命的醫學生戴爾（Henry Dale）後來亦成為聲譽卓著的生理學家，一九三六年得到諾貝爾獎，當了英國衛爾康醫學研究機構二十二年的主席，亦蒙封爵。

有鑑於醫學和科學帶來社會巨大的變遷，反對動物解剖的部分人士仍秉持全面否定的立場。擔憂在科技文明無止盡地發展下，人類將失去反省能力，喪失文明的更重要指標——人道精神。其實，醫學或科學進展不一定要與人道對立；科學家也不必然冷酷無情。時至今日，醫學在減輕人類病痛上做出重大而無可否認的貢獻。但是，人類痛苦的去除，是否必須轉嫁在同樣具感受痛苦能力的動物身上，卻頗有可議。

銅像正面碑文，是這麼寫的：「動物實驗，是當代最重大道德議題之一，不應存於文明社會。一九〇三年，有一萬九千零八十四隻動物在痛苦中死於英國的各實驗室。一九八四年，在活生生的動物身上進行實驗僅英國一地，即有三百四十九萬七千三百三十五項次的實驗。時至今日，動物仍然被燒、弄瞎、餵毒、且承受其他無數可怕而殘忍的方法進行實驗。」

在科學和人類福祉名下，各類帶給動物痛苦的實驗，不但繼續存在，且以百倍規模，如火如荼進行。我望著眼前這隻狀極親切、生前卻在實驗室中飽受折磨的小獵狗，好像深刻感受到牠心裡的疑問：「我們還要承受多少痛苦？」

——原載於《當代雜誌》，一九九八年十月

李鑑慧

劍橋大學國王學院歷史學系博士，現任國立成功大學歷史學系教授。研究領域主要為歐洲近代史、英國史、西洋史學史、人與動物關係史。

◉選文評析——銅像

若要列舉世上知名的狗銅像，許多人腦中首先浮現的例子，可能會是澀谷車站的重要地標「忠犬八公」吧。在飼主上野英三郎教授離世後，以餘生日日至澀谷車站等待了十年的小八，成為忠犬這個詞最鮮明的象徵。二〇一五年，東京大學更製作了上野教授與小八重逢的雕像，作為其逝世八十週年的紀念與人犬情誼的見證。

小八的形象，一定程度說明了散落在世界各地的狗銅像之所以被設立，背後的故事總是不脫忠實、犧牲、奉獻等基調，事實上，這些大大小小的銅像，數量可能遠比想像中還要多。同樣以守候飼主知名的，有愛丁堡的巴比（Greyfriars Bobby）、義大利但丁廣場的菲多（Fido）；史上第一隻死於太空的實驗犬萊卡（Laika），在離世五十年後，換來了一座位於莫斯科的，小小的紀念銅像；紐約中央公園裡的雪橇犬巴爾托（Balto）銅像，是感念當年牠和同伴們在暴風雪中運送血清的貢獻；科斯特羅馬（Kostroma）蘇薩寧廣場中的達克斯獵犬博卡（Bobka），生前是消防犬；被授予挪威皇家海軍身分的聖伯納犬巴姆斯（Bamse），如今在蘇格蘭蒙羅斯鎮眺望大海；九一一搜救犬布列塔尼（Bretagne）過世後，銅像則豎立在德州牠曾服務過的消防分局附近；北海岸十八王公廟旁約十層樓高的黑龍義犬銅像，背後更有一段忠犬殉葬的傳說。

除了單獨立像的例子，若將陪伴在飼主身邊的銅像也算進來，更是不及備載。西鄉隆盛、羅斯福總統、巴西作家克拉麗斯．利斯佩克托（Clarice Lispector）的銅像旁，都有愛犬為伴。[1]銅像銘刻著記憶，更埋藏著無數人犬關係的線索。但李鑑慧此文所介紹的棕狗銅像，和上述這些狗銅像有個最大的差異：棕狗銅像背後的主角，沒有名字。然而，牠又不同於為了紀念戰爭、實驗或屠宰動物的集體慰靈碑／雕像，因為牠雖然代表著命運相仿的，「一九〇二年，在相同實驗室被解剖的兩百三十二隻狗。」但牠自身的遭遇——在未被麻醉的情況下，兩個月內連續被解剖多次直至死亡——並未在集體性中被消音，相反地，為牠立碑的兩位瑞典少女露意和麗莎，是為這隻無名的棕色小狗（及

1 以上狗銅像的例子，主要係整理自小文風《遇見101隻世界名犬》（台中：晨星，二〇二二）。

所有被活體解剖的動物）立傳。

李鑑慧在文中，鉅細靡遺地介紹了這段百年前轟動一時的「棕狗案」始末，也揭開動物實驗的一頁暗影史。圍繞棕狗銅像發生的暴力衝突，更凸顯出銅像背後在政治社會等面向，意識形態的角力。這亦是何以近年轉型正義的論辯焦點之一，不時聚焦在銅像是否移除，畢竟銅像背後，往往銘刻著複雜的歷史與權力挪移之脈絡。

正因為銅像本身就隱含意識形態的形塑，因此並非只有政治人物的銅像才會引發存廢爭議，就連作為公共藝術的銅像，也曾因其象徵意義而出現挑戰的行動。其中與狗有關的，至少有兩則。其一是二〇一七年出現在華爾街知名地標「猛衝公牛」（Charging Bull）對面，由藝術家克莉絲汀・維斯芭爾（Kristen Visbal）製作的「無畏女孩」（Fearless Girl）。「猛衝公牛」原是由義大利藝術家阿圖羅・莫迪卡（Arturo Di Modica）在一九八七年紐約股市崩潰時所做，具有女性主義色彩的「無畏女孩」出現後，藝術家艾力克斯・蓋德加（Alex Gardega）為了表示對「無畏女孩」入侵公牛地盤的不滿，放了一座對著女孩的「撒尿小狗」（Pissing Pug）銅像加以嘲諷，再度引發爭議。[2]又如澳門一九九四年在大三巴牌坊廣場以「中葡友好」為名所設置的「少女與狗」銅像，因女孩赤裸上身的奇特坐姿始終不乏批評，最終該銅像在二〇一〇年遭澳門政府移除。

無論如何，以動物雕像之存廢，引發如棕狗暴動般激烈衝突的案例，就算不是空前絕後，也是極為罕見的。因為雕像背後連結的，不只是關於動物實驗之正當性，也包括科學/醫學界與反動物實驗人士之間的戰爭。如李鑑慧所言，「激怒醫界的，並非銅像本身，而是銅像下的紀念碑文……連『倫敦大學、大學學院實驗室』時間、及遭解剖之小狗數目，都公諸在這眾人可見的碑文上。醫界憤怒可想而知。」在一個認為「人有『完全且絕對的權利』從事動物解剖實驗」的年代，露意和麗莎帶來的指控，對醫界而言成為是可忍孰不可忍的誹謗。

最終，在醫學生們手持斧頭、焚燒市長與棕狗芻像、揮舞獵狗標本、敲打路人等一連串抗議行動後，銅像所在地的貝特希當局無力以大量警力維持秩序，將銅像移除畫下句點。但是，棕狗帶來的影響並未落幕。露意和麗莎帶來的見證，無論對當時或後世反省動物實驗的議題而言，都深具意義。馬克．吐溫（Mark Twain）寫於一九〇三年的短篇小說〈狗的獨白〉（A Dog's Tale），就呼應了這段反活體解剖的歷史。他以狗的視角描述「從不感情用事」的科學家格雷先生的狗，在冒死拯救主人的小嬰兒時，被不分

2 魏嘉瑀撰文，〈抗議華爾街「無畏女孩」銅像　藝術家製作「撒尿小狗」再惹爭議〉，《風傳媒》，二〇一七年五月三十一日。

青紅皂白地打瘸一條腿，自己剛出生的小狗則被格雷先生和科學家朋友帶進實驗室，不久就滿頭鮮血地一動也不動。當僕人埋葬小狗時，狗兒認為如此自己睡著的孩子就會像植物一樣再長出來，於是牠靜靜地守在坑旁兩個星期，「可是我的小狗始終沒有長出來」。

獨白的狗和無名的棕狗，相較那些因為犧牲奉獻而被紀念的狗，形成了強烈對比。棕狗雕像，是對人類行為的譴責，而非對狗兒奉獻的歌頌。奉獻，從狗的視角來看，無疑成為一種諷刺。一九八五年，重建的棕狗銅像，從此安靜地待在貝特希公園裡，見證著從未停歇的動物實驗，不禁讓人想起魏斯．安德森（Wes Anderson）以實驗犬為題材的電影《犬之島》（*Isle of Dogs*）中，主角小林中的那段俳句：

為了什麼原因
人類的好友
如春天散落的花

（Cathy）

雞械複製時代

曾達元

我的健身教練總會在課後耳提面命：「運動只是起步，飲食才是關鍵。」每日熱量的限制只是大方向，要達成目標體態，每頓餐點的碳水脂肪蛋白質，都得斤斤計較，不得攝取過多或不足，否則運動也只是比較健康的生活而已。自煮比較容易精算飲食，少鹽少糖，無味久了，也就無謂。

雞胸肉是健身餐的聖品，低脂肪、低熱量、高蛋白，相對其他肉品又便宜許多。家裡附近超市的冷藏架上，有一整架的雞肉獨立專區，太晚來採買，架上總獨剩一兩盒，吹著冷風的肉塊，蒼白得有些可憐，即使貼著促銷貼紙，也讓人猶豫再三。

觀察進貨時間後，我總喜歡早上十一點去購買食材。整齊陳列的肉品，心底感覺特別新鮮。雞胸肉不管盒裝袋裝，總是兩條粉色肌肉，標準規格三百公克。今年似乎因為飼料上漲，相同價錢，又集體降為兩百九十公克。像是複製生物一樣，該產多少肉，就產多少肉，隨著人類的需求，調整自如。

仔細想想，飲食策略與畜牧養殖，觀念如出一轍，都得嚴謹地安排吃了什麼到身體裡，肌肉與雞肉，才會如罐頭般標準產出，保持一定的體態與重量，在某些層面來說，或許稱為「複製機械」也無不可。

當代的雞有機械般的型號名稱，例如，白肉雞品系常見三種，愛拔益加（AA）、樂斯（Ross）和科寶（Cobb）。這群產肉機械的父母代稱為種雞，天生內建程式，大約一日能產下一顆蛋，慢了，將會留校察看，病了，安排獨自隔離，修不好，便除役做肉。產出的蛋得符合規格，過小便宜賣出，甚至破殼作為液蛋。機械複製出的機械，一個齒輪都不能浪費。

每顆受精的雞蛋，會先在冷藏空間裡靜靜等待，像是科幻電影裡，太空旅行的低溫裝置，依照訂購數量，每日孵化都有配額。被選定進入孵育的蛋，會放在方形蛋盤上，一層一層推入金屬架，下方含有滾輪，緩緩推入金屬箱裡。這是每隻新生機械的金屬母親，比生母更能給予穩定的溫度與濕度，讓這群胚胎，能精準地在二十一日破殼而出。

一團黃毛包裹的圓球，伸出牙籤般的雙腳，上頭有一環一環的紋路，還沒能踏上地面，便被移往輸送帶，像是集中營的鐵軌分岔口，接受生死判定。

健康活潑的機械，會輕柔地放入紙箱，不是因為生命貴重，而是不能損傷商品。瘦小畸形，將被視為無用，用力一抓，丟入一只可以塞下四名幼稚園兒童大小的橢圓藍桶。這些廢棄機械將在裡頭相互踩踏，即使過了半日，還是能聽到微弱的啾啾聲。主宰生靈的判官將掩上黑蓋，遮蔽聲息，任憑裡頭氧氣漸漸稀薄，只剩下金屬母親，那風扇運轉的換氣聲。

健康的圓球天生夜盲，放入運送盒中，以為黑夜降臨，縮起雙腳，窩在彼此身邊，這也是牠們最後一次純粹的休息，一旦抵達集中營，便使立即進行吃喝睡的勞動。全密閉打造的世界，偽日光精準調控白天與黑夜。冷了有黃燈保暖，悶了有風扇換氣，熱了用水簾控溫。軍事化按表操課，何時該吃，何時該睡，只差沒把標語寫在飼料盤上：「吃進的每一口，長出的每塊肉」、「睡飽吃飽身體好，肉齊毛齊快出雞」。

毛球身體快速膨大，褪去黃衣，白袍加身，便開始摩肩擦踵起來。可惜這世界沒有隱蔽的空間，連躺下沙浴翻個身，都會被其他正在探索的機械給啄上。剛懂得起身反抗，五週齡一到，肉質肉量生長得剛剛好，便能出雞，屠宰上市。

有段時間禽流感的新聞報導裡，總愛使用雞隻屠宰的畫面。一隻隻大小相同的生物，頭下腳上，掛在特製的金屬架上，就像《怪獸電力公司》（*Monsters, Inc.*）裡的門，在彎曲旋繞的輸送軌道上移動，經歷著電擊脫毛放血挖內臟，若去除機械摩擦聲，配上〈藍色多瑙河〉（The Blue Danube）一曲，科幻般的冷調感也就因應而生。

科幻影集《西部世界》（*Westworld*）中，有段致敬《攻殼機動隊》的片頭動畫。生物形態的鋼骨被安置在固定環上，許多機械手臂的尖端，會吐出肌肉絲線，在鋼骨的關節來回黏貼，像是構築立體畫作，肌肉層層逐漸粗壯，完成一隻隻標準體態的仿生機械。

它們的降生，有內在設定好的指令，日常行為都在規畫好的模組下反覆運行。我想像，它們一旦故障，便會接受「淘汰」的流程，刮除腐爛的肉塊，鋼骨骷髏被細細檢查，堪用便繼續輪迴，不能用便被丟入廢棄金屬區。那堆疊如山的機械體，恍如亂葬崗一般。不過這科幻的悲觀感，有時只是人們的知識追不上科技發展，害怕其對於己身的反噬。

正如當雞群被鋼鐵廠房圍起，自成全新的生態系時，人們更不知道雞是如何生長。腦海中，只停留在後院裡的土雞，啄食黃土、翻找蟲子的模樣，而不願相信造物神話早已成真，人類能製造高矮胖瘦的機械，與神祇捏出各種生物一樣。

總會聽人懷疑，那些隱藏在鄉間的封閉雞場，藏著像是千手妖怪的基因改造生物，大胸肌、四雙翅、六對腿，人們愛吃什麼就多長什麼。因為被改得太獵奇，所以只能趴在地上，黃喙插入管子，像是在製作鴨肝或餵神豬，打入泥狀的食物進到牠們的胃裡，好讓這群外型像雞的怪物，長出超載的肉量。

稍微上網查資料，便知道不需瘋狂科學家拼湊出科學怪雞，只消挑出優良父母代，代代篩選，專業分工，想長肉便出肉雞品系，想多蛋便有產蛋品系。但謠言總像寄生蟲，從眼耳鑽入腦袋，把聽聞養成信仰，然後繼續散播恐慌。內容農場的文章半真似假，施打生長激素合併濫用抗生素，了解事實的人解釋到倦了，總會投以中性、禮貌、冷漠的微笑。

進入獸醫職場後，我時常得將這群機械「關機」，以便揭開藏在肉下的零件，翻找出是什麼疾病，使得牠們集體進入異常的病態。我曾說服自己，機械沒有靈魂，不必擔負殺生的罪惡。

有次，為了做禽流感檢測，我與夥伴前往一個蛋雞場採集樣本。兩百公尺的長形房舍，四條走道，每道左右兩側，各是三層梯形金屬籠。蛋雞三羽一籠，一隻站起，其他便得蹲坐，連轉圈看看後方的鄰居都沒有辦法。

我們從小都被告知雞不會飛，但某個程度來說，那是後天人為的結果。

籠子下方的糞便堆成會晃動的高山，蘊養無數蚊蠅，懷疑著山怎麼會晃動，仔細一瞧，才發現那土堆，鑽爬著至今我仍認不得的黑殼小蟲大軍。籠內這群被刻意篩選的機械，即使在這樣惡劣的環境，仍會每日產下精美的手工藝品，光澤、乾淨、均一的白蛋。

我抓出一隻雞，分別用棉棒，沾取喉頭及泄殖腔，放入試管裡。整套流程，那一身白羽都沒有太大的反抗，只是垂著頭，了無生氣地看著他方。我以為牠生病，摸著較為無毛的腹部，沒有發燒也無嶙峋的骨感。我放下採樣工具，讓牠兩腳能抓著我的手臂。接著讓手臂上下移動，看著牠的翅膀，為了平衡而張開縮起，代表牠仍然有正常的活力。當我接續拉開翅膀，看見內側靜脈上浮起青色血塊，在皮下積成小腫包。原來除了我們，早就有別的單位來抽過血了，一切臣服或無所畏懼，這時都有了解答。

屋簷上，一群八哥與麻雀正鳴叫著，無比輕快，又跳又飛，偷吃飼料還如此張揚，但往回聽取雞群的咕咕聲，卻是平淡無奇。畢竟籠內的生活，只有吃喝、入睡、排遺、下蛋，自然沒有機會發出其他聲音，好回應新鮮的事物。或許，只有當室友死亡時，才會聽到牠們微微張開雙翅，歡呼著：「終於能看到後面鄰居了。」

種雞的待遇有時高級許多，為了能長久運作，雞舍得保持通風，墊料維持乾爽，睡眠充足，吃飽喝暖，才能準時產蛋。早上下午兩次餵料，傳送帶的鐵鍊攜著飼料，繞著場舍圈圈奔跑。時間一到，每隻機械接收到運轉聲，便會自動排隊站好，低著身子，伸出脖子，將小小的頭伸進孔槽之間，整齊劃一地翹起尾巴上的白羽，認真地埋頭吃飯。

為了讓牠們自然交配，這群機械不必鎖在鐵籠裡，而活得愈久，便有更多的時間，探索這人造的世界。雞喙的功能與人手相似，也能感受冷熱軟硬。我喜歡坐在鬆軟的墊料上，讓那群配裝圓滾黑眼的機械打量你，歪頭試探性地踏出步伐，用黃喙戳下去一探虛實。放心，並不痛。這群被高密度飼養的生物，都在小時便被剪嘴，好防止彼此啄傷。

為了讓種雞自然交配，我與同事協力捲起厚重的帆布，讓陽光能照進房舍。忽然間，帆布輪軸與鏽化的橫樑夾層裡，落下一窩灰鼠，我跟夥伴大叫，害得原本在腳邊的雞，也瞬間彈開。雞群集體噤聲，像海嘯，逐步傳到遠方，正在粗糠裡享受沙浴的，也停止動作，睜著眼想搞清楚發生什麼事。就像吵鬧的班級，聽見有人叫喊：「老師來囉。」也會一排接著一排，屏氣凝視，確認現在的狀況。

不過，安靜不到半分鐘，便會有雞開始發出咯咯聲。離我近一些的雞群，各個抬起腳，緩步前跨，開始低身，啄戳那些落地的鼠，對牠們來說，這是另一項物種大發現，牠們沒有畏懼，不停地用嘴展現好奇心，亟欲了解這與己身不同的生物。雖是機械複製品，但在適當的環境生長，仍能發展出多變的行為模式。

回學校繼續讀書時，隔壁實驗室有人將實驗雞留了下來，慢慢地讓牠成熟茁壯。那隻公雞羽毛潔白，戴著鮮紅肉冠，表情有神，姿態英挺，身材精瘦，總是抬著下巴傲視我們這群低等的人類。

有天午後，我前往實驗動物舍打掃，恰巧在外頭與那隻正在巡視的公雞狹路相逢。牠明明直線走得好好地，忽然歪頭瞪我，一瞬間，便快步朝我奔來。我繞開，牠仍繼續在後頭小跑步，跟就跟吧，我心想，都曾被更兇狠的鵝與火雞追過了，何況體型小那麼多的公雞。沒料，牠竟振翅彈起，簡直武術奇才，騰空蜷起兩隻粗壯黃腳，用利爪朝我小腿抓下。

好人不跟壞雞鬥，我側身讓開，牠卻不知為何不放過我，繼續朝我攻擊，用那尖喙，反覆啄向我的腳跟。主人發現後，趕緊跑來，將牠抱在懷中，那公雞馬上溫和許多。

我看著那深邃的黑瞳，黃澄的眼白，像是珍貴的寶石，眼底散出獨特的靈光。原來這就是雞，「生物形態」時的模樣啊。

——原載於「上下游副刊」「生態／環境」專欄，二〇二二年十二月四日

曾達元

不務正業獸醫師，北藝大文學跨域創作研究所就讀中。

◉選文評析——動物機器

網路上不時可看到挪用喬治・歐威爾（George Orwell）《動物農莊》（*Animal Farm*）中那句名言：「所有動物生而平等，有些動物比其他動物更平等」所繪製的諷刺漫畫，或者將貓狗放在金字塔頂端，或是一群動物對坐在桌子兩側，貓狗說：「如果人類虐待我們，會受到法律制裁。」牛羊豬雞則一臉豔羨。動物在人類社會受到的待遇確實不平等，也因此，每逢動保團體呼籲聲援某些議題時，最常出現的批評就是：「說虐貓/虐狗很殘忍，大家還不是繼續吃肉？」（同樣時常被用來類比的還有倒楣的綠鬣蜥，句法多半是這樣的：「如果今天虐待的是綠鬣蜥，這些人還會出來抗議嗎？」）

若深究這類批評的語境，不難發現這些話語與其說是對於經濟動物位居動物議題弱勢的狀況感到同情，不如說是對於（想像中）動保人士的「偏心」不以為然所進行的諷刺。動保人士真的不關心經濟動物嗎？答案當然是否定的，弔詭的是，當他們為經濟動物大聲疾呼時，又時常被視為某種道德或情感勒索，甚且有「妖言惑眾」之虞。曾達元在本文中，便如此無奈地表示：「謠言總像寄生蟲，從眼耳鑽入腦袋，把聽聞養成信仰，然後繼續散播恐慌。內容農場的文章半真半假，施打生長激素合併濫用抗生素，了解事實的人解釋到倦了，總會投以中性、禮貌、冷漠的微笑。」

毫無疑問，身為獸醫的作者，屬於「了解事實解釋到倦了」的一族，卻也讓〈雞械複製時代〉這篇文章，在一眾討論經濟動物議題的作品中，因其獸醫視角而有著不太一樣的切入點——既非常見的揭露慘狀進行道德呼籲，但在實際深入蛋雞場，目睹這些「雞／機械」生活的環境後，原本「說服自己，機械沒有靈魂，不必擔負殺生的罪惡」的他，顯然也已無法篤定站在「機械沒有靈魂」的這一邊。而作者疏離冷靜的口吻，反倒讓他筆下「機械複製工廠」的隱匿真相，更能以其冰冷駭人的面貌，警醒不理解／不關心經濟動物處境的大眾。

他是如此形容這些複製機械的：「它」們有機械般的型號名稱，愛拔益加、樂斯、科寶，「天生內建程式，大約一日能產下一顆蛋」。受精後的雞蛋會在方形蛋盤上一層層推入金屬架，「像是科幻電影裡，太空旅行的低溫裝置」，被推入金屬箱的蛋，在「金屬母親」所提供的穩定溫度、濕度之下孵化，之後接受輸送帶的生死判定，健康的機械送入集中營進行全密閉打造的生蛋勞動場，不健康的「廢棄機械」則會被丟入桶中，「主宰生靈的判官將掩上黑蓋，遮蔽聲息，任憑裡頭氧氣漸漸稀薄，只剩下金屬母親，那風扇運轉的換氣聲」……

曾達元在文中多次使用了「金屬母親」這個詞彙，難免令人想到心理學家哈里·哈洛（Harry F. Harlow）知名的恆河猴母愛剝奪實驗：就算「鐵絲媽媽」提供的是奶瓶，小猴子仍然一再重投什麼也沒有，甚至會噴出氣流或伸出鐵釘的「絨布媽媽」懷中。但對於這些機械複製時代的小小雞械來說，「它」們得到的金屬母親，更是徹底抽離了情感元素。金屬母親的存在不為測試小雞是否有依附需求，它們只是工廠作業鏈的一環，保暖與空調，都只為了維持穩定量產，而非為了雞械本身的需求而設，一旦「零件故障」，機械母親的淘汰之手從不猶豫——「造物神話早已成真，人類能製造高矮胖瘦的機械，與神祇捏出各種生物一樣」。

另一方面，曾達元卻又不願讀者將這充滿科幻感的場景，過度引申為小說中常見的「像是千手妖怪的基因改造生物，大胸肌、四雙翅、六對腿，人們愛吃什麼就多長什麼」，他更著力於刻劃的，毋寧是「雖是機械複製品，但在適當的環境生長，仍能發展出多變的行為模式」，一如文末他被那隻留養的實驗雞攻擊後，從牠眼底看見的靈光，所感受到的：「生物形態」時的雞，原本可以是什麼樣子。

但是，若進一步細究作者批評的那些謠言與恐慌，亦會發現這些說法，並非動保人士空穴來風的妄想，而是有其歷史脈絡可循。若提到揭露農場經濟動物慘況的作品，彼得．辛格（Peter Singer）的《動物解放》（*Animal Liberation*）當是最知名也最具影響力的一部，但其實在此之前，英國動物福利倡議者露絲．哈里森（Ruth Harrison）出版於一九六四年的《動物機器》（*Animal Machines*），已深刻揭露農場動物是如何在「新型農業生產方式」的變化下，一步步成為被剝奪生物性的動物機器。

見證著農業轉型期巨大變化的哈里森，在書中舉出許多相關報導與文獻記錄，凸顯出整體產業價值觀的挪移。一九一一年開始的籠養法，終於在五〇年代左右，發展為追求高密度與高效率的層架籠養法。至於青黴素、金黴素與土黴素等抗生素配合飼料進行添加，同樣是在集約化飼養後為管控傳染病而使用。這些做法在目前的「事實現場」或許已然不同，卻是一段經濟動物從生物被貶抑為機器的歷史。更可悲的是，哈里森書中描述的若干現象，在這個系統中並未真正消失，動物依然被視為機器，朝向更高效率、高產量的方向被期待。而她在七十多年前的提醒，也依然有效，她是這麼說的：

「生命貶值化和標準降格化在原理上並沒有什麼兩樣。一旦接受某種生命是廉價的觀念，下一代人就會接受更低的標準，結果會一代不如一代，這才是這件事的危險所在。」

（Cathy）

蠶、蒼蠅，有時還有寄居蟹

羅晟文

在大學讀書時，我讀到了美國作家約翰・史坦貝克（John Steinbeck）的〈蛇〉（The Snake）。故事中的女主角闖入了一位年輕科學家的生物實驗室，並下達了想買蛇、想看蛇吃老鼠等一連串任性的要求，讓原本習慣於實驗動物犧牲的科學家難以招架，也挑戰了他對於科學實驗的絕對客觀與不可質疑等信念。蛇女與科學家的對峙猛然喚起了我兩段埋藏許久的回憶。

國中一年級時，自然科學是我熱愛的科目；我想當科學家，也喜歡做實驗。當時學校有「獨立研究」的課程，我們必須自己找一個科學題目來研究一個學期。由於家住高雄，離海不遠，我和一位同組的朋友選了寄居蟹做研究對象。我們打算研究寄居蟹的選殼機制，或是牠們的視覺與嗅覺。那時網路搜尋引擎並不發達，而研究台灣寄居蟹的文獻也不多，我們不知道該怎麼開始。

隨後，我們很幸運地聯絡上一位研究寄居蟹的海洋生物學家，他十分熱心，也歡迎我們參訪他的實驗室。在實驗室裡，他和我們分享了他在潮間帶的研究、探險經歷，以及他整齊、潔淨的大規模實驗裝置，令我們大開眼界，十分興奮。當我們請教他關於研究選殼機制時該如何讓寄居蟹先暫時離殼，他說「用火焰稍微加熱貝殼尾端」，但要很注意，因為「有時一不小心，寄居蟹會被燒死」；而若要研究視覺、嗅覺的影響，為了控制變因，最簡單的方法分別是「剪眼睛」和「剪觸鬚」。我當時很錯愕，想了很久但終究沒有提出質疑，心想也許這就是專業科學家做研究的正確程序。

回校後，我們跑去問生物老師，她認同了海洋生物學家的說法。雖然我沒有故事中蛇女的霸氣，可以直接挑戰科學家的權威，但這段訪問讓當時我景仰「科學」的心，首次產生了些許動搖。最後我們決定不研究那些題目，改研究牠們的記憶能力，讓寄居蟹練習走迷宮。

第二段回憶同樣發生在我們的寄居蟹研究。有一回寒流來襲時，我在海邊採集了數十隻寄居蟹〔註〕，傍晚回室內時，我擔心夜晚太冷，所以調製了室溫海水給牠們。結果隔天早上，這群寄居蟹死了大半——寄居蟹是外溫動物，而我並沒有先查證牠們是否適合這樣的水溫變化；更讓我難過、懊悔的是，我竟然誤用人類的感官知覺來斷定另一個物種的感受，從而害了牠們。當時數個月實驗期間，我把寄居蟹當成我的寵物看待，許多甚至還取了名字；然而因為我的無知，最終實驗結束後，存活、放回海邊的寄居蟹並不多。這項在我國中時以科學之名進行的「動物實驗」給了我很多遺憾，卻沒能記載在最後的科學報告中；隨著課業量增加，我回想起這件事的頻率也逐漸減少。直到讀了〈蛇〉，我才驚覺，寄居蟹事件在我心中，其實一直都沒有結案。

「動物實驗」一詞常讓人聯想到生物科技與食藥安全測試，但它其實離我們並不遙遠。在台灣國小四年級的自然課中，曾經有很長一段時間有在家養蠶的作業，也是許多人難忘的回憶：養不好的可能遭螞蟻入侵，養太好的繁殖了幾百隻，不知道該怎麼辦。在荷蘭念書時，荷蘭朋友則說他們是養蒼蠅，養到最後老師叫大家把牠們全部倒進垃圾桶，說牠們「回家了」。蠶與蒼蠅這樣的「結局」，或許就此成為深藏的、無法結案的動物事件或疑問。每個人的心底或許都有類似的關於動物的疑問，被封存了好一段時間，但仍值得被重新面對與思考——並非為了結案，而是持續探索事件背後的人與動物關係中，還存在哪些可能性。

在大學畢業前，我發現身邊不少同學逐漸釐清了自己的定位，有的甚至投身第一線，親身協助動物。佩服之餘，我也不斷問自己：那我能做什麼呢？我會做什麼呢？我的第一線在哪裡？我是否能將「獨立研究」轉化為視覺創作，探索動物問題？我相信每個人都有其脈絡與專長，且都有機會以多方視角凝視現狀、發掘屬於自己和動物間的關係。回想起來，我之後的作品《白熊計畫》，或許在此時已經悄悄萌芽。

——改寫自〈發掘屬於自己與動物的關係脈絡〉，《以動物為鏡》推薦序，啟動文化，二〇一八

註：任意在野外採集生物會破壞生態，應與所屬管理機構審慎討論，並申請採集證。

羅晟文

一九八七年出生的旅歐藝術家。台大電機研究所碩士。在求學期間，開始思考生而為人類，自己與動物、生態環境的關聯。毅然決然捨棄成為工程師的人生道路，改赴歐學習藝術。作品呈現方式包含錄像、攝影、遊戲、聲響、裝置，最為人所熟知的代表作，是二〇一八年開始的《白熊計畫》，走訪了世界各國的動物園，用攝影和錄像，反思圈養／展演動物的處境。其他作品包括《萬花筒》（*Kaleidoscope*, 2011）、《純種人》（*Pedigree Human*, 2013）、《塵爆》（*Fallout*, 2018）等。

◉選文評析——結案

「被遺忘的時間仍然是時間，是累積的時間，成為現在的內涵。」安妮・迪勒（Annie Dillard）在《汀克溪畔的朝聖者》（*Pilgrim at Tinker Greek*）中如是說。羅晟文這篇〈蠶、蒼蠅，有時還有寄居蟹〉所欲表達的，無非也是（一度）被遺忘的時間，其實從未過去，它們只是沉澱在歲月之中，終將累積成為現在的內涵。而「不想記起」或許是比遺忘更精確的說法，因為在這些記憶背後，多半有個與傷害或罪惡感相關的故事。比如迪勒記憶中的多音天蠶蛾。

迪勒形容那隻被同學帶到學校，卻在羽化前被老師放進梅森食品罐中，導致翅膀變形僵化，無法飛行的蛾，「不曾成為過去的事」。「以六隻毛茸茸的腳永遠地爬下車道」的牠，從此永恆地以那可怖扭曲的姿態，爬行於她的記憶中。儘管迪勒說自己並不是想痛斥以前的老師，「以一種拙劣、令人難忘的方式讓我暴露於自然世界，一個被甲殼質覆蓋，且被無法安撫的事實支配的世界。」但多音天蠶蛾帶來的記憶重量，不免讓人進一步思考，羅晟文在文中所提及的，小學自然課養蠶或蒼蠅的作業，最後遭到螞蟻入侵，或在老師帶領下將蒼蠅送進垃圾桶，說牠們「回家了」的教育方式，會不會如他所言，成為某個孩子心底「深藏的，無法結案的動物事件或疑問」？讓他們日後如同迪勒一般，仍不時看見窗上倒映著當初那張蒼白、驚嚇的臉？

當然，羅晟文之意同樣不在於「痛斥」這些老師或教育方式，他只是溫和地以自身經驗，描述曾經以為遺忘的過去——中學時進行「寄居蟹研究」，卻因為擔心夜晚太冷，結果調製室溫海水，反而把外溫動物的寄居蟹害死。儘管當年在升學壓力下，他漸漸不再想起此事，但閱讀了史坦貝克那篇以「蛇女」質疑「科學理性」價值觀的〈蛇〉之後，沉睡的記憶卻就此甦醒。

在那仍然帶點懵懂的年紀，難過、懊悔與遺憾的心情，看似並未對生活帶來影響，但它們只是潛藏著，「一直沒有結案」。誠如蒂芬妮．史密斯（Tiffany Watt Smith）在《情緒之書》（*The Book of Human Emotions*）指出的，「罪惡感是關乎債務的情緒」，此種在有意與無意間，造成動物生命傷害的微小罪惡感，也可能成為揮之不去的陰影。近藤聰乃的漫畫〈憑弔瓢蟲〉，就曾生動具體地表述過此種陰影的樣貌。故事中的敘事者「我」，在窗簾上看到一隻瓢蟲，卻仍然把窗簾束起來，隔天發現瓢蟲黏在窗簾上，像押花般扁平，那模樣像極了鈕扣。「我」從此「再也無法拉上窗簾」，鈕扣與花，都成為無數瓢蟲的幻影。直到某天，「我」悄悄打開窗簾，發現了一顆鈕扣，「那簡直像是，瓢蟲的奠儀回禮。」

故事中的「我」必須重新打開窗簾，重新去面對明明看見卻依然壓死瓢蟲的事實，幻影才能消失。對羅晟文來說亦然。儘管他當年對於海洋生物學家與生物老師教導的，以「剪眼睛」和「剪觸鬚」，或是加熱貝殼尾端讓寄居蟹離殼，但「一不小心會讓寄居蟹被燒死」的「科學實驗」方式感到錯愕，但他終究只是繞過了那些方法，並未對這理所當然的「科學」提出質疑。史坦貝克的〈蛇〉，就彷彿被風吹開的窗簾，讓他再次看見當年那些，其實從未離去的寄居蟹。

事實上，羅晟文日後的藝術創作，無論是關心圈養動物福利的《白熊計畫》；海洋過度撈捕問題的電玩遊戲《鮪魚》、密室遊戲《F/EEL》；用撿拾鵝毛方式自製完全動物友善羽絨衣的《羽絨》；甚至體驗動物接收超聲波感受的《伸縮耳》，都在在證明了「科學」、「藝術」與「生命」可以共存。當初未曾結案的記憶，成為探索新的可能性之契機——儘管他自己最初也未必意識到其中的相關性。但如同文中所言，這些被封存的記憶檔案，仍值得重新面對與思考。不是為了將過去結案，而是在重返記憶的過程中，將情緒之「債」轉化為新的能量。相信這些作品中的某個角落，其實也安放著那些曾經有過名字的寄居蟹，小小的奠儀回禮。

（Cathy）

輯六

城際動物區

毛蟲的重生……or Not

包子逸

一早在室內發現一隻斑斕肥碩的毛毛蟲，牠長得十分華麗，身上的毛厚得像貴婦身上的昂貴黑黃流蘇大衣，頭頂長出兩根像國劇馬鞭似的觸鬚。肥蟲天真愉快地在階梯上爬行，我看了牠一眼，動了惻隱之心，覺得這樣的蟲界貴婦死在人腳下太慘了，好歹也該熬成一隻蝴蝶或者蛾，享受一下飛行的美麗。

因此我拿起一張紙將蟲鏟了起來，想要把牠拿去最靠近的門口野放，然而一走出南門即聽到一片啁啾——糟糕！我從來沒有發現這個城市裡有這麼多麻雀，牠們十分愉悅地四處彈跳，我原本是想成全我的毛蟲，看到那麼多鳥，恐怕一片好心只能成全小鳥的胃。

我畢竟不是把蟲端出門來餵小鳥的。

於是我毅然決然把那隻蟲又捧到了另一個門外，東門那裡比較多人類，鳥類少很多。我選了一棵有毒的樹叢，把蟲丟到葉子上，肥蟲卡在密實的葉子上，像準備肉身天祭一樣捲身。

原本我以為這樣就大功告成，但是走回室內後不久，我蠢蠢欲動的好奇與自以為是的憐憫再度驅趕我，我只好回頭重新觀察毛蟲是否愉快地開始展開新生活。在我愚昧的想像中，獲救的蟲是應該開始幸福的，像頭頂畫出一道彩虹那般地幸福。然而我走到樹叢前，發現那肥蟲一動也不動還是縮成一團。我緊張地判斷這恐怕是因為天氣太冷了，這樣野放牠豈不是要把牠給凍死嗎？

最後我又拿了一張紙將肥蟲重新捧回室內，放在階梯上。毛蟲若有農民曆，或許上面寫的不是「有貴人相助，逢凶化吉」，而終究是「萬事皆不宜」那樣地一事無成。

朋友聞之，有人說：「聖人不仁啊。」有人殷殷囑咐我：「千萬別坐時光機，世界會大亂。」

哎，好心人真的很難當。

——選自《風滾草》，九歌，二〇一七

包子逸

著有散文集《風滾草》、報導書《小吃碗上外太空》。常寫散文、影評與報導。熱衷挖掘老東西與新鮮事。喜歡溫暖的幽默，常在荒謬中發現真理。曾獲台北文學獎、時報文學獎、林榮三文學獎散文獎，以及梁實秋文學獎譯文首獎。作品多次收錄於九歌年度散文選等文集。《鄉間小路》「文明野味」專欄文即將結集出版。

◉選文評析——無脊椎動物

包子逸〈毛蟲的重生……or Not〉篇幅雖短，卻透過情感真摯又畫面十足的描寫，讓讀者隨著她的窮忙一場，心情上上下下：擔心在階梯上「偶遇」的一隻大毛蟲被踩死，她用紙片捧著毛蟲試圖野放，結果因為看到眾多麻雀，怕「蟲入鳥口」，只好另擇良地；不一會兒又因為發現野放後的毛蟲竟「像準備肉身天祭一樣捲身」，在樹葉上一動也不動，決定把牠放回階梯上，免得牠因天冷而凍死。和毛蟲同樣回到原點的作者，於是自嘲毛蟲若有農民曆，「終究是『萬事皆不宜』那樣地一事無成」。

我必須承認，看到作者最後因野放後的蟲始終縮成一團，怕自己好心做壞事而選擇把毛蟲帶回室內，我在內心「啊」了一聲，倒不是要進行「子非蟲，安知蟲不樂？」的辯論，而是因為曾在自然生態學家伯恩德・海恩利許（Bernd Heinrich）的《荒野之心》（*A Naturalist at Large*）中讀到不同毛蟲各種豐富的行為可能，而忍不住替毛蟲慨嘆了起來——會不會留在樹叢中還是比較有生機？會不會牠原本離重生，只有一步之遙了？

對於毛蟲如何吃樹葉，以及其中蘊含的意義深感興趣的海恩利許，曾被自己每天動線上固定會看見的一條毛蟲所吸引：這條加拿大虎紋鳳蝶的毛蟲，總是同一姿勢待在同一葉片上的同一地點，一動也不動的牠到底何時進食？怎麼能夠讓自己每天都在長大？好奇心驅使下，海恩利許進行了連續數個日夜的觀察，才發現原以為不動的毛蟲，每三個小時就會從固定的葉片棲息地出發，前往其他葉片並以之為食：單程兩分鐘，進食五分鐘，之後再回到原棲息葉片。更有趣的是，每次覓食之旅結束、回到原地時，牠會在葉片尖端轉過身，讓自己面向下一次出發進食的方向。所以，看起來一動也不動，只是因為原本觀察的頻率不夠密集啊。之後他還發現，不論風吹葉片造成的搖晃，或是他的駐足觀察，因為不會干擾毛蟲的進食，所以牠全無反應，但只要刻意碰觸牠所在的樹枝，毛蟲便會馬上弓起身來，轉成防禦姿態（接下來則可能釋出驅逐掠食者的有毒氣體，進行化學防禦），就像偵測到鳥類或其他掠食性昆蟲出現在附近時一樣。這樣看來，被包子逸捧上捧下而捲身的肥毛蟲，也可能是處在防禦狀態？又或者，再觀察更長的時間，說不定就算毛蟲頭頂不可能「像畫出一道彩虹那般地幸福」，還是有機會在樹叢間得到重生？

扼腕歸扼腕，但我知道在日常生活中，會對諸如毛蟲、蚯蚓、蝸牛這些不經意就被人踩爛的生命產生惻隱之心，可能就已屬「異類」，若還要求像生態學家般日以繼夜地觀察，未免太強人所難又不切實際。畢竟如學者范道倫所言，儘管無脊椎動物占了全部動物比例的百分之九十九，人們對牠們的處境依然並不關心。在以蝸牛為主角的近作《一殼一世界》（*A World in a Shell*）中，他更不禁感嘆，那些「振翼的、蠕動的、爬行的、嗡嗡叫的」，不但經常被忽視，在大眾認為牠們「形象」不佳的偏見下，甚至有些人覺得牠們的消失是值得慶祝的事。相形之下，包子逸賦予毛蟲身穿「昂貴黑黃流蘇大衣」的形象，就已經打破了一般的刻板印象。更何況，看似回到原點的白忙一場，也未必真的是回到原點吧？願意為一般人並不太會放在心上的毛蟲如此「奔波」、為牠的安危掛慮，行動的本身就已朝向「擴大動物倫理關懷的物種」這個目標，邁進了一步。

這篇文章也可以讓我們重新思考美國哲學家湯瑪斯．內格爾（Thomas Nagel）〈成為一隻蝙蝠是什麼感覺？〉曾引起的論辯。雖然柯慈（J. M. Coetzee）小說《動物的生命》（*The Lives of Animals*）中那位激動的動物權論者伊莉莎白・卡斯特洛（Elizabeth Costello）曾不滿地批評內格爾將蝙蝠視為異類，「一種在整個物種連續線上雖不像火星人那麼異類，但比起狗與猿猴還是更有別於人類的生物。」然而試圖為他平反的論者多認為，內格爾的提問不但已經先肯定了蝙蝠有所謂的感覺經驗可言，而且提醒了我們，人的主觀想像有其限制。換句話說，內格爾的重點，是想在不可能完全企近他者經驗的情況下去思考：我們該如何去面對這不可否認的、確實存在的他者經驗？他並表示，儘管差異愈大的物種愈難以理解，但是局部的理解，多少還是可能達到的，可見只要我們有心，跨越物種之間的障礙，也未必如原先設想地那麼難。

只不過，從內格爾的年代到今時今日，人們依然很難擺脫脊椎動物中心主義（vertebratism）。於是我們看到內格爾對動物感覺經驗的肯定，停留在蝙蝠，排除了諸如黃蜂或比目魚這些他認為比較低階的物種；而包子逸的「一事無成」，與其說是個人的猶豫不決所造成，不如說是因為我們對於無脊椎動物的認知太少。毛蟲的農民曆若要有寫上「有貴人相助，逢凶化吉」的一天，還有待更多人，願意把對動物的關懷與認識，延伸到這些「振翼的、蠕動的、爬行的、嗡嗡叫的」物種上。

（Iris）

失巢記

振鴻

兩隻成燕以及正接受飛行訓練的五隻幼燕，依舊在黃昏時刻飛回，在家屋前的騎樓簷頂盤旋不去。牠們齊齊低飛，徘徊，屢屢想抵達已消失的巢，最後陸續歇停在不遠處的店招邊沿，僅餘一隻成燕仍不放棄，堅定環飛在同個軌道，彷若一段跳針的旋律。

過了半晌，在空茫中不懈尋覓的這隻成燕開始低鳴，聲音破碎，已不似往日的短促尖利；飛行曲線也頓失優美弧度，陡高陡低，彷彿有什麼正在牠內心劇烈震動，再無法駕馭自己，於焉，暗灰身形只能在半空中失序潦草地畫掠，像顆憤怒極了卻不知該擲往何處的石頭。

巢，是在三天前不見的。

三天前的窩巢內，猶孤伶伶存留著一隻幼燕，餘皆已大清早跟隨成燕至巢外進行飛行與捕食訓練，期間會有兩次歸返，一次是日頭炙焰的正午時刻，另次則在雲影淡薄的日落黃昏。留待巢內的幼燕羽翼其實已豐，但似乎對飛行仍感到惶恐，不時可見牠在目送手足離去後幾番想嘗試跟著躍出，但終究，是顫巍巍立在巢沿，謹慎且吃力地揮動翅翼，彷彿翅上正負載著什麼珍貴而沉重的物事，不能使之掉落。

然而翌日清晨，巢卻消失了，燕子們也不知去向。原本掛懸燕巢的一隅被清卸得片「土」不留，回復成原初的紅磚平面；下邊簷柱則好似被刷洗過地在日照下閃耀著新穎的光澤；至於簷柱底下，一層又一層積澱的鳥穢業已除盡，僅寥寥殘存幾點白色印記，頑強地侵入石磚深處，不肯離去。

巢，顯然是被刻意卸除的。

一想及此，幾乎就能確定拆巢者是隔鄰的叔叔。對他而言，鳥穢是髒汙的來源，是視覺的侵擾。

其實，燕子借居的時日將盡，月底前便會遷徙南飛；其實，每隔一段時日我和母親便會清理鳥穢充做花肥；其實，燕子最信任人類且以蚊蠅為食，是最能協助居家的環境整潔；其實……其實這些在網路上查詢的資訊，傳統與固執的叔叔並不會知情，而我也選擇沉默，什麼也沒有告訴他。

和叔叔這般地沉默以對，已不是一天、兩天的事了。從小，叔叔便對我的陰柔行止冷眼看待，時日一久我也不知如何與之親近，疏離感遂經年累月鑿成一道溝隙橫亙在我們之間，我知曉它的存在，卻從未跨越，因認定它已是最穩妥的一種連繫形式，能將彼此區隔在各自世界，互不攪擾；縱算見面，也僅是維持最低的人倫應答。

突然間，我覺得自己似乎才是那毀窩拆巢的人。燕巢懸架在兩戶之間，猶如夾存在我和叔叔的人倫溝隙之間，而我早已隱約感到不安，卻仍抱持僥倖，以為如常保持沉默，萬事便會太平。

我感到有點懊悔，傷心，卻只能在腦中不停迸想，如果，如果我和叔叔的關係不是如此淡漠；如果我不去在意那些判定失格的輕蔑眼神；而又如果，我能有勇氣先行打破沉默，仔細與叔叔說明燕子習性，去維護燕子們的居留權益，那麼，牠們的命運會不會有所不同？

黃昏離去了，龐然的暗夜在轉瞬間就已抵達，那群尋巢的燕子終究往不遠處的田野林間飛去，在這條受迫而岔生出來的流離路線當中，我看見有隻燕子飛行得特別緩慢，我揣想應是那隻慢飛的幼燕，牠定是在慌亂的勢態下縱身離巢而驚恐地學會飛行。

想到這裡，我似乎就能夠感受到萬物之間的休戚與共，卻也因此更感慚愧。失巢而尋巢的燕子們彷彿遞來一則隱喻，意味深長地要告訴我：身為優勢的人類，在人性中使我們艱難面對的，竟也不自覺隱沒其餘珍貴的，譬如憐憫，譬如正義的實踐。我們總錯認自身才是影響所及，才是那個收納所有痛楚的一枚最疼痛可憐的傷口，但卻不知若忘了抵禦，忘了發聲，忘了跨越，忘了我們也只是拼貼在世界中那些息息相關的背景之一，那麼，世界便會跟著漠然地倒返過來，以我們的艱難作為核心，在承受與扭曲之際，同時蝴蝶效應般地啟動不遠處，遠處，更遠處的諸多殘酷，然而這些我們終將不會發覺，不會聞問，也不及應援。

最終，這盈滿萬物的生態只能一次又一次地，在某處，在某刻，遭受無止盡地崩損，縱使，它看似微不足道得猶如一座巢的毀傷。

——原載於《自由時報》「自由副刊」，二〇一四年十月十四日

振鴻

一九七六年生，台東人。輔仁大學心理學系博士。作品曾獲時報文學獎、台灣文學獎、聯合文學小說新人獎、香港青年文學獎、台北文學獎、梁實秋文學獎等。著有小說集《肉身寒單》、《歉海的人》。

◉選文評析——多餘的共同住民

懸架在叔叔與振鴻家兩戶之間的燕巢，在尚有一隻幼燕未離巢的情況下，被叔叔拆毀了。簷柱底下的鳥穢已清除乾淨，但振鴻的懊悔正由此開始：明明他和母親會定期清理鳥穢作為花肥、明明燕子只是借居，不久就要南遷，如果沒有先自我禁聲，而是「仔細與叔叔說明燕子習性，去維護燕子們的居留權益」，牠們的命運會不會有所不同？當作者這樣自問時，作為讀者的我們，也感染了那份懊惱與遺憾，甚至可能會想，又不是老鼠蟑螂，甚至，不是在西方被嫌惡地稱為「有翅膀的老鼠」的鴿子，怎麼我們的城市，連暫住的燕子都不容呢？

但是作為城市居民時的我們，和文中的叔叔，又是否真的有那麼大的差異？自然作家海倫．麥克唐納（Helen MacDonald）在散文集《向晚的飛行》（*Vesper Flights*）中，曾記述她在印度下榻的旅館裡，如何喜見一對棕斑鳩在房間做窩：「旅館不以為意，房務員每天一早都會在地板鋪上新的報紙，接住鳥兒製造的髒亂。那一對棕斑鳩會從冷氣機上方的縫隙擠進來，撲打著翅膀飛向牠們的窩。入夜後，我可以看見牠們眨著惺忪睡眼，漸漸墜入夢鄉……人與鳥默默分享一個空間，這其中似乎有一種通情達理的寬宏氣度，令我的心中滿溢著喜悅。」但在分享了樂見人鳥共居的心情之後，她也坦言，如果自己是怕鳥一族或是對鳥過敏，恐怕就不會這麼開心了。更殘酷的現實是，相對於異地的旅館對鳥巢的接納，她所居的英國，其實執著於清除人類空間裡一切非人的東西，固然「誰也不希望家裡有老鼠蟑螂」，但燕子呢？也並沒有豁免權：「屋簷下有凹洞、屋瓦間有孔隙，燕子才能築巢，但我們漸漸把所有孔洞都堵上了……愈來愈多開發建商乾脆先在樹木和籬笆上鋪網，直接預防鳥類築巢。」作為城市居民時，多數人和振鴻的叔叔、和「除『非人』務盡」的英國居民，抱持的想法恐怕都很類似，也就是所有的空間都應該乾淨、合宜，且只屬於人類。

這種剷除異己的主流想法，與其說是個人的邪惡，不如說是長期以來城市現代化下的產物，也因此社會學家齊格蒙．包曼（Zygmunt Bauman）才會提醒，城市空間的規畫極可能不知不覺鼓勵我們淪入道德盲目（moral blindness）之中，變得無視他者的苦難。為了符合居民對於高效率、機能性，乃至環境光鮮體面的要求，現代化城市的規畫總是傾向於減少不熟悉、無可預測的事物，在這樣的前提下，生活在同一空間卻無法被管理的動物，自然是不受歡迎的。其實除了動物，如遊民之類的社會邊緣人，也符合包曼在《全球化》（*Globalization: the Human Consequences*）一書中所說的，「多餘的共同住民」（unwanted co-citizen）。包曼曾表示，如果說城市最初出現時，是基於安全的理由而需要建立城牆，以保護其中的居民不受到外來者的侵擾，那麼現代城市居民的恐懼，已經不再是對外，而是轉向「內部敵人」——那些住在同一個城市裡，但被我們嫌棄為多餘而無用的住民。內化了對於現代化城市的單一定義之後，不管是頻繁的環境消毒、大規模施放滅鼠毒餌，或是牆上裝設尖刺與碎玻璃瓶防野鴿浪貓入侵，都成了城市的「日常」。

面對這種多數人視為理所當然的日常，要發出異議，其實並不容易。對於自認從小因為陰柔行止而遭到叔叔冷眼看待的振鴻，要他打破沉默，更難，因為疏離感「經年累月鑿成一道溝隙」橫亙在他與叔叔之間，而他認定這樣的距離是「最穩妥的一種連繫形式，能將彼此區隔在各自世界，互不攪擾；縱算見面，也僅是維持最低的人倫應答」。他終究沒能為燕子發聲，於是只能感慨：「忘了跨越，忘了我們也只是拼貼在世界中那些息息相關的背景之一，那麼，世界便會跟著漠然地倒返過來，以我們的艱難作為核心，在承受與扭曲之際，同時蝴蝶效應般地啟動不遠處，遠處，更遠處的諸多殘酷，然而這些我們終將不會發覺，不會聞問，也不及應援。」

這遲來的體悟，倒也不是完全無濟於事。畢竟，要打破沉默螺旋效應，需要的可能就是心痛所帶來的體悟。人們往往害怕自己的意見與主流不同、害怕與不被接納的小眾站在一起所帶來的孤獨感，所以選擇沉默。但如果曾經因為自己的沉默而後悔不已，下一次類似情境發生時，就可能做出不同的選擇。而愈多人願意做出為異己發聲的選擇，城市的日常，就愈有可能展現出不同的樣貌，甚至有機會像麥克唐納一樣，看見混雜人工物而築成的鳥巢為她打開的廣闊視野：「想到人類製造的殘屑與鳥兒的創造巧妙結合，一方面令人異常滿足，但一方面也令人隱隱不安。我們造出這樣一個世界，牠們能撿拾利用的都是些什麼呢？我們的世界與鳥兒交錯，住居也奇妙地與彼此共享。我們向來喜見鳥兒在特殊的位置築巢。我們喜歡看歐亞鴝在舊茶壺裡育雛，或看母烏鶇穩坐巢中，巢不偏不倚就築在紅綠燈的紅燈泡上：這些巢象徵希望，因為鳥兒懂得善用人工物，我們的科技因此顯得冗餘、減緩、靜滯，滿載著不再只屬於我們的意義。」

以人類之力，當然我們可以繼續毀窩拆巢，以文明之名，驅趕所有不見容於城市的生命，但我們其實也可以選擇停止不文明的驅趕手段，看見動物為冗餘靜滯的人類文明，帶來的變化之美。

（Iris）

老鼠列傳

張婉雯

因為寵物店裡的一隻倉鼠被驗出對新冠肺炎呈陽性反應，香港政府宣布處死全港寵物店與倉庫內兩千多隻倉鼠，陪葬的還有兔子、龍貓、天竺鼠和白老鼠；港府又呼籲市民交出二〇二一年十二月二十二日後購買的倉鼠；網上有短片流出，一名父親堅持把送給兒子作生日禮物的倉鼠帶走交給漁護署，兒子嚎哭，給倉鼠寫字條道別。他們說，這叫「人道處理」——「人道」與否，看來已非語文能定義，而由權力解讀了。

我並無法獨善其身。我養過鼠，也殺過鼠。在養貓之前，我曾養過兩隻倉鼠。學生說，家裡的倉鼠生了，要分批送人；她送我兩隻，灰色的，就是金魚街上幾蚊雞一隻的那種。一隻愛跑圈，四圍貢，叫「阿勤」；另一隻愛睡覺，見人也不瞅不睬，叫「阿懶」。阿勤阿懶遂成為我第一次正式飼養的動物。

那時剛工作不久，還住在老家公屋，而倉鼠幾乎是公屋裡熱門的寵物。入住香港公屋，意味著入息有限；同時，「上樓」（即成功申請到公屋單位）免受房租上升業主迫遷的困頓，也令許多人羨慕不已。因此，公屋住戶心甘情願接受各種限制，例如不許在公共地方晾曬衣服，不許隨意裝修或加減人口，也不許養狗。公屋禁止養狗，大抵是因為房子空間細小，也認為狗會吠，會擾人——如果這個說法成立，則啼哭的嬰兒，或嗓門大的人，其實也不應住公屋了。反正，香港公屋只容許養「家庭小寵物」，即「時下寵物市場供應的小寵物，而且一般養在籠、展示箱、水族箱或其他特製容器內，例如貓、雀鳥（鴿子除外）、倉鼠、龍貓、葵鼠、兔子、烏龜、水生動物等。如欲養貓的租戶，必須安排貓兒預先接受絕育手術」（房屋署用語），這些動物的共通點是活動範圍小，安靜。我們愛按照自己的理解，定義動物的聲音。

倉鼠雖小，脾氣卻大，同性會打架，要不就不斷生養，因此要一鼠一籠。除此以外所需不多，商店裡是現成的乾糧，再添個滾珠水瓶、跑步圈、磨牙石；把籠底鋪好，就成了。牠們要求簡單，但對初次養動物的我來說，帶來的是新鮮的歡樂。看著牠們捧著瓜子把臉頰兩邊吃成一個波，或是在鋪好的乾草上安穩睡覺，會讓人覺得生活可以很簡單。倉鼠洗澡更是妙事。牠們洗澡不用水，用砂。在寵物店買來乾淨消毒過的砂子，在不鏽鋼碟子鋪平，把倉鼠放上，牠自己就會在砂上面打滾，滾得滿地滿身都是，好像玩瘋了的小孩子。玩夠了，抖一抖，抖落身體上的砂，返回籠子裡跑圈；尤其是阿勤，跑得很起勁。那時太年輕了，沒想過為什麼牠們這麼愛跑圈。後來才知道：野外的倉鼠一天得跑幾公里覓食；籠子的生活有違牠們的天性，只好在滾輪上喪跑發洩。

有一次，阿勤不知怎地，從籠子裡逃了出來。我們找遍家裡都不見。我父親說：阿勤一定躲在縫隙中。於是我們把燈關上，父親拿著電筒，往鋼琴與牆之間的空隙一照，阿勤果然在裡頭。父親讀書不多，我們姊弟三人的學歷都比他高。那是第一次我覺得父親見多識廣。我問父親怎麼知道阿勤在裡面？父親說，倉鼠不就是老鼠？鄉下的老鼠就是這樣。在父親口中，鄉下的老鼠比阿勤阿懶聰明得多：牠們會爬上油缸，讓尾巴垂下去，把油拖上來吃，又會偷咖啡粉吃，口味跟人差不多。

說起來還是鄉下的老鼠幸福，吃新鮮食物，喝活水；城市的老鼠多數翻垃圾桶，吃廚餘，住溝渠。鄉下的老鼠被貓或麻鷹抓著，一生就完了；城市的老鼠多數死於中毒，老鼠藥導致內臟出血，死前會瘋狂地喝水，然而城市哪來的水源，因此老鼠也可以說是渴死的。中學母校在葵盛圍，學生午餐或上葵盛，或落葵芳。那時葵芳只是個舊區，食店在大街，後巷則是魚蛋豬皮蘿蔔小檔。既有食肆，便有老鼠。某次離校時天色已晚，我貪快，穿通滿地污水的後巷，忽然一隻老鼠在腳前打橫掠過，我當時倒也不太害怕。又有一次在葵盛圍，忽然瞄見郵局門外一隻老鼠在瘋狂奔跑，渾身濕透，毛脫成一撻撻。我衝口而出：「癲痢老鼠啊！」日光日白，人來人往，老鼠仍走出來，想來是逃命吧。很快牠便消失在人群中。據說動物知道自己快死，會找個隱蔽的地方躲起來，靜靜地死去；我希望這隻老鼠能在被人抓住前找個安靜的地方，獨自死亡。

可笑的是，幾十年後，隨著城市愈來愈光鮮，老鼠也變得愈來愈惡。牠們幾乎演化出百毒不侵的基因和求生極限的智慧，毒餌、捕鼠籠，在牠們眼中只是裝飾。現在我住的地區長年鬧鼠患，某夜在平台跑步，聽到花圃裡傳來「沙沙」響，望過去，見灌木叢急劇搖動，是老鼠在裡面暴走。我只好由繞圈跑改為來回直線，保持距離。鄰居在窗外貼老鼠膠，不久就有一隻死在上面。鄰居又不知該如何處理，只好關上窗，任由屍體在外面風乾。之後，老鼠大舉入侵，牠們爬進鄰居屋裡，吃即食麵，飲檸檬茶，在洗手盤裡開派對。管理處在平台花圃放置老鼠膠，卻黏死了一隻麻雀，殺錯良民，便又在老鼠膠上架上木枝，以防小鳥誤闖。由十九世紀洗太平地時就存活下來的老鼠後代，怎可能看不穿這些小動作？牠們依舊大白天在外牆水渠上上落落，任由花圃裡的老鼠膠乾透變硬，反正那只是做給住戶看的姿態而已。

我之所以不太怕老鼠，可能跟小時候見過家人殺鼠有關。我們這一代，小時候家裡多數是加工場，穿膠花、製衣；我媽縫傘面，客廳中心永遠堆著一大堆帆布，於是有了老鼠躲藏的地方。某一天，家裡決定執法，祖母從布堆裡抓起一隻老鼠的尾巴，然後用力往地上擲——掉在地上，再抓起，再擲，一直到牠死掉為止。母親追著另一隻，追到廁所，之後出來說：嚇到跳樓死了。有一隻走進老鼠籠，被滾水照頭淋淥死。年幼的我和妹妹被囑咐坐在沙發上不要下地；當時唯一想到的，就是記得把雙腳縮起來，別被老鼠咬。

後來我媽說：真殘忍。是的，土法治鼠，不但殘忍，而且無效。一八九四年，香港鼠疫流行，港府號召市民滅鼠，每交上一條老鼠尾可得三仙。於是大家用最原始的方法殺鼠：不是棒打就是擲地。血肉四濺的結果，是病毒散播得更遠；人們為得獎賞，更從廣州偷運老鼠尾來港。我曾在臉書上讀過網友見聞，說見到有人在街上打老鼠，老鼠早死了，那人還在亂棍毆打，打到骨頭露出來，彷彿這隻老鼠是殺父仇人——老鼠與人類之間的不是私人恩怨，而是「文明」與「野蠻」的戰爭；既是「野蠻」，則用上最殘忍的方法對付，都是合理的，城市人對付老鼠的方法，與他們身為「城市人」的文明身分完全相反。

那麼，什麼才是「文明」的殺鼠方式？我見過，也執行過，在中學實驗室裡。生物堂上，實驗室助理先把白老鼠放進哥羅芳瓶子中，待老鼠暈過去，便分發給學生，一組一隻。我們釘起牠的四肢，用手術刀從腹部劏開——至此老鼠正式死去；牠的死是為了讓我們認識哺乳類動物的內臟位置與血管分布。那時的我沒想過白老鼠與過街老鼠有何分別，後來才知道白老鼠根本就是過街老鼠的變種，只是前者多數由人類繁殖飼養做實驗用。我小學時曾路過一家中學的後園，赫然發現鐵絲網後一籠白老鼠：一隻大的，非常胖，幾隻小的倚在牠懷裡。之後的某一天，我忽然明白，中學實驗室裡的白老鼠是怎樣來的：大的是母鼠，成為生育工具，不斷生，讓牠的孩子成為中學生的實驗品——我們的心態只是鬧著玩；邊拿著手術刀邊談天，談戀愛史，同學之間的八卦。我還記得有一次我走到別班的實驗堂上，陪一個女同學解剖，就是為了聊天，中學生所謂的煩惱。奇怪的是到現在我還記得鼠屍的氣味：那不只是血腥味，還有肉的氣味，像路經豬肉檔前，一塊塊紅色的肉在半空中飄盪，新鮮、溫暖而混濁，與小時候我祖母擲死的老鼠一樣的氣息。籠裡的母親用牠那雙紅色的眼睛盯著我，那紅跟牠白色的龐大的身軀和背後白色的牆非常不相稱，是平和背景中兀突的子彈洞。一位教理科的老師和我討論過，他認為活體解剖在教學上不可避免而有其價值；每一堂解剖課，他都非常鄭重地說明解剖的意義與動物的犧牲。如果學生以遊戲的心態對待解剖，那就是老師的失職——強制的解剖教學活動，然後讓學生內疚？我不明白老師的鄭重如何能不變成虛偽。事實上，德國、挪威、捷克、荷蘭等地的教育局，已規定在替代教材存在的情況下，禁止在教育活動中使用活體動物；斯洛伐克共和國更禁止所有中小學課程中的動物解剖。如果香港也有這些法例，回頭讓中學的我再做選擇，我會不會拒絕解剖老鼠呢？還是我會告訴自己，把老鼠身體剖開是鄭重而莊嚴的，儘管我完全不打算成為醫生或法醫官？

任何的生命，若沒有發生連結與關係，都不過是工具、數字或現象。每年，幾百萬隻鼠類動物被生產，作實驗用品；在研究新冠病毒的實驗室中，倉鼠被注射病毒，患上肺炎；然後，又因為被視為感染源，當局處死了二千多隻寵物用倉鼠。這些倉鼠從出生到進倉庫到上飛機來港運進寵物店然後被抓進黑色膠袋裡，終其一生都沒見過太陽。沒有。

現在，阿勤和阿懶在陽光下。牠們在我家過了兩年，分別在一星期內自然離世。我把遺體用白色廚房紙包好，放進小盒裡，埋在老家樓下的一棵大樹下。牠們化成泥土，滋養了樹，樹又生出空氣，伸出樹椏，讓小鳥棲息。偶然帶兒子回去，經過樹下，我便指給他看：阿勤阿懶在這裡。比起因為政府的「勸喻」和飼主的恐慌，便被交到漁護署處死的同類們，阿勤阿懶實在太幸運；事實是，豢養家中的動物形同隔離，比牠們的主人還乾淨，況且這個世界有獸醫，有檢測，有基因排序證實傳染途徑，而非只有屠殺一途。以前，我不明白，為何佛家說投胎做人比做畜牲好，動物不過是吃喝拉撒，什麼煩惱都沒有。後來，家裡有動物，也見過不同的動物和牠們的主人，終於明白：動物過得好不好，端賴飼主的品性與知識，命運不能自主，這就是痛苦的根源。然而在疫情與抵抗疫情（而非學習共存）的煎熬中，人類也不見得有多平和安樂。或許我們都應效法過街老鼠，頑強、兇悍，試煉過所有毒藥、陷阱與惡意，才能到達自由的起點。

——選自《參差杪》，香港文學館，二〇二二

張婉雯

生於香港，喜歡寫作，關心動物。小說集《那些貓們》與《微塵記》獲香港中文文學雙年獎小說組推薦獎；〈潤叔的新年〉獲第二十五屆聯合文學新人小說獎（中篇）；〈明叔的一天〉獲第三十六屆中國時報文學評審獎（短篇小說），另獲香港書獎、中文文學創作獎等。曾出版：《你在——校園貓的故事》（二〇二〇）、《那些貓們》（二〇一九）、《微塵記》（二〇一七）、《甜蜜蜜》（二〇〇四）、《極點》（與莫永雄合著）（一九九八）等。

◉選文評析——記疫／憶

如果動物也能為自己寫歷史，當牠們回顧二〇二〇到二〇二三年的新冠疫情，將如何記錄這段日子呢？不會理解封城、隔離這些用語的牠們，只知道人類的活動突然停了下來，空氣中瀰漫著某種陌生的氛圍。牠們由小心試探漸趨大膽，在杳無人跡的街道上穿梭——那是二〇二〇年初，全世界被COVID-19這個前所未見的新型病毒殺得措手不及，對於該如何因應，仍充滿混沌與未知的階段。由於缺乏證據指向病毒由特定動物帶原造成，因此疫情初期，少了過往大型傳染病剛發生時常見的，立刻大規模撲殺動物的舉措，對某些野生動物來說，伴隨疫情導致遊客銳減的效應，甚至帶來某種短暫的修復期。至於原本受到人類照顧的展演動物，在各地封園閉館期間，也不乏企鵝搖搖擺擺地在無人的美術館「參觀」莫內與卡拉瓦喬的畫作，[1]或是在動物園散步[2]這類「溫馨」畫面……一瞬間彷彿主客易位，讓人懷疑動物的主體性「因禍得福」地因疫情而得以翻轉？

很遺憾，上述狀況只是疫情衝擊下的「非日常」，是短暫與少數的特例，張婉雯篇中所述，才是人們面臨動物可能染疫或致病時最常出現的反應模式：寧殺錯，莫放過。文中提到的倉鼠事件，發生於二〇二二年初，當時香港面臨新一波Delta變異株的侵襲，銅鑼灣一家寵物店的女店員染疫後，店內的倉鼠驗出陽性反應，政府遂下令宣布處死該店與全港尚未售出的倉鼠、兔子等小動物，更呼籲民眾交出二〇二一年十二月二十二日之後購買的倉鼠，霎時許多孩子被迫面臨與心愛寵物生離死別的創傷處境。面對社會上的反彈聲浪，香港政府表示，儘管「國際上未有證據顯示寵物可把新冠病毒傳染人類，但為審慎起見，當局對任何有可能的傳播途徑採取防範措施」。[3]在諸如「審慎」、「防範」與「人道處理」等婉轉又含糊的話語背後，真正被隔離的不是病毒，而是動物被撲殺的過程與真相。

事實上，儘管新冠疫情發展以來，始終未有明確證據指出病毒會由動物傳染給人——反之，不少案例是人傳動物，例如新加坡夜間動物園的亞洲獅，在接觸了染疫員工後相繼確診[4]——香港的倉鼠依然不是首度因懷疑染疫遭到撲殺的動物。在此之前，

1 吳昱賢撰文，〈增加刺激防動物刻板行為　動物園為企鵝安排「參觀美術館」〉，《動物友善網》，二〇二〇年五月三十日。

2 吳昱賢撰文，〈當動物園因疫情暫停開放……動物逍遙樂當「直播主」〉，《動物友善網》，二〇二〇年三月二十日。

3 中央通訊社報導，〈香港寵物店倉鼠染COVID-19　當局撲殺2000隻動物引反彈〉，二〇二二年一月十九日。

4 〈接觸過確診工作人員　新加坡動物園4頭亞洲獅確診〉，《自由時報》，二〇二一年十一月十一日。

歐洲的養貂場包括西班牙、丹麥、荷蘭、希臘等國即已撲殺了數以千萬的水貂。[5]養貂場的水貂，就如同口蹄疫的豬隻、禽流感的雞鴨，無論在哪個國家，撲殺具有傳染病可能的經濟動物，都被視為理所當然的必要之惡（或許連「惡」字都不該出現），兩千隻倉鼠這個撲殺數目相形之下，甚至連零頭都不算。

然而，此一事件與撲殺水貂或家禽有個本質性的差異，就是政府要求民眾主動交出家中動物。這不只涉及了公權力對人民自主意志的介入，猶如戰爭時期要求一般人民的犬隻「上戰場」的軍犬徵召令；背後所隱含的潛邏輯推到極致則是：在疫病的恐懼之下，我們的自保行動，可以也必須割裂自身以外的一切，包括家人。對於不願割裂此種關係與情感的個人而言，有時甚至會遭受身不由己的外在暴力，例如在江西與上海都曾發生過飼主被要求集中隔離，家中寵物遭防疫人員強行「無害化處置」（撲殺）的案例。[6]

「動物是家人嗎？」這個問題顯然沒有共識，但對於張婉雯文中提到的那位，嚎哭地寫字條給倉鼠道別的孩子來說，肯定是。某程度上，這亦是何以張婉雯並未由撲殺倉鼠事件進一步論辯動物傳染疫病的可能性，或控訴粗暴的動物撲殺政策，而是回憶起自己曾經養過的兩隻倉鼠「阿勤」與「阿懶」。能活到自然離世，被埋在大樹下的阿勤與阿懶，當然是幸運的；但透過兩者的對比，張婉雯其實觸及了一個相當重要卻較少被討論的命題——我們時常談論「小我」的命運如何被捲入「大我」的集體歷史之中，卻很少意識到動物的「小我」，同樣會被社會或時代的集體意志所淹沒。對那個孩子來說，被迫交出的倉鼠，肯定和阿勤與阿懶一樣，也有牠自己的名字和個性，但這對於「大我」的歷史來說並不重要，因為就連這個孩子，都和他的倉鼠一樣，在大我的歷史裡是沒有名字的，他對自己動物家人的情感與認同，都被這個社會以「防疫」之名抹殺、否定了。

由這個角度來看，〈老鼠列傳〉就像是斯維拉娜・亞歷塞維奇（Алексиевич С. А.）《戰爭沒有女人的臉》的動物版本，戰爭沒有女人的臉，戰後沒有女人的聲音；歷史更沒有動物的臉，沒有動物的聲音。當我們開始意識到庶民聲音的拼貼亦是窺見大歷史的重要途徑時，動物的「庶民史」卻仍待建構。無法受訪的動物，只能透過不曾忘記的人，為牠們立傳，見證牠們在時代氛圍之下的遭遇。

因此，不只是阿勤與阿懶，張婉雯更替那些記憶中，沒有臉也沒有聲音，被土法治鼠摔死、燙死、亂棒打死，或以文明與教育之名被解剖、被注射病毒而死的，音容模

---

5 〈新冠疫情：丹麥發現病毒可能致疫苗失效，上千萬養殖水貂遭撲殺〉，《BBC NEWS》，二〇二〇年十一月十五日。

6 〈中國防疫人員入民宅「無害化處置」寵物狗，引發眾怒〉，《BBC NEWS》，二〇二一年十一月十六日；〈「因為狗主人家有陽性，怕有細菌傳染」又見無害化處理：柯基犬當街遭鐵鍬痛擊至死〉，《風傳媒》，二〇二二年四月八日。

糊的老鼠們立傳。儘管以老鼠的角度來說，牠們的日子似乎並沒有因為時代變化而「與時俱進」，某些被撲殺的倉鼠們，甚至「終其一生都沒見過太陽」。但張婉雯證明了這一切有人會記得，會在意，無論牠們有沒有名字，牠們幸與不幸的，各自「小我」的命運，仍能拼貼出不同脈絡下，此一族群的集體命運，以及苦難聲音的多樣性。〈老鼠列傳〉，正是張婉雯以文字為這些動物所鑄造的，一個名為「自由」的集體紀念碑。

（Cathy）

輯七

野生動物區

下海看吃播

栗光

那是一個晴朗的平日，初入水不久，洋蔥便示意我跟隨他的目光。

在他的瞳孔深處，有激動與壓抑，是看見了特殊生物的訊號，偏偏我無法讀出他鎖定的目標。

洋蔥有些著急，伸出右手拉住我的左手臂，導正我身體的望向。那一瞬間，某種感應般的電流穿過了他的手套、我的防寒衣，忽然能看見他看見的景色。我倒抽一口氣，反手用力捏了他的前臂，示意自己讀到了——一隻章魚就藏在礁石下！

那隻章魚顯然早早就留心到我倆，打算按兵不動，靜待潛水員傻呼呼地游過去；未料，先後吸引了雙人份的關注，四顆眼珠對著牠轉。我相信，就像我能從那張迴異於哺乳類的臉上感知訊息，牠也一樣能跨越生物類別，撇除面鏡、二級頭，一定程度地明白眼前的潛水員有多興奮。（別的生物我不敢說，如果是章魚，我認為牠們是約略了解何謂「潛水員」的。）

洋蔥用一種可以說是很禮貌客氣，也可以說謹慎得過於變態的姿態，緩緩朝章魚側面游去，保持一小段距離地放下他的潛水手電筒，為後續的拍攝打光。而我也以一種可以說是謹慎得過於變態，也可以說很禮貌客氣的姿態，將頭轉開，把原本要做微距攝影的相機設定，轉換為較適合章魚的模式。等到手頭工作都準備好了，我試探性地靠近，好，還可以再一點、再一點，停。

章魚仍舊戒備著，沒有明顯的不悅，亦沒有回應我們好奇的好奇（運氣極好時，會碰上那樣的章魚），持續以靜制動，不流露過多情緒地對著鏡頭。我一邊透過觀景窗看牠，一邊探頭出去，渴望以純粹的肉眼，留下更為真切的交流。聚焦與後退之間，倏地察覺到一開始沒有入眼的東西：洞穴前方，散落著些許覆蓋砂礫的蛤蜊殼。我在心裡「嘿嘿」兩聲，將鏡頭拉開，納入蛤蜊殼與章魚——有點愛章魚的人都曉得，牠們會吃蛤蜊，而以此處的水質與殼內光澤來看，掠食行為很可能就發生在不久之前。

那是章魚的早餐。

我在心裡得意地道出答案，與洋蔥相看一眼，見好就收，不再驚擾心愛的海洋動物消化吸收，揚起蛙鞋往下一處潛去。

以前覺得海洋迷人，是因為充滿未知；現在覺得海洋誘人，是開始在未知裡有一點知覺，愈來愈多東西「跳出來」，連結腦內的小知識與冷知識。偶爾，也有些事物反過來，先觀察到一個現象，再於陸地搜捕。

三月去綠島中寮港潛水，潛導阿多探索一個洞穴後，便向同行的布朗尼飛魚老師與我招手。我請老師先行，自知器材無法在光源不足下有好的攝影表現，留在洞外閒散地拍攝其他生物。過了一會兒，想確認他們狀況時，發覺兩人不但沒有告一段落的味道，背影還隱隱漾著發自心底的喜悅。

他們注意到我的張望，眉飛色舞地揮手。這下，我也有些好奇。

湊近一看，裡頭並不是出現了什麼古怪生物，而是一尾體長約二十公分、鮮紅色的魚，啣著一顆同樣鮮紅的貝類，數次敲擊石頭。這舉動可能是大紅魚的日常，但絕不是潛水員的日常，倉促按下快門後，立刻切換成錄影。經驗告訴我，這種畫面往往大有故事，能於網海釣起相關魚類知識，甚至它本身就是極靠近第一線的故事，是再有經驗的潛水員也要為之讚嘆的景象。

果不其然，上車回到潛水中心，布朗尼飛魚老師一面卸下裝備，一面容光煥發地對潛水數十年的俞教練說：「剛剛我們看到一個厲害的——圓眼戴氏魚叼著一顆貝殼去敲石頭。」一向來處變不驚的俞教練，停下手邊為氣瓶打氣的工作，問：「圓眼戴氏魚？」頓了頓，似乎在捉取過往與之相關的所有記憶，然後不可置信地說：「牠……有這麼聰明？」

今天以前，我根本不認識圓眼戴氏魚，聽到那句話卻立刻笑了出來。老師與教練的口吻，哪裡是在談論一尾魚？應是隔壁鄰居家有點傻氣的孩子，忽然展現了不得的智慧。

●

大海裡的「吃播」教人百看不厭。另有一次在綠島大香菇，正午左右下水，竟碰上了海筆。海筆較為正式的稱呼是「海鰓」，牠們利用過濾水中營養物質為生，常在下午、傍晚後現身。正午這個時間點有些奇妙，阿多與我驚喜地往前游去，舉起相機，緩緩調光、按下快門。

大概拍了兩三張，一隻耳帶蝴蝶魚忽然竄來。三月，正是戀愛的好時機，我以為來者欲驅逐我們離開牠的領地，卻沒想到那蝴蝶魚當著我倆的面，飛快且大力地啄了一口海筆！霎時，海筆那遠看如羽毛、近看如一朵朵小花的獨立個蟲全縮了起來，幾乎使人產生錯覺，聽見「唉唷」一聲。我錯愕地把視線從觀景窗上移開，恰好對上耳帶蝴蝶魚的臉。牠一邊游走，一邊威嚇似地狠狠瞪我，彷彿在說：「我就咬他，怎樣？」你咬都咬了，又那麼兇，我確實是不能怎樣……

掠食者遠去後，鏡頭下的海筆幾度微微瑟縮，小花羽毛（羽軸）也少了先前的蓬鬆感。我一直在想，那樣的瑟縮究竟是海筆的心有餘悸，還是生物的常態反應？海鰓目於我實在陌生，不宜過度解讀；然而，我倒是很確定，自己要離開時，之所以先用眼神與阿多確認蝴蝶魚已經游遠，是被那比我小八倍的傢伙給嚇到了。

——原載於《皇冠》雜誌第八二三期，二〇二二年九月

栗光

現任職於《聯合報》，執編繽紛版。為青輔會「青年壯遊台灣」實踐家、吳鄭秀玉女士黑潮獎助金「海洋藝術創作類」得主。作品散見於各大報章雜誌，曾獲桃園文藝創作獎、梁實秋文學獎等，並入選九歌年度散文選，著有《潛水時不要講話》、《再潛一支氣瓶就好》。

◎選文評析——好奇

在這個youtubers所錄製的吃播節目令人目不暇給的年代，本文作者竟然需要大費周章地下海看吃播？從題目開始，這篇作品就非常引人好奇。而好奇，正足以作為切入栗光海洋書寫的關鍵字。已出版兩部潛水相關作品的栗光，這次娓娓道來的，是她在幾次潛水經驗中，有幸邂逅章魚、圓眼戴氏魚與耳帶蝴蝶魚，參與牠們「用餐」過程的驚奇感受，她把對海洋生物的好奇與愛，成功地透過文字傳遞出來，不論讀者們原先對海洋是否熟悉，都可能因著這份「驚奇」的感染力，而多了點對海洋生物的關心。

好奇（wonder）能作為倫理的觸媒，一直是不少生態書寫者秉持的立場。承襲自梭羅（Henry David Thoreau）的自然保育者多半相信，好奇確實能讓人從知識上的探詢，進展為對環境產生深切的關懷，瑞秋．卡森（Rachel Louise Carson）和米樹．托馬斯豪（Mitchell Thomashow）同樣把好奇視為通往關懷的渠道，相信被好奇所提升的，更為敏銳的感知，將能開啟對於其他物種的關懷。我們甚至可以說，卡森的《驚奇之心》（*The Sense of Wonder*）一書本身，就是在彰顯走進自然、體驗自然萬物的驚奇，如何能讓感官和心智脫離習慣的常軌，讓我們對於美好事物的覺察因為驚奇的刺激而甦醒。生態保育者相信，如此一來，我們就可能開始在意該如何與環境維持更永續的關係。[1]

但人類對其他的生物感到好奇，並非總是能帶來如此美好的結果。如同環境人文學者提莫西．克拉克（Timothy Clark）所提醒的，**stuplimity**這個指涉驚訝與無聊兩種矛盾感受結合的字，正呈顯當今人與自然關係的部分真相——我們發現大象會哀悼，得知某些動物會出現跨物種間的利他行為、鳥類和靈長類也具有自我意識，之後呢？我們的反應極可能是既感到驚奇，隨即又覺得無趣。差不多是，「真的啊？」然後打了個呵欠，這樣的反應。換句話說，驚奇之心未必總是能延續成為探詢與關懷的火種。

更何況，我們對於生物所展現的驚奇面貌，很可能只是有條件接受（雖然不見得自知）。驚奇的景象雖然足以將人帶離平凡無奇的日常事件，讓我們產生驚喜的感受，但我們往往又不希望一切太不可預期，害怕不具備足夠的能力去理解眼前驚奇的事物。也就是說，我們雖然享受好奇所帶來的驚喜，其實也默默要求著眼前的驚奇必須是自己有餘裕去感受的，不能是太陌異、太不可知的現象。也因此《當代美國小說中的生態病》（*Ecosickness in Contemporary U.S. Fiction: Environment and Affect*）的作者希瑟．豪瑟（Heather Houser）才會問，會不會到頭來我們所欣賞的驚奇，只是那些滿足我們的欲望投射，讓我們能在其中看見自己的存在、確認自身價值的事物？

如果好奇是把雙面刃，那麼栗光這篇散文所示範的，就是好奇發揮正面價值的最大可能。因著對海洋的熱愛與好奇而開啟的這三場吃播，確實都有令人驚奇之處：章魚不再是一般吃播節目中被料理的對象（還經常搭配著直播主「上桌了還在動耶」的驚呼），而是值得以禮貌而客氣——甚至「謹慎地過於變態」——的姿態接近，適度地滿足好奇心之後再揚起蛙鞋離開，讓牠好好消化早餐的，她心愛的海洋動物；為了飽餐一頓會叼著貝殼去敲石頭的圓眼戴氏魚，簡直讓人聯想到懂得利用行駛中的汽車來輾碎堅果的烏鴉，栗光和其他有經驗的潛水者一起見證了這個令人嘖嘖稱奇的景象。而當她描述大啄一口海筆、讓海筆的羽軸因此瑟縮起來的耳帶蝴蝶魚時，雖然直接承認被這眼神凶狠、小自己八倍的生物震懾，但字裡行間流露的情感分明依然是藏不住的驚喜，原來即使眼前的驚奇未必留有讓人安心讚美的餘裕，我們還是有可能學習去欣賞不同生命的殊異性。如果期待生態書寫繼續透過呈現環境中的驚奇，讓更多人珍惜與喜愛自然，或許需要的，就是栗光文中展現的這種態度吧？好奇卻不獵奇、退位為謙遜的觀察者，便能把用心領略到的物種之美，呈現在更多人眼前，建立從欣賞到關懷的契機。（Iris）

1 此段係整理自稍後文中提及的《當代美國小說中的生態病》。

剝皮

廖瞇

Y說，阿文給了一隻山羌，要處理。

「處理？要吃肉嗎？」

「小雨說她要皮。但她上山了，等她下山再一起處理。」

貨車後方有個保麗龍箱，山羌就在裡面。我問，怎麼會有山羌？「阿文說倒在他家旁邊，看到的時候已經死了。」「怎麼死的？」「不知道耶，我沒問，他也沒說。」

「你有打開來看嗎？」我問。Y說沒有，他還沒打開來看。

「小雨什麼時候下山？」「後天。」「那山羌怎麼辦？」「先冰起來吧。」

小雨來的那天，天氣變熱了。前兩天都還有雨，小雨一回來，雨就停了，還出太陽。他們在工寮準備處理。天氣很熱，我看著他們把山羌從保麗龍箱內取出，擺在鐵盤上。牠的樣子像小鹿，身長像小狗，我張開手掌比了比，大概六十公分。他們把山羌翻來翻去。

「沒有外傷，不曉得是怎麼死的。」

「有點掉毛。」

「阿文是什麼時候打給你的？」

「禮拜三。」

「那這樣有點掉毛，你還要皮嗎？」

「這皮不是你要的嗎？幹嘛問我？」

「我以為是你要。我只是來教你怎麼剝皮。」

「我要這個皮幹嘛？我是想說你要，順便幫你。」

他們兩人一言一語地說著。我則是在等著小雨怎麼下第一刀，會下在哪裡？那個等的感覺有點奇怪——到底為什麼要剝牠的皮？我知道理由當然是——「反正牠都死了，不剝牠的皮來用不吃牠的肉，浪費。」可是，如果是我們家的狗死了，我們也會說「反正牠都死了，就拿來用吧」這樣嗎？我一邊這樣想，但一邊又等著第一刀。我實在很好奇皮到底要怎麼從身上取下來。

他們讓山羌躺著。躺著的意思是胸腹朝上，四腳朝天。Y抓住山羌的後肢，小雨則是捧住牠的頭，用手觸摸牠的脖子。

「用刀子先在脖子劃一圈。」小雨說，要輕，盡量不要割到肉，不然皮沾黏了肉等一下要再去除很麻煩。我看她用刀輕輕地劃開毛皮。我用看的，不曉得那個觸感是什麼。刀子劃下去不是毛皮一下就分開，而是一次一點，一次一點。一次一點地漸漸劃出了一條線，我看見膜，有膜在毛皮和肉的中間。先劃脖子，像是要把頭砍斷，但不是要砍斷，而是要將身體和頭的毛皮分開。

我和Y看著。我站著看，Y則是坐在小凳子上抓著山羌的腳看。我不知道Y看著山羌的脖子被劃開時，在想什麼？他在仔細看那個刀嗎？他在看下刀的深度嗎？他在想怎麼做才能快速剝皮嗎？我當然不知道Y在想什麼。我只知道自己無法不看到山羌的眼睛，那半開的眼睛。

小雨沿著山羌的脖子劃了一圈。「然後呢？」Y問。

「從脖子下方的中線往肚子方向劃開。」

「到底嗎？」

「嗯，到底。然後四肢也是從中線劃開。」小雨抓住其中一隻前肢，在中線劃了一刀，「這樣從脖子到肚子到腹部劃開，四肢中線劃開，整個都劃開後，等一下就可以剝皮了。」

Y說好，「那你劃肚子，我劃四肢。一起做比較快。」

Y和小雨一起劃開牠時，我走進屋內拿出手機拍照。看著手機螢幕上出現的山羌，我有點猶豫，但還是點了那個拍照的icon。其實進屋拿手機時我就猶豫了，邊猶豫邊走進去，拿出手機；邊猶豫邊對準那隻被劃開的山羌，點按拍照。

我想起旁觀他人之痛苦，但又無法克制想記錄一切的心情。沒拍下來等一下就沒有囉，等一下牠就只剩一張皮跟一團肉囉，時間一秒一秒地過去囉。

拍照的時候，信來了。信騎機車來，問開始了喔。我說開始了啊。信抓了張凳子坐下，說想看怎麼剝皮。他看了一會，也拿出刀，抓起山羌的後肢，「所以現在就是從中線先劃開就對了？」

對。小雨說。信左手抓住後肢，右手拿刀開始剖。信的刀小，感覺鋒利，很快地就劃出一條線。三個人同時在剖開這隻山羌，牠的四肢被左右拉開，全身肚腹攤在我的眼前。

山羌肚腹的皮已被劃開，味道飄散出來。那是一種野生動物腺體的味道。我說，有味道了，信也說有味道，Y則是早已皺起眉頭。小雨說，「有嗎？我怎麼沒聞到？」

「肚子是綠色的，不曉得怎麼死的？」「這肉還是不要吃好了。」「你們不要肉喔？」「都變成綠色的你還要留喔？」「可是……」「等一下我要把肉直接拿去埋。」

蒼蠅來了，我打開工寮的電扇往他們吹。工業用電扇，風力很強，風很強但還是趕不走趁風隙飛進來的蒼蠅。蒼蠅趕不走，又吹得一身毛。山羌的毛被電扇吹得四處飛散。Y的手停下，把頭撇開。

「吼！這個毛！」Y看起來就快打噴嚏了。但他忍住，手繼續劃，突然就見血了。Y極少見血，想是那毛讓他無法專心。Y停下止血，順勢不弄了。

「到底為什麼要剝這個皮啊？」Y抱怨。「可以……看要做什麼都可以啊。」小雨一邊說，一邊用刀慢慢剝。信則是將手指伸進皮與肉之間，把皮肉分開，處理得很順手，速度很快。

「你好有天分喔。」「我第一次弄耶。」

Y離開工寮，山羌的毛令他鼻子難受。我則是站在旁邊繼續記錄。小雨和信剝下了身體的毛皮後，接著是頭。那山羌被分成兩張皮和一團肉，當然肉中帶骨。

「皮要張在哪裡？」

「不是你要嘛？」

「你們不要嗎？」

「要這個幹嘛啦……」

「頭的部分可以做帽子，身體的部分可以做包包……」

不用不用，你帶回去。Y把山羌的肉載去田裡埋。那是三月天，中午氣溫卻高達二十八度。Y用鋤頭挖洞，整身是汗。

「到底為什麼要在這種天氣剝皮？」「到底為什麼要剝牠的皮？」

Y抱怨。小雨露出無奈的笑。信說這個弄一次就夠了下次不要找我。我說沒人找你啊你不是自己來的嗎？

——原載於《幼獅文藝》「踟躕地誌」專欄，二〇二一年六月

廖瞇

大學讀了七年，分別是工業產品設計系與新聞系。認為生命所有經歷都影響創作。著有詩集《沒用的東西》；非虛構長篇《滌這個不正常的人》，曾獲第二十屆台北文學獎年金，二〇二〇年台灣文學金典獎。

瞇是細細地看，慢慢地想。現為寫作者。

◉選文評析——效益

廖瞇的〈剝皮〉像是一則極短篇，或更像是一部充滿畫面的紀錄短片。一隻不明原因死亡的山羌，讓Y、小雨、信聚集，共同參與了剝皮的過程：先用刀在脖子劃一圈，將身體和頭的毛皮分開，再從脖子下方的中線往肚子方向劃開到底、四肢從中線劃開、用手指把皮肉分開……自言無法不看山羌眼睛的作者，則負責記錄整個過程：「我想起旁觀他人之痛苦，但又無法克制想記錄一切的心情。沒拍下來等一下就沒有囉，等一下牠就只剩一張皮跟一團肉囉，時間一秒一秒地過去囉。」

所以，作者是想說，山羌既已死亡，不如剝了皮讓牠發揮最大效益嗎？乍看似乎是——「頭的部分可以做帽子，身體的部分可以做包包」。但細讀，卻會發現「到底為什麼要剝牠的皮？」是全篇懸而未決的問題，甚至小雨和Y還一度指稱要皮的是對方，而自願加入的信，則表示下次剝皮不要找他，彷彿全員否定了這場剝皮行動的必要。於是全文戛然而止時，讀者腦海中必然也迴盪著作者的提問：「到底為什麼要剝牠的皮？我知道理由當然是——『反正牠都死了，不剝牠的皮來用不吃牠的肉，浪費。』可是，如果是我們家的狗死了，我們也會說『反正牠都死了，就拿來用吧』這樣嗎？」

〈剝皮〉並沒有給我們答案，卻開啟了一個值得深思的問題：面對不同物種時，將動物的死亡效益最大化這件事，顯然會造成不同的反應，這是「雙重標準」嗎？事實上，強納森・海德特（Jonathan Haidt）的《好人總是自以為是》（*The Righteous Mind: Why Good People Are Divided by Politics and Religion*）在思考道德問題時，一開始所舉的例子，正是廖瞇問到的，自家的狗如果死了，也會想著不要浪費嗎？海德特表示，如果某戶人家的狗在家門前被車撞死了，而他們聽說狗肉很好吃，就切一切煮來吃，那麼，可以譴責他們不道德嗎？理性來想，那是他們的狗，他們有權處置，且他們沒有主動傷害狗，狗也已經死了不會痛苦，所以我們幾乎無法宣稱這是不道德的。但海德特說，儘管無法指責這戶人家，因為他們的行為看似沒有傷害性，我們內心深處還是極可能認為，應該把狗埋了就好，這戶人家的「利用」，是不道德的。不過海德特的重點當然不是停留在猜測或描述多數人會有什麼反應，而是要讀者繼續思考，我們的各種道德觀從何而來？如此才不至於變成道德魔人，彷彿只有自己是好人。

而透過這個頗為極端的例子，海德特更想點出的是，做道德判斷時，我們其實是直覺（感性）先行，推理是之後才產生的。也就是說，我們往往先判定了道不道德，才開始找理由，只是對這個過程，往往沒有自覺。當然這不表示我們的道德直覺必定是錯的，只是如果想與不同道德觀的人溝通，就必須察覺到對方可能和自己一樣，也是道德直覺先行，否則每個人都只會繼續堅持原本相信的，而不會去斟酌自己的道德推理有無牽強之處。例如堅稱吃掉死亡的家犬不道德的人，他的道德推理就可能是：「此事並非沒有受害者，這家人自己可能會受到傷害，因為他們吃完會覺得噁心。」也就是說，我們可能不惜去找出/製造受害者，來強化自己原本對於是非對錯的判斷。所以如果我們希望能更深刻地思考自己道德觀的來源，就必須先放下直覺導引的「反正這就是不對」，了解自己的「道德錯愕」[2]，源頭何在。

回到山羌與狗的「效益最大化」造成不同反應這個問題。「雙重標準」的原因，恐怕仍在於人類對動物的分類。當同伴動物死亡時，「物盡其用」顯然不太能帶來效益的最大化，畢竟人與同伴動物的關係，原本就不是建立在對「實用性」或利益的要求上（即使我們將情感回饋擴大解釋為「實用性」的一種，這和經濟效益依然屬於不同層次）。失去同伴動物時，迫切需要處理的，是很弔詭地因失去而變得更深切的情感——動物雖已不在，但正因如此，想念與不捨會讓羈絆變得更深，至少在動物剛離世時是如此——如果這時有人竟能基於避免浪費的理由，「理性」地吃下自家的狗，就不免會衝擊多數人的道德直覺了。

但面對經濟動物時，狀況又有所不同。如同理查·E·歐塞霍（Richard E. Ocejo）《職人新經濟》（*Masters of Craft*）一書中提到的，「最尊重動物的方式就是別殺牠，但若是要殺，最尊重的方式就是全數利用。」國外某些小規模經營的手工肉店會強調使用全隻屠體，而非只賣受歡迎的部分，也是基於這樣的理由。這種「效益最大化」對於經濟動物本身當然看似沒有差別（畢竟還是成了人類的盤中飧），但對於動物倫理來說，卻並非毫無意義，只要「經濟動物」這個類別還存在一天，不任意浪費因人類需求而死去的生命，就還是有一點意義。

而廖瞇的提問，或許正源於山羌的定位。一搜尋山羌的新聞，就會出現諸如「盜獵山羌，落網稱『難忘口感』」或「山羌屍藏冰箱，意圖向山產店兜售」之類的標題，可見對作者來說，難以不看牠眼睛、曾經靈動地活著的野生動物，對另些人來說，是食物。也因此，儘管山羌不是同伴動物，牠的「難以歸類」，還是讓剝皮一事引起了作者的某種「道德錯愕」。是該充分利用，還是入土為安？文中山羌的肉終究因為已經變綠，不適合食用，被載去田裡掩埋。只剩下不知會不會被利用的皮，以及留在作者與讀者心中的，關於人與動物關係的懸念。

（Iris）

2 海德特引用丹尼爾·魏格納（Daniel Wegner）的道德錯愕（moral dumbfounding）一詞，指涉無法用言語去解釋自己道德直覺上知道的事情，以至於啞口無言的反應。

尋找希望的臉

鄭育慧

那日離開中橫後，不斷浮上我眼前的，是柏油路上一張神情渙散的臉，搬移到路旁時，一雙因恐懼或劇痛而瞠開的大眼。當我仔細回望這張臉，發現這雙眼睛後面還有其他眼睛，好多好多的眼睛堆疊，眼神像是在質問：「為什麼我們都不被看見？」

首次發現那張臉的那天，我和幾位朋友為了賞雪，開車進入太魯閣國家公園，車子穿行在峽谷內，兩旁的山壁近乎垂直下墜。過西寶不久，窗外一隻戴著紅色項圈的狗走過，牠有著亮麗的棕紅色長毛，嘴裡叼著一團灰色大絨球，開車的朋友H很快將車停到路旁，棕狗也和牠的夥伴一起停在馬路中央，牠翻開毛球的腹部啃咬，瞬間我看見一張像是人類的臉，認出那是一隻台灣獼猴。

後座的學姊M立刻下車，筆直衝向狗群查看狀況，我希望那隻獼猴已經死透了，不必感受每一次的拖拉和撕咬。然而，M卻對車子裡的我們喊：「還活著！」我猜牠一定曾經試圖逃命、全力掙扎反擊，直到喪失所有力氣。

M嘗試驅離狗群，但棕狗也不願退縮，挺身守護牠的戰利品，我們趕緊下車增添人類的數量。M撿起路邊粗長的木板，狗群見狀立刻退到車後，遠遠盯著我們，而我們把目光放回地上那隻獼猴：牠的左手和左腿不成比例地縮小、變形，猜測毛皮裡的骨頭可能已多處粉碎了吧。牠的腰和背還有不小的撕裂傷，同時腹部和胸腔仍隨著呼吸起伏——代表牠依然有意識在承受這些痛楚。

就是這時候，我記住了這張染血的臉，和牠的眼神相接，牠的嘴唇破裂，令我感到疼痛、難以直視。車子來了，我們必須把獼猴移到路旁，M伸手要抓起牠時，牠也虛弱地舉起右手，像是仍在嘗試掙脫、要抵抗。

M把獼猴放在路邊草地上，牠的身體混雜了血、糞便和狗的口水，發出複雜的氣味。我們包圍在牠身邊，牠暫時脫離了狗群的撕咬威脅，我們討論著該怎麼辦？不能把牠活活丟在這裡吧？但若要送醫，山上因積雪而封路，很可能無法送到南投的野生動物急救站；下山的話，最近的野灣野生動物醫院在台東池上，車程遙遠，牠捱得過這段路嗎？牠左側的手腳都斷了，撕裂傷那麼大，我們就坦白承認吧——送醫只能滿足自己盲目的良心、塑造一個沒有見死不救的愛心形象，卻沒有正視到讓傷者死在路途，只是徒增牠更多痛苦。

於是，我們決議出最人道的方式，就是盡快了斷牠，盡可能減少牠死前經驗的所有痛苦，然而說到這裡，卻彼此面面相覷。牠還在呼吸，像是一場屠殺過後，一個即將離世的孩童，我們沉默蹲著，圍繞在牠身旁。四周異常安靜，彷彿有個巨大的黑色塑膠袋籠罩了我們，套住了每一個人，讓每一次呼吸都變得艱難、漫長……終於，牠的身體不再起伏，我聽見身邊人們刻意壓低的、抽咽的聲音，然後發覺了即將降雪的溫度，那溫度是從鼻腔和眼睛漫出來的。

我蹲在牠身旁，手摸大地，在心裡喊：「媽媽，祢的孩子回家了，快來接牠吧。」

那天回程，另一位也在國家公園裡的朋友說他看見山羊了，被狗追著，滿山狂奔，幸好山羊是善於逃上峭壁的，若換作穿山甲這種短腿、溫吞的動物，很可能就難以逃命了。穿山甲沒有山羊或猴子的靈活，只能用短短的腿，一小步接著一小步，緩緩行於林間。若遇上危險，牠們只會待在原地、捲起身體防衛，於是對狗群來說，穿山甲就像顆有嚼勁的玩具球，不斷被翻攪、啃咬，導致身上的鱗片剝落、露在球體外層的尾巴斷掉。掉落的鱗片、被啃爛的斷尾都不會再長，但穿山甲的尾巴卻攸關生存，甚至，攸關下一代的生存。穿山甲需要尾巴在走路時維持平穩、爬樹時提供身體支撐，並且，穿山甲媽媽會用尾巴「背小孩」——媽媽的尾巴是穿山甲寶寶的搖籃、成長過程的依靠，沒有尾巴的穿山甲媽媽，即便活了下來，也永遠無能背負孩子。

有逐年增加的穿山甲受狗攻擊，二〇一九年野生動物急救站收到五十六隻穿山甲，其中被狗咬傷的就占三十一隻，比例超越獸鋏斷肢的威脅，平均一個月就有兩到三隻穿山甲遭狗咬傷，而這數量僅僅是有被人發現、能夠即時送到南投就醫的個體；更令人灰心的是，二〇二〇年八月，急救站收到一隻遍體鱗傷的穿山甲，尾巴斷得很徹底，大面積的傷口經過獸醫積極搶救、整個救傷團隊悉心呵護，照養了三個月，直到十一月初，終於帶著發報器野放，卻在重回野地即將滿月之際，再度被狗咬傷，和遭咬爛的發報器一起被送回急救站。急救人員雙手捧著牠，看著好不容易傷癒的斷尾處，再度一片血肉模糊。

在無人的山間角落，只有研究用的自動攝影機，無語見證了許多流浪狗追擊野兔、山羌、滾玩並啃咬穿山甲的影像，林務局發現穿山甲和流浪狗的數量呈明顯的負相關趨勢：狗愈多的地方，穿山甲能活命的空間就愈少。

但也不能全把罪責都歸咎於那些遊蕩的狗，因為牠們可能是誰家忠誠的夥伴、遭家人背叛的浪犬，抑或生來就被迫流浪的無助小孩，這些狗群原本都該有個溫暖的家，都該有能為牠們遮風擋雨的家人，然而人類卻把牠們遺棄在荒蠻野地，讓牠們在錯誤的地方繁衍和生病，放任牠們依循本能，造成其他生命的生靈塗炭。

我想起蘇珊·桑塔格（Susan Sontag）在《旁觀他人之痛苦》（*Regarding the Pain of*

Others）中賦予看見真相的意義，以及警醒：「點出一個地獄，當然不能完全告訴我們如何去拯救地獄中眾生，或如何減緩地獄中的烈焰。然而，承認並擴大了解我們共有的寰宇之內，人禍招來的幾許苦難，仍是件好事。一個動不動就對人的庸闇腐敗大驚小怪，面對陰森猙獰的暴行證據就感到幻滅（或不願置信）的人，於道德及心智上仍未成熟。」戰地記者瑪莉．柯文（Marie Colvin）一生奔波過無數殺戮現場，最後一次在敘利亞霍姆斯的通話連線，她向世界揭露一個無辜孩子的傷亡，並指出那孩子只是眾多孩子的其中一位，無論他們的親人哭喊得多撕心裂肺，同樣的悲劇每天都在發生，無時無刻不在上演。要如何抱持足夠的信念，相信一定有人在乎每一滴眼淚？要如何才能避免同樣的傷害再次重演？

生命都是無辜的，但人不能因此無所作為，所以我記下那隻獼猴如何逝去、回望眾多的眼，在這裡安放那張尋找希望的臉。

——原載於「上下游副刊」「生態／環境」專欄，二〇二一年三月二十九日

鄭育慧

一九九四年生，畢業於國立東華大學華文文學系，英國IFA國際芳療師協會認證芳療師。二〇一八年任職於台東聖母醫院至今，時常往返各部落實踐全人綠色照護，關注人如何在自然環境中回歸身心靈的安適和諧。曾獲第十八屆奇萊文學獎散文組首獎、二〇一九年後山文學獎社會組新詩優選，於二〇二三年獲得國藝會創作補助、後山文學獎年度新人獎。著有《三個深呼吸》。

◎選文評析──個體化

自十八世紀末動物倫理學發展以來，每位哲學家的主張固有不同，但動物倫理的核心，始終在於重視個體化。其中最具代表性的當屬湯姆・里根（**Tom Regan**），他強調所有動物都具有其固有價值，與人類同樣作為「一場生活的主體」（**the-subject-of-a-life**），能感知自己的生活品質，並且在乎這些感受。至於「野生動物管理」應該是管理（約束）人類的行為，而非動物本身，因為「既然各種動物的固有價值是平等的，人類根本無法在牠們發生衝突、弱肉強食的時候，判斷應該採取什麼樣的管理政策」。[1]

1 本文有關里根及納斯鮑姆之理論，均係整理及引用自錢永祥《人性之鏡》（台北：聯經，二〇二三）。

在里根的論述系統中，因其以「生活主體」來界定道德地位，對於傳統物種保育、環保或生態主義的意識而言，不啻是種挑戰。其後的瑪莎・納斯鮑姆（Martha C. Nussbaum），繼承了此種個體主義傳統，物種同樣並非她首要關懷的焦點，若將其概念推到極致，由於「物種本身並不是生命，也就無所謂本性的實現遭受挫折，因此並不會構成道德的問題」。

當然，這不代表動物倫理學認為人類無須對物種滅絕採取行動，而是他們對眼前的生命伸出援手，並非基於這個生命是某個瀕危物種的最後希望才這麼做，在生命個體面前，牠的存在本身就具有道德價值，人類對待牠的方式，本應有是非對錯的道德標準。如果認為倫理學上的道德原則，必然導向某種道德實踐的局限甚至無所作為，或許反而是對倫理學的誤解——誤認為人的行動只受單一道德指標影響。

進一步來說，關懷個體生命與關心物種保育，真的互不相容甚至彼此對立嗎？鄭育慧此文就凸顯出，對於物種關懷的召喚，同樣可以，甚至可能需要建立在個體化之上。太魯閣國家公園裡一隻遭受犬隻攻擊致死的台灣獼猴，讓她看見一張「像是人類的臉」，那張染血的臉令她「感到疼痛，難以直視」，牠死前微弱抵抗與艱難的呼吸，「像是一場屠殺過後，一個即將離世的孩童。」在此，「台灣獼猴」的物種標籤，被近似人類孩童的「臉」所置換，召喚了她的痛苦與溫柔，也連結了讀者的感知和同理。

文中對戰地記者瑪莉・柯文經驗的引用，更進一步強化了此一連結，以及個體和集體之間的對照。「最後一次在敘利亞霍姆斯的通話連線，她向世界揭露一個無辜孩子的傷亡，並指出那孩子只是眾多孩子的其中一位，無論他們的親人哭喊得多撕心裂肺，同樣的悲劇每天都在發生」。無論瑪莉・柯文或是鄭育慧，期盼的無非是「眾多孩子」的命運能夠得到關注，但文末那句「要如何抱持足夠的信念，相信一定有人在乎每一滴眼淚？」亦隱然透露了要讓眾多孩子的每一滴眼淚被看見、被重視，是何其困難。如何才能讓「眾多」孩子被在乎？起點無非就是「眼前」的那個孩子。

近年來，不少野生動物的遭遇被關注，同樣與個體化有關，最具代表性的或許是兩度誤中陷阱又被野放，最後卻被槍殺的黑熊「711」。牠不幸的一生已被拍成紀錄片《一隻台灣黑熊之死：711/568的人間記事》，提醒人們黑熊所面臨的生存危機，以及背後牽涉的種種問題。又如攝影師吉米・伯納多（Jimmy Beunardeau）以屏東保育類野生動物收容中心的動物為拍攝對象的作品集《無神之地》，邀請曾在收容中心擔任照養員的郭佳雯撰文，讓獅虎「阿彪」、馬來熊「泰雅」這些相中主角，擁有各自不同性格、形象的生命故事，讓牠們從「物種代言人」的身分還原為擁有「一場生活的主體」的自己。這些單一生命聲音的匯聚，就有可能將眾多眼淚的重量，轉化為一種召喚，讓民眾看見野生動物的艱困處境。

然而，面對那麼多的苦難，到底該如何「安放那張尋找希望的臉」？鄭育慧以文字為墳，記下了無名獼猴臨終的臉，以及二〇二〇年兩度遭受犬隻攻擊，「即便活了下來，也永遠無能背負孩子」的斷尾穿山甲之遭遇。此種以個體命運召喚物種關懷的方式，也再次說明了個體既是物種整體的一部分，但所有的物種同樣也是由無數有感受、會痛苦的單一個體所構成。個體與整體無法分割，而非相互對立，關於這個很容易被遺忘的明確事實，再沒有比海倫・麥克唐納在《向晚的飛行》一書中形容得更好的了，她將人們對難民潮的恐懼和看見椋鳥群飛的反應並置：

我們把一整群視為單一的陌生實體，怪異、混亂，又難以控制。但跨越邊境來到的人群，只是和我們一樣的人……面對恐懼，我們都一樣是椋鳥，聚集成群，群裡是千萬個尋找安全的生靈。我喜歡遷飛的鳥群，不只是因為牠洋溢生命的活力，也因為牠提醒我要在相異中找出相同，因為鳥群的混亂，可以在細思之下變為許許多多的個體和小家族群體。他們渴盼的只是最基本的東西：免於恐懼的自由、食物，以及一個能安然入睡之地。

（Cathy）

記憶回聲：我與溪魚同行的日子

小美

從沒想過自己除卻書以外，還會對另一個完全陌生的坑感到好奇，不自覺栽了進去。今年夏天，書店規畫一系列和水有關的活動，焦點放在人與動物、自然的關係。其中一場溪流踏走，正是讓我列表無止盡裝備清單的開始，然而又不僅於此，這也是我認識溪魚的另個起點。乍看之下，這是個頗為正面，解鎖嶄新視界的開展，實情是辨識魚類各種成長階段，由一連串「盲然」構成的茫然感，不斷使心情擺盪在興奮、驚喜、挫折與無語之間。

「這隻是什麼？背鰭紅紅的。」我拿著相機追問朋友。

「日本禿頭鯊。」

「這隻呢？顏色比較深一點的。」我很興奮地問。

「日本禿頭鯊。」

「……這個咧？牠好大隻。」我不放棄但略感遲疑地問。

「長大的……日本禿頭鯊。」

「……好。」我回。

諸如此類的對話，同樣會出現在談論另兩種東部溪流常見的魚，紫身枝枒鰕虎與黑鰭枝枒鰕虎身上。牠們身形相似，多待在水流較為穩定的潭頭或潭區，身上的鱗片帶著金屬色澤，且會隨著光線折射成不同層次的藍色。移動甚速，像是水中的藍色閃電。見過牠們在陽光閃耀、清澈潭水裡的藍色身影，你的人生光譜裡從此就有了枝枒鰕虎藍的存在。

我幾乎是為了這一抹如「藍色閃電」的魚，先後添購了從頭到腳的簡易裝備。不但等不及貨比三家，甚至在友人們不斷推坑與慫恿下，迅速購入人生第一台相機，還防水的。只因擔心這些「未經邀請」的擾動，已讓牠們受到不小干擾；當從溪水裡返還陸地，帶回的又是牠們「面目全非」的醜照，我大概會又羞又愧吧。

第一次親見兩種枝枒鰕虎時，我根本搞不清楚誰是誰。牠們在水中從右竄至左，忽又咻地游棲到某顆岩石上，用寬厚的下頜刮搔石頭上的藻類。毫無疑問，你即刻就地想成為一尾魚，加入刮藻類的行列。

觀看牠們覓食，是一個有點享受又些微痛苦的過程。為了對抗水流的拉力以及維繫平衡，必須盡量將身體的重心卡在石頭與石頭間，擬態成你也是另一條魚似的；同時面臨面鏡漸漸起霧，呼吸管將進水的壓力。儘管知道要抬頭倒掉呼吸管積累的水，仍會不自覺喝了幾口水才甘心起身。一切只想著多看一眼，再撐一秒。也因待在水裡足夠久，沒了時間感是常有的事，這個狀態通常會以距離來量測，比如追隨某一尾紫身枝枒鰕虎追得太忘我，早已從某一潭區趴行到潭頭。不回頭亦是岸，那是由於岸邊穩定的水域同樣是枝枒鰕虎棲身之處。

夠頻繁地回到溪裡，「未經邀請」的擾動，也會隨著自身的「體感」和外在水域知識、魚類（辨識）的積累，逐漸找到和魚之間既不尷尬又不失禮貌的相處之道。很微妙地，當我能維繫待在水面下較長的時間，並且呼吸、行進節奏控制得宜，經常可以非常靠近魚。有那麼幾次，我可以將持有水下相機微彎的手，往前伸直到魚的面前而不驚動到牠。當然很多時候是運氣夠好的緣故，若遇到牠們正在進行藻類buffet吃到飽，那便是觀察的絕佳時機。也因此，我有足夠的時間錄下牠們刮食藻類的影像，每每回放影片時，我都以為聽見了牠們的進食曲。

不確定從哪裡聽來，一個夠安靜的地方，其實充滿各種聲音，那裡是自然。不過，在溪水底有種更為奇特的「安靜」，除了自己的呼吸聲，大多時候是忽大忽小、忽遠忽近的水流聲。待在水裡一段時間，尤其看見陽光滑行岩石、溪底小石子而過，其間混合被風帶動的雲影，形成細緻的條狀或格狀物，交織水流不同深淺處所激發的聲響，我甚至會產生光也有聲音的錯覺。也許，光真是有聲音的也說不定。

能在水底看見陽光以極為細緻的樣貌打在岩石或溪底，表示此處的水域夠清澈、乾淨與健康，魚類與其他生物的生存之間也會形成一個穩定的生態系。少有人工建物如壩堤的溪流，更為魚類提供藏匿和棲身的豐富環境。我印象非常深刻，有一次，在水流相當強的水域，觀察一尾即將躲進岩縫的日本禿頭鯊，我多次試著用雙腳，想將自己卡在岩石與岩石之間。一手拿著相機，空出的另一隻則去攀住岩石較深的紋路處。我感覺得到自己以非常扭曲的姿勢意圖使自己穩住，加上耳邊急流沖激而過的聲音，我覺得自己就要被沖走了……就在同一時間，那尾日本禿頭鯊以相當流利、毫不費力的「泳技」，從巨岩下的小顆岩石，游到接近岩縫處，並好好地躲在那裡。我沒來由地被激怒，實則是為了自己的無能感到無奈。

在那一剎那，我像悟道似地，發現溪底也是一個空間，或許不只如此，對生存在那裡的生物而言，那是一個有機的世界，只是那並非以我的角度看待，是與我截然不同，魚的視角才能理解、感知的世界。當日本禿頭鯊又移動到另一個點，我突然沒來由地感動到泫然欲泣。

我想像戴著面鏡和呼吸管，跟隨仍是仔魚型態「紅頭鰍仔」的日本禿頭鯊，在出海口經歷浮游期，直到要上溯溪流的那一天，再次幸運地躲過漁網打撈、候鳥捕食，順利游進到溪流裡，上溯到合適的水域，生長、繁殖與生活。我終於在溪裡，跟魚相遇。在面鏡裡呼吸的我，游回了無數個有清涼溪水的夏天和童年，也游回了剛學會游泳的那個水潭。我感受到那隻撐持我肚腹，不至於讓我沉下去的手的溫度，我真正化成了一隻會游泳的溪魚。

——原載於《聯合報》「琅琅悅讀」，二〇二二年十二月八日

小美

國立東華大學華文文學系畢業，現任職花蓮時光書店店長，喜歡書和逛書店，文章散見《聯合報》副刊繽紛版。

◉選文評析——假裝是魚

作家林小杯充滿童趣的繪本《假裝是魚》，描述了一個與小鯨魚一起進入海裡的故事，只要「打開想像力開關」，女孩溜溜與小狗巧比，就成了「人魚」溜溜和「狗魚」巧比。小美這篇〈記憶回聲〉，其實也是一個「假裝是魚」的故事，只不過，她打開的開關除了想像力，還有眼睛與耳朵，某程度上，她想試著「成為魚」。

這樣的說法，或許會讓人以為〈記憶回聲〉與本篇評論，依然圍繞著哲學家內格爾經典的提問：「成為一隻蝙蝠是什麼感覺？」但與其說小美是試圖以「假裝是魚」來「想像」魚，不如說她是以「假裝是魚」來「看見」魚——她在行動上介於「擬態」與「變身」之間，又不完全是以觀察為目的的偽裝，也少了一些以想像帶入動物意識時常被批評的過度投射。這個介於中間的「假裝」，或許反而得以讓我們更接近常被忽略的，魚的意識。

一直以來，魚總被貶抑為既缺乏認知能力，也不具智慧的生物，甚至長期背負著「記憶只有七秒」這個污名。生活在海洋中的魚類，至少因人類對海洋生態的關注，多一些因認識而「平反」的機會；相形之下，淡水魚這個族群，除了少數研究者與釣客之外，恐怕並不在一般人的視域中，即使河流作為文學意象如此鮮明，相關作品也較少聚焦在魚類身上。若再往古典文學裡挖掘，除了「桃花流水鱖魚肥」這種帶有指認食材意味的唱名外，那些在蓮葉東西南北游來游去的，幾乎注定只能以「魚」這個籠統的單一形象，成為水域裡模糊的風景。

事實上，就算只將魚當成食物，若對牠們的性格與能力毫無理解，也不可能成功捕獲。科克．華萊士．強森（Kirk Wallace Johnson）《羽毛賊》（*The Feather Thief*）一書就曾生動記載維多利亞時期流行的「毛鉤釣」，在面對鱒魚與鮭魚時所需要的不同策略。釣鱒魚的毛鉤必須非常逼真，並根據這些水生昆蟲的顏色、體型、生命週期進行模擬，若對河川生態一無所知，鱒魚是不可能上鉤的；但鮭魚毛鉤的目的不在於模擬任何一種自然界的東西，而是為了挑釁——因為鮭魚並不是把毛鉤誤認成昆蟲才進行攻擊，而是無法忍受毛鉤入侵牠們產卵的地方。

儘管如此，這些釣客對鱒魚與鮭魚習性的理解，顯然並未進一步拓展為對魚類智慧與倫理地位之承認。那些在實際生活中會與釣客、漁民鬥智的大魚，彷彿寓言故事捏造出來的產物，畢竟一般人在餐廳、市場、水族館看到的魚，不是像死氣沉沉的游泳機器，就是已經死了。若要討論魚的認知、魚的情感、魚的思考，往往被當成過於激進的動保主張，或多愁善感的浪漫情懷。但是，如同動物行為學家強納森．巴爾科比（Jonathan Balcombe）所提醒的，被誤解的魚，是一種高智商生物，牠們所擁有的知覺、意識不容否認，牠們的社會關係同樣複雜。巴爾科比強調，「每條魚都是獨一無二的個體，牠們不僅擁有生物屬性，更有自己的生平傳記。就像每條翻車魨、鯨鯊、蝠鱝以及豹紋喙鱸都有獨特的外貌特徵，能夠讓你一眼從外表上辨認出來一樣，牠們也都有自己獨特的內心世界。」

巴爾科比所期待的，人看待魚類方式的扭轉、與魚類關係的轉變，以目前的狀況來說或許還有很長的路要走，否則人們也不會任由「活體弓魚」或陰陽魚等殘酷料理繼續存在於市場機制中。然而〈記憶回聲〉文中，小美因「盲然」而生的「茫然」感，雖源於對魚類知識的匱乏，卻反倒因此呼應了巴爾科比所謂「獨一無二的外貌特徵」，她之所以認不出這隻「背鰭紅紅的」與那隻「顏色比較深一點的」和另一隻「好大隻」的魚，全都是日本禿頭鯊，關鍵正在於其實牠們每隻都長得不一樣。換言之，蒙昧造成的「知識」局限卻帶來另一種不被框限的「認識」起點，看見每隻魚的獨一無二，然後，進入牠們的世界。

進入需要方法。文中形容這個需要對抗水流的拉力將身體卡在石頭間保持平衡的過程，是「擬態成你也是另一條魚似的」，但嚴格來說，僅僅帶著面鏡與呼吸管在石間保持不動，稱不上真正的「擬態」，魚之所以靠近，也絕對不是因為將其誤認為魚；另一方面，儘管小美待在水面下的時間隨著練習而逐漸延長，卻又並非查爾斯．佛斯特（Charles Foster）《變身野獸》（*Being a Beast*）那種試圖身歷其境模擬動物感知的嘗試。她並不真的要「Being a fish」，她只是想透過這個「假裝是魚」的過程，進入「魚的視角才能理解、感知的世界」。

設備、知識與互動形式的限制，讓小美並未因此「破譯」日本禿頭鯊或紫身枝枒蝦虎的語言、習性，所謂「與溪魚同行」亦如同林小杯筆下的「人魚溜溜」，終究要憑藉想像力來完成。但當她意識到水底的聲音與光線如何不同；意識到魚如何在這樣的環境中，以她難以企及的流利與速度移動；意識到自己在水中的無能，並且僅僅為了看見牠們以下頷刮食藻類的畫面而甘願一再回到溪裡……毫無疑問，她已清楚明白了科學界花費無數時間才總結出的道理：「魚不僅僅是活的，牠們也有生活。」[1]

（Cathy）

1 引自強納森・巴爾科比著，蕭夢、趙靜文譯：《魚，什麼都知道》（台北：鷹出版，二〇二三）。

輯八

動物視聽館

當我們願意將動物「相提並論」：從《非常律師禹英禑》談起

黃宗潔

二〇二二年播出，兼具口碑與人氣的韓劇《非常律師禹英禑》，以劇中女主角禹英禑的特殊人設——「熱愛鯨豚的自閉症類群障礙症律師」，讓自閉症與鯨豚都引發了不少觀眾「愛屋及烏」的好奇與討論度，節奏明快的案件背後，也涉及種種韓國社會的矛盾和問題。無可否認地，再沒有比流行文化與媒體更能提高議題「觸及率」的方式了，若能在熱潮之外，讓觀眾產生進一步的理解與關心，相信亦是相關領域的人樂見之事。

《非常律師禹英禑》的編劇與團隊，在自閉症與鯨豚這兩個專業領域上無疑都下了不少功夫，儘管為了營造戲劇效果，難免有若干考量不夠細膩之處——就有批評指出，禹英禑走路搖擺的樣子、眼神幾乎無法對焦等人物形象和肢體動作的設定，更接近中（重）度自閉症，但能夠以第一名畢業並且實際出庭擔任律師，應是較輕度的高功能自閉者；[1] 劇中解說鯨豚知識時亦偶有瑕疵，例如第四集禹英禑提到韓國西海住著「印太露脊鼠海豚」，但西海住的其實是「東亞露脊鼠海豚」[2]等。但整體而言，這部作品確實讓很多觀眾因此「看見」了自閉症，也「看見」了鯨豚。

在此，我不打算將重點放在一一論析劇中有關兩者的設定和細節知識正確與否，而是想談談這個「自閉＋鯨豚」的雙主題，可以具有什麼樣的意義——鯨豚的存在，固然如部分評論所指出的，可視為「『療癒系』icon」，[3]具有一定程度的象徵意義，但如果將這兩個主題分開來看，很容易簡化並忽略了自閉症與動物在本質上的相通與議題上的相容之處。

禹英禑的角色原型，是知名的自閉症動物科學博士天寶・葛蘭汀（Temple Grandin），[4]葛蘭汀熱愛動物，並以改良經濟動物屠宰環境著稱，因此表面上看來，英禑喜愛鯨豚似乎是個順理成章的安排；然而事實上，雖然在自閉症的光譜兩端，每個個

---

1 卓惠珠撰文，〈自閉症也能當律師？破解《非常律師禹英禑》自閉症四大迷思〉，《親子天下》，二〇二二年七月二十八日。

2 About鯨豚撰文，〈非常律師禹英禑#04_關於劇中鯨族的大小事說明〉，二〇二二年八月七日。

3 柯志遠撰文，〈「劇評」《非常律師禹英禑》〉，《yahoo!新聞》，二〇二二年八月八日。

4 駐站記者小R報導，〈《非常律師禹英禑》成功五大主因，朴恩斌原型是自閉動物學家，殺人鯨背後悲慘故事「三十三年殺五人」，訴訟案件都是真的「中樂透男下場更慘」，連律師事務所名字都有含意〉，《WalkerLand》，二〇二二年八月八日。

案的特質與症狀千差萬別，難以一概而論，但他們大腦功能的運作方式，仍有相似之處，如同葛蘭汀在《傾聽動物心語》（*Animals in Translation*）書中的見解：

> 動物腦是人類的原始設定，所以動物才會在許多方面看起來跟人類如此相似，而人類也像動物，尤其是在額葉功能無法發揮的情況下。我想，這也是像我這樣患有自閉症的人會跟動物有特別聯繫的主要原因。自閉症患者的額葉功能幾乎從來不會像正常人一樣……自閉症患者比正常人更像動物。

或因如此，自閉症者和動物相處起來，往往比和「正常人」相處更自在一些。賽．蒙哥馬利（Sy Montgomery）在《章魚的內心世界》（*The Soul of an Octopus*）中，就曾描述過一位有亞斯伯格症候群的志工安娜，她形容自己到了水族館擔任志工之後，「才真正覺得自己是個完整的人」。章魚帶她走出了摯友自殺的痛苦與失落，她說，「我會哭，然後自己停止哭泣，這都是因為有一條章魚陪著我。」這冰冷黏膩的海洋生物帶給她的禮物，是愛與歸屬感，以及「暖洋洋」的感受。

但同時，安娜也清楚地意識到，「要特別的人才能了解到，把章魚當作朋友的意義。」她想像若在學校說起此事可能發生的對話：「我的朋友去世了，她的名字是迦梨。」「什麼？她是印度人嗎？」「不是，她來自加拿大卑詩省的太平洋海域。事實上，她是一條章魚。」對「一般人」喋喋不休地介紹自己「動物朋友」的種種冷知識，絕對是最能讓社交場合陷入尷尬句點的方式之一，這正是為何禹英禑的父親，在她上班第一天，就耳提面命地叮囑：「記得不要學別人說話、不要亂講不重要的話、講話也不要太直接，尤其不能提起鯨魚的話題。」英禑不死心地追問：「如果遇到必須提起鯨魚話題的狀況呢？」父親忍不住說：「你又不是在水族館上班，哪會遇到必須提起鯨魚的狀況？」

可想而知的是，全劇的許多趣味點，也就建立在英禑如何創造出「必須提起鯨魚話題的狀況」（或者更準確地說，是無視於「沒有必須提起鯨魚話題的狀況」，仍滔滔不絕地開啟鯨魚小知識專欄），至於身邊朋友的無奈反應，亦可看出這種「強行置入鯨豚話題」對其他人而言反而是種困擾。例如同事崔秀妍在第十二集聽到英禑將為弱勢團體辯護的柳齊夙律師形容為白鱀豚時，先是感慨：「天啊，好久沒聽到白鱀豚了。」當英禑興沖沖地說：「我可以說明關於白鱀豚的事嗎？」她的反應是立刻回絕：「我可以拒絕嗎？拜託」——當然，英禑還是自顧自地說完了。

至於男主角李濬浩，驚訝地發現原來在英禑的定義中，他們還不算正式交往時的反應更為直接：「如果我們不是在交往，那我幹嘛在休假日發起釋放海豚抗議活動？」當英禑驚訝地反問：「你不同意應該釋放海豚嗎？」他說：「我當然同意，但休假日並不適合進行抗議活動啊，因為那不是有趣的事。」換言之，對於像秀妍或濬浩這樣非鯨豚愛好者的「一般人」來說，鯨豚不是重點，他們之所以接受（或忍受）滔滔不絕的鯨豚話題與相關活動，是因為他們不願讓自己在乎的朋友或情人失望、不開心。

但對於英禑來說，鯨豚的意義是恰好相反的，鯨豚是定義世界的座標，甚至是幫助她理解身邊人事物的重要量尺。舉例來說，柳律師之所以讓她想起白鱀豚，是因為白鱀豚已在二〇〇七年被宣告滅絕，而她希望這位同樣罕見的「律師物種」不會步上「滅絕」的後塵；在第十三集，她更以鯨豚的身長來比擬黃地寺觀音掛佛幀的長度，這幅長一〇・八、寬七・三公尺的畫像，「比小鬚鯨的平均身長還要長、比貝氏喙鯨的平均身長還要短。」不意外地，大家的反應是，「你這樣說更難懂了」。但由此已可看出鯨豚於她，不是單純的愛好那麼簡單，鯨豚是她認識世界的方式，把對她而言的陌生事物轉化成具體可想像的元素——這些陌生事物可以瑣碎如一個熨斗的形狀或一幀畫像的長度，也可能抽象如他人的話語、社交情境，或是案件。劇中那略為誇飾的靈光一閃，看見想像的鯨魚悠悠游過（飛過？）的畫面，不只是戲劇效果，也具象化了自閉症類群障礙症的腦內世界圖像。

更重要的是，英禑的聯想本身，是一種「相提並論」的類比，而這種類比對大多數「正常人」而言，往往是不夠「得體」的話語，任意將人比附為動物（或者反過來）甚至很容易形成一種冒犯。中國湖北博物館就曾因「這就是非洲——喻惠平非洲攝影作品公益展」中，一系列被歸為「相由心生·面孔」的照片，並置了張著嘴的黑猩猩與黑人男孩、回眸的獵豹與黑人男子等影像，而引發種族歧視之批評，抗議者表示：「如你看到非洲人歷史，如你看到種族歧視的歷史，我們曾被稱作猩猩。對我們來說，這是非常具冒犯性的。」他說：「你不能用黑人與猿類作比較。」[5]

前例由於涉及種族歧視的歷史，因此更為敏感，但即使在日常生活中，也確實有許多人會透過將動物與人類比，作為一種貶抑對方的方式，這自然是因為動物在多數人的心中，位階就是低於人類，再加上牠們往往被賦予各種刻板形象，因此在「動物—人」的比較框架中，高低位階的存在形同預設，尤其當類比的對象不是鯨豚這類形象正面或至少中立的動物，而是被貼上負面標籤的豬狗禽獸等符號時，被比附的人不可能真心認為對方在自已身上看到了和動物的相似性，而會覺得被冒犯甚至被羞辱——更進一步來說，在別人身上看到動物性，就已經可能（被認為）是一種冒犯了。

5 徐尉晉撰文，〈將非洲人與動物並列　武漢《這就是非洲》相展惹爭議〉，《香港01》，二〇一七年十月十四日。

但在葛蘭汀，或者英禑的世界中，類比不是這樣運作的。前述的《傾聽動物心語》一書中，葛蘭汀就舉出許多自閉症與動物的相同之處，對她來說：「動物就像自閉神童，事實上，我甚至可以大膽地說，也許動物根本就是自閉神童。」另一方面，「自閉症患者有很多自然的恐懼與焦慮，因此他們小時候都很像野生的小動物。」這兩句話加在一起，其實就是：動物是自閉神童，自閉（神）童也就像（就是）小動物。這裡面沒有任何高低位階或褒貶，兩者是平行的。她陳述的是她的觀察與知識。她談的不是隱喻，而是本質，如此自然而然又理所當然，就像柯慈小說中那位關注動物權的女作家伊莉莎白．卡斯特洛所說的：「青蛙的生命循環或許聽來深富寓意，但對青蛙本身來說，絲毫沒有隱喻意味，這就是事情的本來面貌，是唯一的一件事。」

英禑也是如此。鯨豚的類比不是隱喻，而是理所當然的連結。第十三集有個有趣的小細節，濬浩對英禑說：「這次去濟州島，我們不要只去看三腳、春三和福順，也順便去看一下勝希和正南吧。」英禑反問：「勝希、正南？」濬浩說：「對，這是我姊姊和姊夫的名字。」這段看似日常的對話之所以值得注意，是因為濬浩不是直接表示：我們也去看看我姊姊和姊夫吧。而是選擇英禑未曾聽過的陌生名字「勝希、正南」。一般來說，若我們要介紹其他人和未曾謀面的親友認識，會描述對方和自己的「關係」（姊姊、姊夫）而非難以直接指認的「名字」（勝希、正南），但濬浩其實是用了英禑的語言在和她溝通，勝希、正南，和三腳、春三、福順這幾隻曾被圈養，最後成功野放的印太瓶鼻海豚一樣（牠們的故事出現在第四集），都是（人或動物的）名字，是去濟州島可以順道去看看的對象。在此，濬浩嘗試的，正是如英禑一般，將人和動物放到了平行的並置框架中，用同樣的話語去描述、去面對他們。

當然，不是人人都有辦法像葛蘭汀、英禑或安娜一般「傾聽動物心語」，但濬浩所示範的，「用自閉的話語框架去描述與想像世界」，卻是只要有心就做得到的。所謂自閉的話語框架不是去模仿自閉者，（如果這麼做，就成了表演「逆向的仿說行為」了），而是試著不帶預設地去看那些和我們不同的人、不同的動物，看見不同的思維與感受系統背後自有其邏輯和運作體系，並試著去接受——一個用鯨魚的身長作為丈量單位的世界，也是合理的世界。當我們願意開始把動物相提並論，而且彼此都不覺尷尬、屈辱與冒犯，那應該會是一個對自閉症、對鯨豚，進而對所有人與動物，都更友善一些的世界。

——原載於《新活水》「倫理的臉」專欄，二〇二二年八月十九日

黃宗潔（Cathy Huang）
見本書封面折口「主編簡介」。

◉選文評析——能力主義

韓劇中動物的出現，向來讓人不安以待，因為牠們的「戲份」通常是用來強調變態殺人魔殺起動物必不手軟，甚至是一種殺人前的「預演」，經典神劇《信號》如此，驚悚獵奇的《Mouse》如此，連走溫馨小品風格的《浪漫速成班》裡也有個小鋼珠連環殺貓／人魔。這樣的「傳統」，讓人在《非常律師禹英禑》裡看到滿滿的、療癒的動物元素時，格外感到欣喜，隨著英禑的情緒而躍出水面的鯨豚縱然只是特效，但「熱愛鯨豚的自閉症類群障礙症律師」，確實如黃宗潔的評論所言，「讓自閉症與鯨豚都引發了不少觀眾『愛屋及烏』的好奇與討論度」。

隨著這股自閉症與鯨豚「雙贏」的熱潮，觀劇心得與專業劇評紛紛湧現，有的將自閉症者形象如此「正面」的翻轉視為進步意識的顯現，有的則對大眾進行關於鯨豚的

「機會教育」，例如重提紀錄片《黑鯨》（*Black Fish*）中殺人鯨提利康的悲劇，強調將如此高智商的鯨豚困在娛樂展場是何等殘酷之事。然而就如黃宗潔所言，這部讓很多觀眾因此「看見」了自閉症，也「看見」了鯨豚的作品，其「自閉＋鯨豚」的雙主題要並置來談，才較能看出「自閉症與動物在本質上的相通與議題上的相容之處」。事實上，這篇評論將人和動物「相提並論」的思考取徑之所以重要，在於能另闢蹊徑，避免在「肯定」自閉症與動物之際，又掉回能力主義（ableism）與人類中心主義的預設框架。

所謂能力主義（或譯健全主義）的預設框架，是指認定某些典型的能力應該人皆有之，因此不具備這些能力者，就是有欠缺、低人一等的，甚至推斷這些失能、有障礙的人，會亟欲修補自己的欠缺來符合社會的期待。影評人克莉絲汀・羅培茲（Kristen Lopez）就曾針對《玩具總動員4》（*Toy Story 4*）裡「失能者」的形象提出質疑：骨董店裡的洋娃娃蓋比蓋比因為內建的發聲裝置故障，千方百計想把主角伍迪同款的發聲器搶過來，認為唯有如此才能得到小女孩的愛，這種充斥在好萊塢電影中的能力主義觀點，讓她感嘆失能者往往流於單一形象，就是想向「正常人」看齊。《非常律師禹英禑》的戲劇本身其實並沒有這樣的問題。儘管為了戲劇效果，「走路搖擺的樣子、眼神幾乎無法對焦等人物形象和肢體動作的設定更接近中（重）度自閉症」的英禑，被形塑為以第一名畢業、勝率極高的律師，但這個角色畢竟保持著某種未被主流社會吸納的

「他者性」（alterity）。而樂觀歌頌此劇翻轉了自閉者形象的評論，所忽略的正是這種他者性。當禹英禑的「成功」被解讀為「自閉者也有春天」、英禑比其他律師更優秀時，一度被視為無能的「障礙」雖被反轉為一種更高的能力，卻也弔詭地又回到了能力主義的思維框架裡，而非「不帶預設地去看那些和我們不同的人、不同的動物，看見不同的思維與感受系統背後自有其邏輯和運作體系」。

那麼對鯨豚智力的肯認，若也視為能力主義、人類中心主義作祟，是否太吹毛求疵？畢竟強調「動物也有像人之處、理應被我們善待」不也曾是推進動保意識的一種說法？就動物倫理論述的發展過程來說，的確如此。推斷動物的智商大約相當於幾歲的孩童、研究動物是否有同理心或「和人一樣」具備某些能力，經常是為了喚起「感同身受」的可能。但如同評論者雷夫．阿坎波拉（Ralph J. Acampora）不時在著作中提醒的，肯定動物會思考、有時間感、也懂死亡的概念這類主張，雖然一反傳統哲學對動物的貶抑，但「把動物提升到人的高度」、認定某些「像人的特質」特別重要可貴，其實已預設了人與動物之間牢不可破的高低位階。相較之下，把本身也是動物的人放回生態系來思考，或許更能避免得出「只有比較像人的物種才值得被倫理對待」這樣的結論，[1]而隨之而來對於人的「動物性」的省思，或也有助改變「與動物相提並論是對人的冒犯甚至羞辱」這樣的定見。

這篇評論還有個值得一提的小細節，凸顯出作者對於高低位階預設以及能力主義的警覺。文中引述天寶・葛蘭汀：「動物就像自閉神童，事實上，我甚至可以大膽地說，也許動物根本就是自閉神童」、「自閉症患者有很多自然的恐懼與焦慮，因此他們小時候都很像野生的小動物」，進而得出了這樣的結論：「這兩句話加在一起，其實就是：動物是自閉神童，自閉（神）童也就像（就是）小動物。這裡面沒有任何高低位階或褒貶，兩者是平行的。」在此，神童的神字刻意被放進括號裡，因為自閉未必是神童，也不需要是。

（Iris）

1 她在多篇文章及專書均提過此觀點。可參考*Corporal Compassion: Animal Ethics and Philosophy of Body*（University of Pittsburgh Press. 2006）。

殘骸

黎熙

展覽《趙趙：漫長的一天》，讓參觀者甫通過澳門藝術博物館入口的體溫檢查，便猝不及防地「踏」進了第一個展品。那是一條瀝青路，路面遍布一塊塊不規則的形體。它們以四種顏色的金屬小塊拼砌而成，有些鑲嵌進路面，有些從路面凸出。天花板是這些彩色金屬形體的投影，彷彿是滿天七彩繽紛的雲朵。

在看到這個名為《彌留》的展品說明前，我便知道這些金屬碎片拼湊的是馬路上的動物殘骸。我看過、觸摸過、撿拾過：不是金屬而是血肉；不是拼湊而是解離；不是生死之間的彌留，而是肉體已殘破到無法置信這裡曾經有「生」，更毋論「死」。

那些凸出散落在路面的形體，我記得，是可以一塊一塊地撿拾的，像生物課被打翻的人體內臟模型部件：眼球、腸子、心臟……有些軀體甚至是表面完好的。那些鑲進路面的，我想，要一點點地，把毛、碎骨、臟器、肉和其他我無法辨明與分類的物質——

所有組成生命的物質，從瀝青路上剝離。只有血液是被沖刷走的。

「你不屬於這裡。」是一種徒勞的執念，我想把牠們的全部都帶離這個人間路上，不忍再被踐踏。只是，我清楚牠們的一些部分，或許黏在輾過牠們軀體的車輪上，被繼續重複輾壓後，黏嵌到其他瀝青路面。最後，帶著一袋破碎殘缺、完全不是原來形體的生命去火化，填寫資料時，我依然會為這一袋身體取一個名字，作為牠來過世界，又如何被人間對待的最後證明。

走過那一條比漫長的一天還漫長的瀝青路後，一個館員正蹲著檢查路面和金屬碎片。「這些都開始鬆脫了啊。」她的鞋底擦了一下路面，引起我下意識回頭看。那一刻，凝視著身後經過的遍地斑駁殘骸，彷彿鬆脫的，是我曾試圖黏合的自己的殘骸。

像走馬燈一樣，那些我在路上看過與撿拾過的動物殘骸在腦海裡回播。展覽的展品沒有想像的多，我還是在博物館裡待了半天，就因為這一個展品、這一條瀝青路。離開博物館呼吸到外面的空氣時，彷彿是在一個「過去」洞穴裡走了一趟後，從黑暗潮濕與腥血的氣味中鑽出來，把自己重置在太陽底下。

——原載於《澳門日報》「新園地版」，二〇二二年十月二十一日

黎熙

來自澳門，畢業於台灣大學外文系，曾於澳門愛護動物協會任職救援隊及貓庇護所主管，並因此與家中的兩貓相遇。與貓一樣喜歡偷偷觀察與專注發呆，通過書寫動物，希望為路過人間的牠者留下紀念，以文字打開更多關懷的可能性。作品散見於《澳門日報》專欄與《澳門筆匯》。

◉選文評析——路殺

在〈殘骸〉這篇散文中，作者以她和路殺動物相遇的真實體驗，介入以此為創作主題的藝術作品；看似是觀展的心情記錄，其實卻涵蓋了對牠者生命的深刻省思。文中提到的《彌留》，是中國藝術家趙趙的代表作品之一，在澳門藝術博物館展出時，作者一踏上這條散布著碎片拼貼圖樣的瀝青路，便知道藝術家想要表達的是什麼。因為儘管眼前四色金屬小塊的拼砌是以藝術的形式再現——「有些鑲嵌進路面，有些從路面凸出。天花板是這些彩色金屬形體的投影，彷彿是滿天七彩繽紛的雲朵」，她仍能在腦中清楚地將之還原為路殺動物的破碎身體，只因她曾一次次不忍牠們死後被反覆輾壓，撿拾那些已難以辨認面貌的殘骸，為牠們命名，送終。

與路殺動物的相遇總是如此心痛又「血淋淋」，難怪展品名為《彌留》會讓作者心生感慨：畢竟真實的路殺現場，「不是金屬而是血肉；不是拼湊而是解離」，而死後還因反覆地輾壓被迫「銘刻」在路上，更諷刺地說明了在牠們生死交關的彌留瞬間，根本是無人聞問的。

不忍見這種銘刻方式，那麼就換一種方式，讓路殺動物被銘刻吧？作者的觀展心得，一如藝術家的創作，讓路殺動物不再只是個人哀悼的對象，因為日常不斷發生又不斷被忽略的路殺事件，透過文字，透過藝術，有了被銘刻在更多人心上的機會。

要讓路殺問題成為人們關切的重點，並不是件容易的事，畢竟在「此路是我開」的人類中心主義下，動物若遭無情輾壓，多半被認為是件無可奈何的事——是牠們誤入了不該闖入的，被劃為人類文明範疇的區塊。即使透過藝術來表現路殺，「如何讓路殺動物被多看一眼？」仍是個難題。太血腥赤裸，只會讓人選擇繼續別過頭去。趙趙的《彌留》或許也意識到這樣的可能性，因此那些殘骸，都在他美學化的處理之下，被去除了血腥味。

知名動物研究者史蒂夫・貝克（Steve Baker）也曾透過藝術觸碰路殺的主題，以一種容許血腥味殘留的方式。二〇〇九年，他以一系列攝影作品*Norfolk Roadkill, Mainly*銘記居處附近路殺動物的殘骸。單獨的路殺照片顯然很難成為任何人眼中的藝術，但他又極度希望讓人們對路殺問題的普遍性與嚴重性多一點了解，於是他選擇讓路殺照片原本的震撼力被稍加「稀釋」：每一張他在諾福克郡拍攝到的路殺動物照，都與另一張（主題未必有所關聯的）照片並置，可能是當地建築物的一隅，也可能是街景，或路殺現場附近的廢棄物，如此構成一幅幅的雙聯畫（diptych）。透過美學包裝來降低路殺照本身的衝擊性，他希望留住亟欲別過頭去的觀者。不過他也非全然妥協，有時動物的面目已因創傷嚴重而難以辨認，他還是會如實呈現，畢竟對他來說，最重要的是喚起大眾對路殺問題的重視，而不是去區分動物的種類，彷彿只有某些物種的死亡才值得我們同情。

「沒有墓地，沒有葬禮，動物本身成了牠們自己的紀念碑。」貝克曾在訪談中表示自己被標本藝術家安吉拉·辛格（Angela Singer）的這段話深深打動。黎熙帶走路上殘缺的動物屍體，趙趙因被輾壓的貓的殘跡啟動了《彌留》，貝克為路殺的兔子停下自行車，開始他一系列路殺攝影……形式雖有不同，都有著相似的為路殺動物立碑的心情吧？即使只剩下殘骸，也想留下牠們的身影，因為再怎麼破碎，這都是牠們唯一的紀念碑。

紫斑蝶，石虎，陸蟹，穿山甲……台灣的新聞也不時出現動物路殺的報導，而沒被報導的，如蛇、鼠、鴿子，乃至街貓浪犬……又比我們所知的多更多。如果不願見到這些動物因人類各種開發所帶來的「進步」與高轉速，持續被輾壓為殘跡，順著黎熙的文字，在想像中走一趟滿布斑駁殘骸的瀝青路，或許路殺動物問題，將不再那麼不值一顧。

（Iris）

流浪者為何要養狗？《豢養獄》中同伴動物飼養的居家性與情感需求

唐葆真

奧地利導演伍瑞克·塞德爾（Ulrich Seidl）在其一九九五年推出的紀錄片《豢養獄》（*Tierische Liebe/Animal Love*）中，以帶有距離的觀察視角（無旁白、無訪談、少攝影機運動、少剪接），拍攝了多戶飼養同伴動物的奧地利人的居家生活。這些被攝者所飼養的同伴動物多半是常見的狗、兔、鼠、雪貂，其中又以狗的數量最多。

由《豢養獄》這個片名來判斷，不難推測該片並不意在描述忠誠同伴動物與盡責飼主之間的溫馨情誼。片中被拍攝者的社經地位多半偏低，年齡偏長，甚至身材走樣，住在簡陋、破舊的居室中。他們當中有不斷閱讀求職廣告的失業中年男子、有爭吵不休的外遇情侶、有住院療養的老奶奶、有離婚後不斷抱怨前任的孤單怨偶等，甚至還有以乞討為生的流浪者，其吃喝拉撒睡及手淫等基本生理需求皆赤裸裸地在鏡頭前展示。

即使居住於中產色彩較為濃厚，或甚至頗為豪華居所的人們，在片中過的生活也不盡然符合一般對於「人生勝利組」的想像。例如片尾一位住在豪宅的貴婦，常閱讀舊情人的往日情書，在流連過往回憶的同時，將一旁的寵物狗當作戀人般地訴說愛意。也有幾位終日與動物為伴的老人家（多為女性），看似沒有太多人際社交，銀幕上所呈現出的生活樣態完全符合一般人對「獨居老人」的刻板印象。其中一位的同伴動物死後，屍體被送往教堂由神父主持隆重到略顯荒謬的葬禮，而坐在底下的出席者卻只有她單獨一人。

這些常在主流價值觀下被視為「社會邊緣人」的共同點就是身邊都有寵物的陪伴。有時牠們待在一旁靜觀飼主的言行，有時飼主則會對牠們吐露心聲與怨懟，有些飼主更會將牠們作為情感的出口，不斷親吻（包含舌吻）、擁抱、述說著甜言蜜語。也難怪該片的文宣上常出現一句副標：「渴望愛的寂寞人們」（Lonely people yearn for love）。德國導演荷索（Werner Herzog）看過這部片後更是直言：「我從未如此直視地獄」（Never have I looked so directly into hell）。

因此，不少論者將本片視為對某種扭曲、病態的生活樣態的捕捉與批判，直指現代社會中一群因為各式原因導致社交需求與愛欲無法從他人身上得到滿足者，將同伴動物視為宣洩與投射的出口。中文片名翻譯將沒有強烈特定立場的原文片名（直譯為「動物愛」）翻成頗具負面色彩的《豢養獄》，便反映出了這種解讀的傾向（或許也是受到荷索評論的影響）。

但我們不禁要問：該片飼主與同伴動物的互動中到底呈現了什麼樣的地獄？這地獄又是誰的？從動物的角度來說，如果地獄感的來源是某些飼主將同伴動物高度擬人化的程度，那麼什麼樣的人格化對待對於牠們來說才算是天堂？又或，若片中人物值得批評的點在於某些人對同伴動物的訓練不足（例如由兩位男士所飼養的狗會對路上其他狗進行頗激烈的攻擊），那所謂完美、合宜的同伴動物樣態又該為何？而從飼主的角度而論，是否片中多數人落入「豢養獄」的原罪為導致其被視為「邊緣人」的階級背景與身心條件？也因此他們壓根不適任馴養動物？

這些問題都頗值得深入討論，前兩個提問可能根本也沒有標準答案。但誠如黃宗潔在《牠鄉何處？城市・動物與文學》中所言，現代社會對待同伴動物的態度通常是同時將其擬人化與物化，也因此在牠們享有了較經濟動物、食用動物更高的社會角色與法律地位之時，也被用做單純滿足人們欲望的玩物。兩者之間的平衡實為一動態過程，必須仰賴飼主在欲望、倫理、文化脈絡等因素之間進行滾動式的反思與調整，方能使各個同伴動物生命的應有樣態得以開展。本文想要進一步聚焦的是最後一個提問，即同伴動物飼養者的條件。關於這點，或許我們可以從片中最為極端的案例，即對於流浪者的呈現中，獲得一些靈感。

其中一位流浪者抱著兔子進行乞討時，便遇到民眾對其表明「你連自己的生計都有問題了，為什麼還要養寵物？」的質疑。這樣的論述在日常生活中其實頗為常見，譬如有些人會批評常上街餵食貓狗，或者收養大量流浪動物的人（愛心媽媽受到的抨擊又尤其嚴重），自己都三餐不繼了，卻本末倒置地將動物而非自己的生活品質擺在第一位。這些人士與流浪者的背景與飼養動機當然不盡相同，但批評背後卻皆預設了飼養動物者必須要有一定的物質基礎，才能給予同伴動物充足的照料。

我並不完全否定此質疑的正當性，畢竟從動物福利的角度來說，這種觀點或許也指出了相當的事實。但這並不代表街上的流浪者本身沒認清他們的處境，或是不認同這樣的質疑。而若明知自己無法給予所養的動物最舒適的生活環境，卻仍執意為之，那飼養的動機究竟為何？美國文學與文化研究學者蘇珊．弗萊曼（Susan Fraiman）在其著作《極端居家性》（*Extreme Domesticity: A View from the Margins*）中對於「家」的概念與實踐，以及流浪者生活型態的討論或許可以提供我們一些參照點。

透過分析許多具田野調查性質的文獻與紀錄片，弗萊曼指出（在北美社會中）曾經有過家的人，即使被迫流浪在外，生存的樣態仍散發高度的「居家性」，其所思所做與住在具體房屋中的人並無太大的差別：如何在公共場合創造隱私性與舒適感？晚上要在哪裡洗澡？早上醒來小孩有沒有麥片吃跟牛奶喝？成藥要收藏在何處？

因此，流浪者常透過各種具創造性的手法，獨自或結合眾人之力在戶外創造一個居家環境。即使住在地下道、橋墩下等處，也能用身邊所得的資源對周遭加以「裝潢」，例如做出一盞照明燈並以食用油為燃料、利用各種廢棄木片組合出隔間，並在其中放置到處搜羅來的傢俱。而其他流浪者生病時，眾人則會扮演起「家人」的角色加以照護，甚至日常生活中更會以「家人」互稱。在眾多「造家」策略中，飼養同伴動物（如狗、沙鼠）是一種頗為常見的策略。這可能是因為在養育、照料、並與某些在漫長的馴化史中成為人類生活一部分的特定動物互動的過程中，某種「居家性」油然而生，大程度地滿足了流浪者對家的情感需求。

透過考察「無家可歸者的居家性」這個看似矛盾的概念，弗萊曼想要提醒我們，當代文化理論中常見的去中心化傾向常將「家」（小至核心家庭，大至家國）視為一具壓迫性的霸權單位，進而採取各式解構處理。弗萊曼的用意當然不是提倡復興傳統人文主義，否認如女性主義與後殖民理論多年來對於此概念的拆解與重構。依其所論，若從流落荒島的魯賓遜到露宿街頭的流浪者都仍然對「家」具有相當程度的依賴，那麼「家」便不可只被視為賦予法律地位的保障或是社福權益的單位，而是在情感經濟中扮演要角的關鍵因素。

從此觀點回顧《豢養獄》中的流浪者，甚至其他被認為是「邊緣人」的同伴動物飼養者，作為飼主的適切性。我們要考慮的可能不僅是他們所具有的物質條件，更是他們對於家的情感需求為何？就算他們的生活環境在世俗的價值觀中看起來像是地獄，我們也必須體認到：地獄也是家、地獄也需要原文片名中所強調的「動物愛」。質疑他們飼養同伴動物的適切性，或甚至剝奪其飼養權力，都僅是拆除家園的破壞之舉，而無法正視如何為其建構家園，進而保障動物福利的問題所在。

——原載於「動物當代思潮」，二〇一八年八月二十日

唐葆真

《人。動物。時代誌》專欄作家，芝加哥大學電影與媒體研究博士，現任教於雪梨大學電影系。研究領域包含「動物議題在電影及視覺藝術中的呈現」。

◉選文評析——環世界

這篇透過評論奧地利導演伍瑞克．塞德爾一九九五年的紀錄片《豢養獄》來思考「人」與同伴動物關係的評論，相當程度上來說可能有點「逆風」。影片中記錄的飼主，是主流價值下的社會邊緣人，可想而知，被他們豢養的動物，境遇不會太好，因此如同唐葆真觀察到的，不少論者認為該片是「對某種扭曲、病態的生活樣態的捕捉與批判，直指現代社會中一群因為各式原因導致社交需求與愛欲無法從他人身上得到滿足者，將同伴動物視為宣洩與投射的出口」，但他本身顯然不屬於這一類的論者。相反地，唐葆真試圖提醒觀者留心《豢養獄》這個中文片名的負面色彩——原文的片名，其實是並沒有強烈特定立場的「動物愛」。在其後的分析中，他更帶入了美國文學與文化研究學者蘇珊．弗萊曼「家」的概念，思考「家」在情感經濟中扮演的關鍵因素、居家性的心理需求等等，企圖以此解釋，大眾眼中的這些邊緣人，為何自己都養不活了還要養動物？

唐葆真把邊緣人的階級背景和身心條件放入前景，讓「流浪者為了一己感情的慰藉，把動物帶進了地獄」這樣的預設有了被質疑的空間。「我們」（主流大眾）對「他們」（邊緣他者）之所以如此迅速地「定罪」，是否是因為不曾看見「他們」對家的情感需求，因為階級構成的「環世界」，讓「我們」把「他們」隔絕在感知範圍之外？

這裡說的環世界（*Umwelt*），是引用生物學家烏克斯庫爾（Jakob von Uexküll）的界定。烏克斯庫爾認為，不管是甲蟲，蝴蝶，蜻蜓，還是蚊子，各種生物體都像是被一個將之封閉在內的肥皂泡所包圍，肥皂泡內，就是這個生物體的環境，在其中，物種選擇性地知覺某些與牠相關的事物的特色，繼而做出某些反應。不同的物種即使共享一個客觀外在的世界（*Umgebung*; surroundings），卻仍擁有不同的環世界，因為對不同的物種來說，與牠們相關、因此會讓牠們去「注意」到，進而留下感知記號（perception mark）的事物，種類和數量都有所不同，如此構成了一個個不同的感知世界（perceptual worlds）。

人類當然也和其他生物一樣，活在自己的環世界裡。甚至，烏克斯庫爾還刻意細分了不同職業的人們各自「肥皂泡」的樣態：天文學家活在一個被星群包圍住的環境中，透過各種光學儀器了解了外太空，自視足以看到最遠的星球，儘管他們所見的，仍只是自然的一小切片；而深海研究者的泡泡裡，是各種深海魚的奇幻形象，他們所關注的，是牠們詭奇的大嘴、散發磷光的器官、長長的觸鬚等等；又如原子物理學家活在被電子包圍的泡泡裡，行為主義者的泡泡強調身體影響心智、心理學家的泡泡則主張心智主導身體等等。這些略為簡化但相當具象的例子，都足以凸顯人類的「封閉」和其他生物沒有太大的不同：我們的感官或思想所覺察到的感知記號，和其他生物一樣，是有局限的。

但這樣的說法，不是為了合理化泡泡中的個人繼續「各自為政」，而是要凸顯察覺環世界存在的重要性。正因為多數人的環境，和《豢養獄》記錄的人們不一樣，所以活在一己的環世界裡，會持續忽略他者在被排除、被遺棄的處境中，有著怎樣的難處，又有什麼樣的情感需求。只有察覺環世界的存在、認識到自己的局限，才可能打開理解他者的契機，諸如「咎由自取」、「本末倒置」、「拉動物陪葬」等指責，也就不會那麼輕易地出口。

唐葆真在評論中提及，當一位流浪者抱著兔子乞討時，便有民眾質疑他「連自己的生計都有問題了，為什麼還要養寵物？」這或許正是不願去感知流浪者的處境時會產生的典型反應。李玟萱所著、集結不同街友故事的《無家者：從未想過我有這麼一天》一書中，也有個寧可自己翻垃圾桶找吃的，也要省下錢來買罐頭餵街貓的趙伯伯，而他為了不被質疑為本末倒置，竟還得扯謊說自己是在打零工，替愛心媽媽們餵街貓，一個月領五百元。其實他為流浪動物傾盡所有，不過是「因為我是流浪漢，知道餓的滋味」。豢養獄中的人們或許形形色色，但會不會也有些人和趙伯伯一樣，之所以選擇和動物建立相依為命的關係，除了是滿足自己的情感需求，也是因為走進了牠們的泡泡裡？那麼，屬於主流的一般大眾，有沒有可能也試著走近社會邊緣人的泡泡？如此一來，就算很難感同身受，但至少不會永遠只有譴責或鄙視這類的反應。畢竟，「質疑他們飼養同伴動物的適切性，或甚至剝奪其飼養權力，都僅是拆除家園的破壞之舉，而無法正視如何為其建構家園，進而保障動物福利的問題所在。」

（Iris）

人的鼠性

黃宗慧

「人之異於鼠者幾希」，這大概不會是我們想聽到的話題，動物研究者喬納森・柏特（Jonathan Burt）在他從自然史、文學藝術等多面向探討老鼠的專著《鼠》（*Rat*）中，曾提出過這樣的見解：老鼠和人太相似了——才使得牠們成為人類最為厭棄的他者。柏特所挖掘出的，人的鼠性，恐怕也可能被認為是動物研究者「欲加（人類）之罪」的結果。不過，卻有藝術家以視覺化的方式，印證了柏特的觀察。在英國知名動畫家史蒂夫・庫茨（Steve Cutts）的短片《快樂》（*Happiness*）中，我們看到人類社會你死我活的競逐與廝殺，和老鼠之間的爭鬥、互噬，並沒有太大的不同。[1]

鼠的視覺化展現

這部四分多鐘、沒有字幕的短片，被認為是一部主題明確、批判意味濃厚的「警世寓言」，逼我們正視現代人在資本主義社會中，追求快樂的過程何等虛無與徒勞。只不過，短片中負責「警世」的代言「人」，是老鼠。既然「rat race」這個詞意指現代社會中永無休止的金錢與權力競爭，動畫家就乾脆讓老鼠自己擔綱演出：尖峰時間，老鼠們擠進迷宮般的地鐵站，前往「無處」（nowhere）尋找快樂。

迷宮中的老鼠放眼所見皆是廣告，推銷著令人眼花撩亂的各類產品，指示著通往「快樂」的方向。球鞋廣告標榜可以讓你成為「最好的」，要你「現在就買！」；信用卡廣告對你說，「沒有它你什麼也不是」；速食廣告則告訴你，再走五分鐘就可以得到帶來快樂的漢堡……

老鼠買了又買，直到滿手都是商品，卻又在看見「黑色星期五特賣」的那一刻，丟

1 庫茨另一部同樣有著黑暗寓言風格的短片《人》（*Man*）在網路上的點閱率也極高，該部二〇一三年的動畫在短短三分多鐘內呈現了人類從古至今對於自然環境的剝削以及對動物生命的掠奪，批判的火力強大，也引發不少省思及討論。影片內容摘要可參考賴品瑀，〈令《人》慚愧：恐怖的考古學〉，《環境資訊中心》電子報，二〇一三年二月二十一日。

下原先所買的一切，開始和其他老鼠搶奪各種特賣品，甚至不惜搶得血肉橫飛。搶完了，再加入下一輪的競爭。如果遇到挫折，就繼續看看廣告推銷些什麼——是揚言可以讓你忘卻一切，露出微笑的酒類飲品呢！老鼠於是喝了一種又換一種。酒精無效？那試試過量的抗鬱劑，儘管到頭來還是會被打回原形。[2]

短片中的老鼠載沉載浮於無止盡的物欲中，得到了卻又不滿足，而為了用金錢去換取這些「快樂」，最終只能困在電腦桌／捕鼠夾上日以繼夜地工作，看似荒謬的「以鼠代人」，卻「逼真」得讓人有些難以消受，因為地下鐵萬頭鑽動的人群與地底的老鼠，彷彿一下被劃上了等號。

我們當然很清楚，並非老鼠真的會飲酒作樂、瘋狂消費一如人類，但影片的呈現卻讓我們不得不承認，那些用來污名化老鼠的，縱欲無度、不知節制等屬（鼠）性，其實是人類面貌的一部分。而如果我們要把那些行為合理化為「生存所需」，老鼠偷取食物或大量生殖的行為，又何嘗不是？說穿了，人和老鼠，都是在人類製造的「迷宮」中尋找出路。[3]

從裝置藝術反思人鼠關係

無獨有偶，當代美國藝術家布魯斯・諾曼（Bruce Nauman）也曾透過一件裝置藝術作品——《老鼠的習得無助》（*Learned Helplessness in Rats*），將人類的處境與迷宮中的老鼠類比。[4]

在展場的銀幕上，持續交替放映著三種影像：監視攝影機所對焦的空迷宮（現場參觀者走近迷宮時，他們的腳自然也可能被拍攝進去並播放出來）、先前在這一個迷宮中跑來跑去的老鼠錄像、以及青少年打鼓的影像，鼓聲則會經由展場的擴音器大聲播放出

---

2 影片中的瓶身上寫著氟西汀（fluoxetine），這種抗鬱劑一般的用量是60mg，但是瓶子上的小字透露了此處的劑量是200mg。參見網站https://reurl.cc/VNnn7N。而使用了抗鬱劑之後，影片的風格立刻改變，老鼠長出了米奇的耳朵，影片也短暫地變得如迪士尼動畫般繽紛夢幻，對比老鼠之後的慘淡下場，更顯諷刺。參見網站https://reurl.cc/80YYzb。

3 其實迷宮實驗本身對於效率的執著——例如試圖評估比較老鼠完成任務所需的時間——不正反映了人類社會現代性的特色？一切發展都是在追求縮短空間距離、加快時間速度；柏特對迷宮實驗的觀察如此提醒了我們，而這也是與庫茨的影片不謀而合的呼應之處。

4 根據MoMA網站上的資料指出，這件作品的名稱來自*Scientific American*在一九八七年所刊登的一篇文章"Stressed Out: Learned Helplessness in Rats Sheds Light on Human Depression"。

來。重複打鼓的少年和迷宮中找路的老鼠之間產生了某種相互呼應的關係，同樣都透露了虛無、挫折與徒勞的氣氛，而且都在視覺呈現上造成觀者的壓力。

根據紐約現代藝術博物館（Museum of Modern Art, MoMA）網站的說明，藝術家想透過諧擬（parody）動物實驗，來質疑社會——或者應該說是質疑科學——所信奉的價值，亦即「透過受控的環境與行為的再培訓，人性可能被改善」的這套價值觀。

若這是藝術家的目的之一，如此的設計確實發揮了一定的效果，因為觀眾在展場所看到的，是令人焦慮的單調重複，是鼠去籠空的悵然，而非「訓練有成」所帶來的希望或願景。

約翰．麥果斯（John McGrath）更表示，雖然現場展示的是空迷宮，但只要看過播映中的老鼠錄像，便不可能忘懷牠在迷宮裡的樣子，而可能會為老鼠擔憂：習得無助的老鼠哪去了？也會懷疑「何以要讓我們看老鼠的錄像？」[5]空的迷宮與先前錄像的差異，人與實驗鼠的類比，顯然讓這件作品並非「視覺的饗宴」，而是讓觀者在不安之際，不得不對人鼠的相似，做更多的思考。

針對同一件作品，研究拉普朗虛（Jean Laplanche）精神分析理論的學者喬許．柯恩（Josh Cohen）認為，老鼠走迷宮的樣態與影片中重覆的鼓聲交相作用下，會使觀者接近一種拉普朗虛所謂的，原初的無助狀態。

就如同嬰兒為了生存，必須學習向他者昭告自己的無助（例如以哭叫來求得成人的照顧），並試著將他所接收到的、他所不解的那些來自他者的意符，加以轉譯，諾曼的作品也會讓觀者處於一種接近原初受虐的情境，從而設法轉譯作品謎樣的訊息，例如去發現：生與死，快樂與痛苦，愛與恨，知識與非知識，人的各種可能性和它的相反面，其實都是共存的，就如同人和動物一樣，都是受生物性所驅動的個體。[6]

實驗鼠的命運可能改變？

透過藝術家有意建立的人鼠相似性，我們看到更多深刻的詮釋被開展；且這種相似性帶來的，顯然不是「人會墮入鼠道」，或「鼠會成為人的繼任者」的恐懼，而是對「人之異於鼠者幾希」的了然與接受。

如此這般，文學藝術提供了關於鼠的不同思考。但或許我們也不禁想問，這對於人人喊打的老鼠又能有什麼幫助？甚至，連要倡議實驗鼠的動物福利，也恐怕還是陳義過

5 見"Performing Surveillance"一文，收錄於*Routledge Handbook of Surveillance Studies*中。

6 Cohen, Josh. "Bruce Nauman, Jean Laplanche and the Art of Helplessness." *Seductions & Enigmas: Laplanche, Theory, Culture*. Ed. John Fletcher and Nicholas Ray. London: Lawrence & Wishart, 2014.

高、難以落實，畢竟科學界對實驗鼠的大量需求，似乎不是文學藝術或動物倫理可以置喙的？

然而這樣的定見，其實是因為我們先認定了，不需要為老鼠這種無足輕重的生命，做太多的倫理考量。如果有更多人願意看見老鼠所遭遇的，過度的惡意與虐待，願意開始去思考，實驗鼠的犧牲是否總是有其正當性？那麼，老鼠的命運就有可能改變。

事實上，有些改變已經發生了：儘管科學界習慣以體積小、繁殖快、倫理爭議性低的老鼠作為模式生物，進行各種侵入性實驗，但美國史丹佛大學研究者馬克・克拉斯諾（Mark Krasnow）正嘗試開發以馬達加斯加的鼠狐猴（mouse lemur）作為模式生物、建立野外基因庫的可能性，就是想透過非侵入性的方法，來研究基因變異與疾病的關係。[7]英國倫敦國王學院則在動物權組織倡議下，成為全球第一所終止老鼠泳測實驗的大學；[8]而在台灣，交大生醫工程所陳冠宇博士也投入器官晶片（organ on a chip）的研究，積極發展替代動物實驗的方案。[9]

顯然，改變確實可能發生，只要我們不再認定，低賤可鄙的老鼠無論被怎麼使用／虐待都無所謂，牠們厄運的終結，就能展露一線曙光。

——改寫自原載於《鳴人堂》之〈人的「鼠」性（下）：從藝術作品反思人鼠關係〉，二〇二二年二月十三日

黃宗慧

見本書封面折口「主編簡介」。

7 感謝京都大學生物科學碩士洪琬婷提供以上資訊及影片連結：https://reurl.cc/N4OOnq。

8 根據〈倫敦國王學院成為全球第一所正式終止殘忍小鼠游泳測試的大學〉一文指出，「在這個被廣為質疑的測試中，小動物會被放入一個不能逃脫、裝有水的容器，為了避免溺水而被迫游泳，該測試通常被用來評估抗憂鬱藥的療效。動物游的次數越多下——為了活命——被認為是藥效發揮的指標，因為憂鬱會帶來絕望及對放棄的渴求。但這個測試已經受到學者的嚴重批評，他們認為浮在水面不再掙扎並不是憂鬱的徵兆，而是學習表現的正面指標，因為老鼠正在儲存能量同時適應新的環境。最重要的是，用這個測試作為『該藥物是否能有效治療人類憂鬱症』的標準，已被證實效果不佳。在和動物權組織**PETA**討論過後，國王學院宣布他們不再使用這個測試，是全球第一個這麼做的學術機構。」全文詳見動物平權會網站。

9 可參考蘇湘雲撰文，〈陽交大團隊打造仿生肺晶片結合動態系統，創造藥品研發新境界〉，《聯合新聞網》，二〇二三年十二月十二日。

◉選文評析──迷宮

尼爾．蓋曼（Neil Gaiman）在奇幻小說《無有鄉》（*Neverwhere*）中，建構了一個歷史縫隙中生成的「下層倫敦」。這個由黑暗的下水道、廢棄的地鐵與斷垣殘壁組成的異度空間，存在著許多老鼠（想必不令人意外），以及為這些長尾族服務，通鼠語的「鼠言人」。而誤入「無有鄉」的主角理查在經歷了種種冒險之後，橫亙在回家之路前方的終極挑戰，還必須通過迷宮與野獸的考驗。這個迷宮「是個完全瘋狂的地方，以倫敦上層失落的片斷建造而成……這裡是個不斷改變的地方，每一條路徑都分岔、轉圈，再折回原點」……

蓋曼筆下的「neverwhere」，與黃宗慧提到的，英國動畫家庫茨短片《快樂》中，老鼠們前往的nowhere固然大異其趣，卻同樣點出了看似四通八達充滿秩序的城市背後，隱藏的混亂與瘋狂，以及「人和老鼠，都是在人類製造的『迷宮』中尋找出路」的處境。黃宗慧文中，並以諾曼的裝置藝術《老鼠的習得無助》，進一步說明藝術家如何「透過諧擬（parody）動物實驗，來質疑社會──或者說質疑科學──所信奉的價值」：他以監視器對焦的空迷宮、老鼠之前在此一迷宮中跑來跑去的影像、以及透過擴音器配合播放鼓聲的青少年打鼓畫面交替播放，從而產生將人鼠進行類比，以及對「習得無助」產生共感與反思的效果。

在這些作品中，迷宮的形象與意義尤其值得注意。文學藝術中知名的迷宮可謂不勝枚舉，某程度上亦反映出人類對迷宮始終結合了迷戀與恐懼的矛盾心理。若論迷宮與野獸的組合，至少可以回溯到希臘神話中的牛頭怪米諾陶（Minotaur）；史丹力・庫柏力克（Stanley Kubrick）的電影《鬼店》（*The Shining*）當中，在樹籬迷宮之間狂奔的畫面，更成為許多人的童年陰影；至於波赫士（Jorge Luis Borges）的〈歧路花園〉，則是小說家最愛的文學隱喻。迷宮研究者安格斯・西蘭（Angus Hyland）與坎卓拉・威爾森（Kendra Wilson）曾如此評論迷宮的不同意義：「走在岔路型迷宮裡是為了自我迷失，踏進閉鎖型迷宮則是為了找到自我。」除了實體迷宮之外，我們更視紙上型迷宮為測量心智能力的指標之一。

人們對迷宮又愛又恨。反觀自然界儘管也有許多動物善於築出宛如迷宮的巢穴生活、儲存食物及用以防衛敵人，但基本上，這些迷宮的出發點並非為了娛樂，也沒有太多證據可以幫助我們理解在迷宮中行走，對動物來說是否構成一種成就感的來源或樂趣？雖然老鼠因其作為「體積小、繁殖快、倫理爭議性低的模式生物」成為迷宮實驗的「代言動物」，這些研究也並非為了增進對動物的認識。黃宗慧文中提及柏特的《鼠》一書，就曾引述美國心理學家愛德華・托曼（Edward Tolman）的看法：「心理學上的重大發現，幾乎都可以透過不斷實驗與分析老鼠的迷宮行為來獲得——除了超我（superego）這類的問題之外。」[10] 老鼠的迷宮實驗不僅是心理系所的必修課程，也是心理學家用以解釋空間、認知、記憶、壓力、習得無助、利他……等能力的依據——這一切實驗的目的並非為了更了解老鼠，而是為了用以解釋人類心智與行為。

換言之，人類其實是在一方面承認老鼠具有心智、情感、會出現利他行為、[11] 會因壓力而影響記憶甚至習得無助而放棄生命的情況下，同時篤定地認為使用這樣的生物進行研究「倫理爭議低」，繼續開發出各式各樣，涵蓋水迷宮與乾燥迷宮的訓練／研究。迷宮中的老鼠，因此成為一種最弔詭的存在樣態：人們訓練老鼠「走出」迷宮，但事實上，牠們注定走不出去。因為無論牠們走出迷宮多少次，都會被再次放進去，直至實驗或生命的盡頭（對多數老鼠來說，這兩者的意義恐怕是一樣的）。老鼠版的迷宮隱喻，其實是沒有出口的永劫回歸。

但是，誠如黃宗慧所言，「透過藝術家有意建立的人鼠相似性，我們看到更多深刻的詮釋被開展……提供了關於鼠的不同思考。」從無有鄉中回歸的理查，不同的經歷讓他有了不同的眼光，他成為一個會主動和老鼠說話的人。而台灣藝術家張徐展的影像作品《Si So Mi》，更進一步地表達了對「路死」老鼠的哀憐：手拿腸子變成的紅色彩帶列隊歌唱的老鼠紙偶們，和地上爬動的蛆蟲，共同為剛加入枉死城，帶著彩色生日帽的小老鼠，譜出了一首詭異又哀傷的輓歌。[12] 這樣的轉化，若能讓更多人對老鼠產生不同的眼光與情感，那麼，陷入迷宮中的老鼠，或許終有一天，能推開不同的命運之門。

（Cathy）

---

10 本段引文出自黃宗慧〈人的「鼠性」（上）：為什麼老鼠既是英雄又是害獸？〉，《鳴人堂》，二〇二〇年二月十三日。

11 有關老鼠的利他實驗，可參見法蘭斯・德瓦爾（Frans de Waal）著，陳信宏譯，《我們與動物的距離》（*The Bonobo and the Atheist*）（台北：馬可孛羅，二〇二一）。

12 關於這個作品，可參閱黃宗潔〈讓牠們得到生前從未有過的凝視：張徐展『借屍還魂』的藝術世界〉，《新活水》，二〇二二年十一月三十日。

特別收錄

至少你現在籠子外面了

隱匿

我是多麼希望
柵欄外就是人類欠
你的非洲大草原

你仍有時間學會
樹林間的擺蕩
從巨石堆上眺望
掠食者和星光

我是多麼希望
成功捕抓到你的
只是獅群或花豹
而不是網羅與獵槍

自由對籠子內的你來說
是什麼呢？
愛對籠子外的人來說
是什麼呢？

我是多麼希望
自由與愛可以
不用透過死亡

＊二〇二三年三月二十七日，桃園六福村一隻東非狒狒從籠中逃逸，在附近躲避追捕十八天，後遭桃園、新竹市府官員以及委託獵人等，以麻醉槍和獵槍射擊，漁網套住

後未立即送醫，反與之擺拍炫耀，終於送醫途中身亡。

——原載於《吹鼓吹詩論壇五十四號：武俠專輯》，二〇二三年九月

隱匿

寫詩，貓奴。

曾經營淡水「有河book」十一年，為一百三十四隻河貓命名。

著有詩集《0.018秒》等六冊，散文集《病從所願》等六冊。

法譯詩選集《美的邊緣》、荷譯詩選集《生命線》。

給未來讀者的動物備忘錄：黃宗慧、黃宗潔對談側記

林比比鳥

黃宗慧與黃宗潔前一本以「對寫」形式出版的書《就算牠沒有臉》中，書名副標「在人類世思考動物倫理與生命教育的十二道難題」精準地闡釋核心概念，兩人一來一往於書面對話，宛如以二十四封信探討與動物相關的十二道難題。而在本書中，兩人還是想要延續對寫形式，只是對象變成了書中選文的三十位作者。

黃宗慧戲稱這三十位作者，除了她們兩人之外，其實是「被強迫」對寫，相較於《就算牠沒有臉》中，姊妹倆極具默契地相互回應議題，本書針對這三十篇作品的回應，就像與三十位當代作家由動物展開對話，挑戰度簡直翻了好幾倍。黃宗潔已於序文中簡明說明，這本書選入了「讀者未必會與動物書寫聯想在一起的作家作品」，每一篇回應各以一個「關鍵字」為鑰匙，針對文章進行「延展、評析與對話」，這三十篇回應就像三十把鑰匙，逐一打開通往動物命運的三十道門。

不能讓事情就這麼過去

除了三十篇散文，本書特別收錄了隱匿〈至少你現在籠子外面了〉，並希望能以這場對談深入討論此詩。隱匿這首詩寫的是二〇二三年六福村狒狒逃脫並被槍殺事件，反映了動物生存困境。事件發生時，她們尚在定奪收入本書的文章，看到這首詩時，很快決定仍要將其收錄在這本以散文為主的選集中。主要原因是，像這樣的新聞事件，「當下不管大家多麼群情憤慨，但事情一過去，好像就過去了。動物就白死了。」因為無法讓事情就這麼過去，無法讓動物白死，所以一看到詩人隱匿以詩記錄、反省這事件，黃宗慧說，「如果能再以另一種形式收錄這首詩，留存這事件，也許之後將會有有心人記得這件事，讓這議題持續發酵。」這句話看似悲觀，實則進取。儘管致力於動物權益多年，悲傷的事件仍重複發生，眼看著某些地方有所改變，但很快又發生倒退的狀況，簡直令人心灰。眼下動物的情境不會改變，可是，就因為不放棄任何一個可能帶來改變的行動，那麼，在看得到或看不到的未來，人們對動物權益的意識或許會改變，動物的命運也會改變。

黃宗慧坦言，從狒狒逃出以來，她對事件後續的發展便很悲觀，就結果來說也的確是悲劇。相關處理人員只要對社會安全有一絲疑慮，寧可採取激烈手段，整個過程看起來就是將狒狒當成逃犯。黃宗潔也說，整起事件遠比逃脫本身複雜，最初連狒狒是從哪裡逃出都不知道，六福村一開始還否認是從自己的園區逃脫，因為他們聲稱清點園區狒狒之後並未發現數量減少，顯然在圈養動物管理上有瑕疵。狒狒逃脫是哪個單位主責？獵人開槍還牽涉到槍枝管理，這又是哪個部門在管？歸納起來發現，狒狒事件反映的是長久以來結構性的問題。

而在狒狒中槍被捕獲之後，現場人員與之合照一事廣被批評，雖然當事人辯解以為獵人手持的是麻醉槍，狒狒並未被槍殺。但黃宗慧認為，主因還是大家將動物當成擺拍的道具。因為狒狒很稀罕，所以要是有機會看到，第一時間想到的是拍照。類似事情其實一直在發生，二〇一六年在阿根廷、二〇一七年在西班牙都分別發生過小海豚擱淺在海灘上，大家卻只急著與海豚合照自拍的事件，圍觀群眾沒有想到牠們會在那裡可能是因為受傷，或者處於需要被救援的狀態，兩起小海豚擱淺海灘都是以悲劇收尾。黃宗慧嘆氣，只要我們對待動物的態度不變，不管哪個國家哪個年代，這種事情就會持續發生。[1]

1 很遺憾的是，二〇二四年初再次出現同樣的悲劇。台灣塔塔加遊憩區大鐵杉附近出現一隻小山羌，遊客覺得小山羌很可

這首詩「很悲痛卻又不說教」

狒狒被射殺之後陸續出現零星報導。有民眾說，狒狒曾去他妻子老家覓食過，會將吃過的食物殘渣擺成正方形，讓他們驚覺狒狒好有人性，好聰明。網友也在報導下面紛紛留言，原來狒狒是這麼聰明的動物，大家都覺得不忍心。會有這樣的反應雖是人之常情，黃宗慧遺憾地說，可是此時才湧生同情心，已經來不及了。

隱匿這首詩是在這樣的社會氣氛下收錄的。黃宗慧與黃宗潔感慨於事件發生時，媒體與社群的聲音看似熱烈，但身為主角的狒狒卻好像只是一塊踏板，許多人藉著狒狒之死，激憤攻擊自己原本不滿的政團或單位，可是事件過後，大家又輕易忘記了。黃宗慧補充，她所開設的「文學、動物與社會」這門通識課的期末報告上，有一組學生的報告主題包含狒狒事件，其中資工系游善喆針對狒狒事件做了新聞留言分析，並以文字雲形式呈顯當時社群媒體上熱議的關鍵字，赫然發現，主要關鍵字充斥政治火藥味，相較之下，狒狒在自己重大事件的舞台上彷彿成了配角。這更讓黃宗慧認為，幸好還有一首詩，可以封存牠的身影，以及詩人對狒狒真誠的心情。

由於課堂上，學生報告討論到狒狒事件，黃宗慧補充隱匿這首詩給學生。昆蟲系羅仁翊給了以下回應：「老師您看過《進擊的巨人》嗎？這是一部關於自由與愛的動漫，並且與這首詩有非常大的共鳴……當我看到最後兩段時內心波濤洶湧，因為真的道出了我們與動物永遠無法互相理解的悲傷……既然連人與人都無法互相理解，更何況是語言無法相通的人與動物呢？分隔人與動物的不只是籠子，還有人類的自命清高，為了保護動物而設立保護區、展示動物而設立動物園、獵殺動物而設立打獵區，我們總是擅自為動物決定他們的命運，卻忽略了原來的生存模式就是自然界為他們做的最佳決定。」黃宗慧將學生的回應轉給隱匿，看過《進擊的巨人》的隱匿因此很有共鳴。黃宗慧說，雖然她沒看過動漫，較難體會學生讀詩產生的聯想，但學生與詩人之間卻有了意想不到的隔空對話。

文學不像新聞或社群能立即炒熱議題，卻能超越時空限制，或許在未來也能如這位昆蟲系羅同學那樣產生深刻的共鳴。黃宗慧說，隱匿這首詩中的情感很悲痛，但又不說教。黃宗潔也希望，如果未來有讀者因為讀到這首詩而好奇發生了什麼事情，關於野生動物的逃脫事件，以及動物園存在的議題就能一直被看到，那麼現在我們無法改變的事

愛，圍觀搶拍甚至撫摸。儘管玉山國家公園管理人員發現後介入宣導，母山羌會因此不敢靠近，但為時太晚，母山羌終究沒有回來，小山羌最後失溫而死。

情，未來或許有希望。這首詩就像一枚種子，透過出版傳播，便有後續的可能性。

選文的邏輯與原則

除了這首詩之外，本書三十篇散文，既如副標說的，是三十把通往動物命運的鑰匙，又何嘗不是飽含希望的種子？抱持著這樣的想法，當時主要負責選文的黃宗潔口氣堅定地說，選文的大原則是「要好看，而且要夠好看」！她表示，散文選集難在對於讀者來說，許多作者未必是他們熟悉的名字。一個讀者可能會留意喜歡的作家出了新書，卻未必會因為喜歡的作家有一篇作品被收錄，而去閱讀一本合集，合集要留住讀者，需要作品本身具有打動人的力量。此外，不想只局限在台灣作者，也希望收入台灣以外的華人作品像是香港、澳門、美加或馬華文學，廣泛呈現各地華文作家對於與動物生活或互動的思索、觀察及省思。第二個原則則如黃宗潔在序文中提到的，除了原本就以動物書寫見長的作家之外，更希望能尋覓乍看之下，創作風格與動物無關的作者與作品，因此，選文時會避開動物主題的專書，為的是想跨出同溫層，觸及到更多讀者，能有機會看到這些文章。

選文時只要看到好的文章就留著，挑選到一定程度後，發現描寫同伴動物的文章特別多。一開始先粗略地以貓和狗分區，但很快發現貓文很多，狗文很少，比例上不太平均。接著發現，在同伴動物這個龐然大區中，有好幾篇寫死去的同伴動物，不管是貓文狗文都有，所以決定將「離世動物」從「同伴動物」獨立出來成一區。不過「一開始猶豫了一下，因為之前沒有人這樣分」。離世動物區是之前沒有過的分類，可是怎麼面對過世動物，是只要有養動物的人早晚都要面對、且是很困難的課題，既然有好幾個作者以此為主題撰文，顯然是重要的動物議題，值得開設一區討論。

特殊的分類：離世動物區、虛擬動物區與動物視聽館

離世動物獨立一區，讓文章看起來彷彿存在兩種編選邏輯，一種是以大家較熟悉的，人類對動物的利用模式進行分類，離世動物的概念，則是以動物本身的狀態、以牠們自身的角度去描述生命的存或滅。但對黃宗慧和黃宗潔來說並不矛盾，因為這區在討論的依然是人與動物的關係。「而且有誰規定人與動物的關係只有實驗動物、同伴動物這種分類法呢？」黃宗潔認為，傳統的分法只是便於理解，而且還是基於「動物以何種形式為我們所用」作為區分。可是離世動物區呈現的是，牠就算離世，還跟你維持某種你難以處理的關係。從幾篇選文的內容中可以看到，這對很多人來說始終是個難題。

多年來，對於與動物告別之艱難深有所感的黃宗慧則說，當初《就算牠沒有臉》用了「一題」的篇幅談安樂死，結果這題讓她最常收到讀者的回饋，表示得到被同理的慰藉。這次用一整區來談離世動物，可能讀者的第一反應是害怕，怕勾起自己悲傷的回憶，或逃避面對未來肯定會發生的告別，「但這也是需要的吧。選文中的作者呈現了很多種面對離去動物的方式，或許也能讓讀者在想到自己曾做的艱難決定，以及終將需要面對動物離世時，得到一些支持與安慰。」

黃宗潔說，離世動物區之外，比較特別的是在寫作類型上做出區隔的「虛擬動物區」和「動物視聽館」，藉此呈顯動物書寫的多種可能。前者希望透過虛構、想像的動物，看到動物作為符號和隱喻的意義；後者的概念得自逛動物園時會有的視聽館，涵蓋了各種視聽形式：韓劇、藝術展覽、紀錄片等。透過這些不同的區域，形同在紙本上示範出一座虛擬動物園，也想表達「理解動物的替代方案很多」。希望做到讓讀者閱讀時，就像遊逛一座紙上動物園。

黃宗慧與黃宗潔說，編輯邀約這本書時，是因為麥田原本就有文學賞析系列。他們在選文與規畫時，一方面希望能符合麥田對於原本系列的想像，也希望在歸納三十篇散文後規畫出的結構，能讓讀者有一個清晰的輪廓。

與其說是賞析，更像「強迫對話」

雖然是放在文學賞析系列，但從某些文章中的思索看得出來，黃宗慧與黃宗潔針對每一篇散文寫的選文評析，帶有濃濃的對話企圖。黃宗慧說，她一直很想延續《就算牠沒有臉》對寫的形式。由於姊妹平時的話題就圍繞在動物，彼此默契很深，對寫的形式可以充分發揮對各種議題的思考，而且常常只要一看到對方文章，都能從中延伸更多想法，充滿對話的樂趣。在這本書中，雖然形式看起來是賞析，但她們私心更希望是「強迫對話」：作者寫了文章，她們延伸從文章中看到的，並予以回應。

既然是對話，顯然帶著理解對方的意圖。前一本書對話的是自己熟悉的姊妹，寫來毫不費力，而這本書對話的大多是陌生的作家。黃宗慧坦承難度很高，一來無法確認對方想法，只能單向對話，試圖理解，再者，希望能除了「我懂」、「我認同」這類與文章產生共鳴的情感之外，還能多挖掘一些東西給讀者。「時不時地就卡關」，黃宗慧說。她的習慣是只要卡關就找書來讀。為了寫包子逸〈毛蟲的重生……or not〉一文賞析，重讀《荒野之心》中多篇談及蟲的文章，發現毛蟲連吃樹葉都有大智慧，就很想藉機寫出來。自然生態學家海恩利許發現自己觀察的毛蟲每天都停在同一定點，好奇牠何時進食？海恩利許決定卯起來密切觀察毛蟲，才發現原來毛蟲早已出發又回來，只是每次回來時會跟人類停車一樣，規規矩矩朝著下次出發時的方向。重讀海恩利許的文章讓黃宗慧覺得，或許可以將這些關於毛蟲的知識，藉著回應包子逸的文章跟讀者分享。很多人很怕蟲，這篇文章可以讓更多人看到毛蟲的另一面，也或許可以有助於降低對蟲的厭惡或恐懼。

包子逸這篇散文放在「城際動物區」，同區還有振鴻描寫燕子的〈失巢記〉。如果說毛蟲一文的評析方式是想讓人多了解蟲，〈失巢記〉就是「介紹不同的態度吧」。很多人可能以為，燕子在屋簷下築巢是吉利的象徵，應該人人樂見，其實還是有不接受的人。振鴻這篇文章描寫隔鄰的叔叔移除了簷柱下的燕巢，懊惱於自己沒能早點跨越與叔叔溝通的障礙，試著說明燕子習性與維護牠們築巢權益。對於居住在城市中的動物，有些人想排除殆盡，但也有像《向晚的飛行》中，作者在印度旅館看到的那樣，房間中有斑鳩築巢，而房務員毫不以為意，每日清理被一般人討厭的鳥糞。黃宗慧說，想讓更多人看到「原來有這樣的人，也有那樣的人」。發現原來有那麼多對待動物不同的態度，也許能讓原本毫不在意的人，開始思考更好的對待動物的方式。

對話展開後……

黃宗慧希望這本書還能呈現動物讓人驚奇之處。除了前面介紹的毛蟲習性之外，「野生動物區」中栗光的〈下海看吃播〉一文，她下的關鍵字是「好奇（wonder）」。栗光描寫某次潛水上岸後，魚類學者向潛水教練描述某種魚叼著貝類敲石頭的場景。兩人猶如在討論一個大智若愚的鄰居小孩。黃宗慧說，就像栗光這篇文章描述的魚類行為令人驚奇，她們也希望自己的賞析能帶出動物讓人驚奇的部分，不光是自己看到，也讓人知道，動物有我們原本不知道的一面，那就很值得了。所以，儘管平時慣於書寫學術論文，但特地要求自己在寫這本書時，盡量不使用學術語言，而是消化過後，像是與人對話那樣地表達。

選這些文章除了讓讀者有機會讀到，她們也要求自己趁機挖深一點，或透過對寫，帶出概念，讓讀者讀了散文後再看賞析，能留下較深印象，讓文章發揮更多影響力。黃宗慧說，她在大學固定開設通識課「文學、動物與社會」，有些修課的學生原本只對動物有興趣，也有人只對文學有興趣。可是讀了課堂選文後，原本喜歡文學的學生也開始對動物產生興趣，或原本因為動物選讀的人因此愛上文學，彼此都跨出原本的同溫層。

這就是文學的作用，而寫得很好的散文更能發揮文學親民的特色。

黃宗潔希望，這本書不只是一本收錄了動物相關主題的選集，而是一本能對讀者在想法或行動上造成影響的作品。黃宗慧表示，就像她在後記中說的，自己長期無法消化照顧動物到最後必然要面對的失去之苦，有時也會質疑自不量力的自己日子要如何繼續。編這本書時，讀到宗潔所寫的回應、引用的文字，常常能得到意想不到的安慰。例如賞析黃亭瑀的〈蛛生〉時寫到的，「即使是養育一隻生命如此短暫的跳蛛，也能從中感受到一種更純粹與自由的愛。」讓她想起早已知道、卻遺忘許久的一件事：即使時間有限，有動物的陪伴，還是會讓生命很不一樣。

林比比鳥

因為二〇一三年《放牠的手在你心上》結識兩位作者，對動物有更多關注。

後記／給動物的情書

黃宗慧

《動物關鍵字：30把鑰匙打開散文中的牠者世界》從書名看來，似乎比我和妹妹Cathy對寫的上一本書，《就算牠沒有臉》，顯得更為理論。而我們用以趨近這些散文的關鍵字，其中確實也不乏較為學術的詞彙，例如：成為親族、共構、環世界、動物機器、個體化……但對我來說，這本書不折不扣地，是寫給動物的情書。

我幾乎清楚記得，撰寫每一篇散文評析的自己，當時處於哪一種等級的艱難。若非對動物懷抱著強烈的情感，其實難以驅動日常生活已備感疲倦的自己完成這本書。說生活艱難，並不是誇張之詞。近幾年不論自己或家中動物，都有許多必須勞神費心的狀況，除了艱難兩字，我想不出更適合的形容。姊姊曾擔心地提醒多貓家庭的我，「你們的狀態如同奉養了三對老邁的父母，加上一對叛逆的青少年子女，所以更要記得先照顧好自己。」的確，我和先生收養的街貓，除了兩隻桀敖不馴的「新參者」之外，全都步入了老年，居家照護加上奔波往返獸醫院，用掉了我們在研究教學之外所剩無幾的時間與力氣。時常累到覺得「躺平有理」的我，之所以仍勉力書寫，無非就是因為仍然有那麼多讓我在意的動物議題，不斷牽動著情緒。我必須繼續為動物而寫，為動物「說理」。同時，也為了安頓自己——以及像我們這樣的人——對動物的情感。

事實上，理性與感性原本就不是對立互斥的。在評析這些散文作品的時候，我們一方面帶進了諸如生態保育、動物研究、環境人文等領域的思想，但另方面，作為被這些作品觸動的讀者，我們也得到情感共振的慰藉。例如包子逸〈毛蟲的重生……or Not〉，讀到她「路見毛蟲，拔刀相助」的心情糾結——把毛蟲從室內移到室外又帶回室內，不確定何處才是適合牠安身之處，讓我慶幸吾道不孤，畢竟我每次若為了預防路殺而試著挪動路中央的蝸牛，也會暗暗擔心自己是否在幫倒忙、害得大老遠才爬到這裡的牠「前功盡棄」。又如劉思坊的〈遇見馬克先生〉，讓已經不再做街貓TNR（絕育後原地放養）工作的我，想起那段深感「一個人，沒有同類」的疲憊日子裡，的確曾經如何因為一個善意的問候或微笑，而感恩「今天竟然遇到這麼好的事」。

也有時候，我是被Cathy對作品的評析打動。例如黃亭瑀的〈蛛生〉寫道：「如果懷孕生產能讓終有一死的生物觸及永生不朽，或至少見證有限生命的無限性，那麼，養寵物與生養孩子，確實有本質上的相反。比起生之活力，養寵物更常觸碰到的，反而是生物的脆弱與死亡，是站在自然規律面前，感受無能為力。」讀到這個段落時，我剛失去相伴二十年的愛貓Kiki，太認同「站在自然規律面前，感受無能為力」的說法，我猶如再次受到重擊，甚至後悔自己為何做了根本承擔不起的選擇，與太多動物建立羈絆，但Cathy在評析中指出，生養孩子與養寵物本質上的相反並未讓黃亭瑀導向前者的不可取代性，反而是將生養與不朽之間的連結斷開，呈顯了「即使是養育一隻生命如此短暫的跳蛛，也能從中感受到一種更純粹與自由的愛」。「種了芭蕉，又怨芭蕉」的我這才被點醒，想起了曾經從動物身上得到的，純粹而自由的愛，是何等珍貴。

在書寫的過程中，心緒與情感往往有著如此百轉千迴的變化，我想，這必然是因為所收錄的每篇散文本身，也都是作家們給動物的情書吧。或者是心痛送別、追憶悼念自家貓狗，抑或是為收容所裡被賤棄的生命不平；或者在緬懷自己的寵物倉鼠時也不忘為人人喊打的老鼠立傳，又或者身為魚販卻同時是在海生館裡最用心看待魚的那個遊客……這些作品在在傳遞出對動物的情意。而缺乏個別樣貌、但仍在集體受苦的經濟動物與實驗動物，也分別有作家為牠們發聲。還有過往在脊椎動物中心主義下被邊緣化的頭足類章魚、在「人類尺度中心主義」[1]下被排除於關懷焦點之外的蝸牛與寄居蟹，都有專屬於牠們的「情書」，儘管有些情書寫的是邂逅時的欣喜，有的則是憑弔或抒發歉疚。

所以，這是我們與二十九位作者共同書寫的，給動物的情書。然而動物不識人類文字，這些情書要能「抵達」，終究要靠在意牠們處境的讀者。唯有當更多人被觸動、展開關懷動物的行動，牠們才可能因人類的善意與情意，找到「通往沒有眼淚的大門」那條路。衷心希望，讀到這裡的你，就是牠們還在等待的，那位信差。

1 人類尺度中心主義（scalar anthropocentrism）是指人們傾向於認為，只有和尺度相近的生命體，才可能建立有意義的互動關係。

謝辭

黃宗慧

這本書是我和妹妹宗潔繼《就算牠沒有臉》之後再一次的合作，也如同我們每一次的分工，免不了上演「我ＯＫ妳先請」的劇碼。這次好不容易決定了妹妹寫序，我寫後記，但謝辭該歸誰寫？我們又開始輪流建議由對方代表，甚至考慮省略。這樣的推託固然是姊妹互動中一貫流露的「賴皮」習性——因為有彼此在，所以覺得可以有偷懶喘息的空間，但也是因為在前一本書以及我們個別為動物而寫的著作中，都曾感謝過許多一路上以不同方式鼓勵與陪伴我們的朋友。我們心想，既然其實並沒有與當時出書曾致謝的友人們絕交，這次應該不必再一一列名？大家「心照不宣」，我們姊妹就可以不用互推寫謝辭的工作了。

但畢竟還是沒有省略謝辭的主因，是因為不同於先前的姊妹對寫，這次能成書，是多虧書中收錄的作者們慷慨授權我們對作品進行賞析，所以無論如何，必須在此深深感謝我形容為被「強迫對話」的各位作者們。希望我們透過關鍵字對原文進行的評論、連結，與發想，能不負當初授權的美意。

在此也要謝謝麥田出版社對我們的支持，包括在《就算牠沒有臉》還沒出版時就和我們敲定本書合約的淑怡，以及鼎力協助我們完成的麥田副總編輯秀梅。對於寫書總是不夠積極的我來說，要不是總遇到對於我們出書有所期待的貴人們，恐怕我寫完第一本書之後就決定「躺平」了。逐篇讀過初稿的小美、協助校對書目的欣瑜、給了我們許多珍貴回饋並且擔任對談側記的好友林比比鳥、再次擔任封面設計的許晉維，也都是衷心感謝的對象。

從年輕時寫作就曾「以父之名」，用「慎修」作為筆名的我，除了要感謝以身教讓我學會愛動物的父親，也要感謝繼父徐亮，我知道他們都會以我們為榮。當然還要感謝在身邊作為力量來源的家人們：一面說看不懂女兒們總在忙什麼搞得自己這麼累，卻又無限包容我們的母親、總是默默關心與擔心著我們燃燒過度的姊姊宗儀，以及在學術路上給予鼓勵支持的姊夫紀舍。由於撰寫謝辭的分工最後落在我身上，那麼我也就用一下特權，將最深的感謝，獻給這些年和我一起無止盡地為動物付出的先生彥彬。雖然同甘的時候少，共苦的時候多，他卻始終和我一樣，堅持把動物照顧到最好，沒有他的陪伴與相互扶持，我不可能寫完這本書。

寫謝辭的時候，從街貓變成家貓、出走又返家的，我摯愛的小橘，正受惡疾所苦，但初校的時候，牠仍在身邊陪伴著、呼嚕著。我選擇的「長照」，是否真是牠需要的？當時我不免因心疼牠受苦而這樣懷疑。關於怎樣才是善待生命、怎樣的邂逅更溫柔、怎樣的愛不至於成為難以承受之重？是在成書之後，我們依然得繼續探問的問題。謝謝小橘承受著我愛的重量，這一場相遇，並不如煙。謝謝讓我們在思考的路上不敢懈怠的動物們。謝謝所有因關心動物而打開這本書的讀者。

（Iris）

參考書目

同伴動物區

謝凱特

李振弘，〈枯楊生稊：一個青壯年男同志反身向家的文學性心理學初探〉，博士論文，輔仁大學心理系，二〇二二。

劉思坊

深谷薰著，丁世佳譯，《夜巡貓8》（台北：大塊文化，二〇二三）。
威爾．埃斯納（Will Eisner）著，李建興譯，〈管理員〉，《與神的契約》（台北：大辣，二〇二〇）。
劉思坊，〈布魯克林的貓朋友〉，《幼獅文藝》，二〇二〇年六月。
隱匿，《貓隱書店：告別有河與河貓》（新北：木馬文化，二〇一九）。

韓麗珠

Haraway, Donna. Interview by Steve Paulson. "Making Kin: An Interview with Donna Haraway," *Los Angeles Review of Books*, 6 Dec. 2019, www.lareviewofbooks.org/article/making-kin-an-interview-with-donna-haraway/. Accessed 18 Feb. 2024.

Anna Tsing. "When the Things We Study Respond to Each Other: Tools for Unpacking 'the Material.'" *Anthropos and the Material*, edited by Penny Harvey, Christian Krohn-Hansen and Knut G. Nustad, Duke UP, 2019.

離世動物區

江鵝

喬治・桑德斯（George Saunders）著，何穎怡譯，《林肯在中陰》（台北：時報出版，二〇一九）。

葉子

Freud, Sigmund. *Beyond the Pleasure Principle and Other Writings.* Translated by John Reddick, Penguin, 2003.

杜韻飛

威爾・史岱西（Will Steacy）著，吳家瑀譯，《缺席的照片》（台北：田園城市，二〇一四）。
彼得・柏克（Peter Burke）著，郭書瑄譯，《歷史的目擊者》（台北：馬可孛羅，二〇二二）。
中平卓馬、篠山紀信著，黃亞紀譯，《決鬥寫真論》（台北：臉譜，二〇二〇）。

朱和之

Derrida, Jacques. *The Work of Mourning*, edited by Pascale-Anne Brault and Michael Nass, Chicago UP, 2001.
董成瑜，〈貓咪去哪裡了？〉，《中國時報》，二〇〇二年三月二十四日，第三十九版。

Freud, Sigmund. "Mourning and Melancholia." *The Complete Psychological Works of Sigmund Freud Volume XIV（1914-1916）: On the History of the Psycho-Analytic Movement, Papers on Metapsychology and Other Works*. Translated by James Strachey, Hogarth Press, 1957.

觀賞動物區

林楷倫

Buchanan, Ian. "At the Mall with Fish." *Australian Humanities Review*, no. 67, 2020.

崔舜華

Piso, Zachary. "Netting Nemo: A Moral Ontology for the Scaled and Slimy." *Between the Species*, vol. 24, no. 1, 2021.

黃亭瑀

歐內斯特・海明威（Ernest Hemingway）著，陳夏民譯，〈雨中的貓〉，《我們的時代：海明威一鳴驚人短篇小說集》（桃園：逗點文創結社，二〇一三）。

讓・馬克・德魯安（Jean-Marc Drouin）著，鄭理譯，《昆蟲哲學》（上海：上海文藝出版社，二〇二三）。

奧爾嘉・朵卡萩（Olga Tokarczuk）著，鄭凱庭譯，《犁過亡者的骨骸》（台北：大塊文化，二〇二三）。

虛擬動物區

陳宗暉

吳明益，《天橋上的魔術師》（台北：夏日出版，二〇一一）。

劉宇昆（Ken Liu）著，張玄竺譯，《摺紙動物園》（台北：新經典文化，二〇一八）。

樊善標

韓麗珠，〈人和蟑螂的距離〉，《文訊》，二〇二二年一月。

梁莉姿著，香港文學館編，〈鼠〉，《我香港，我街道》，（新北：木馬文化，二〇二〇）。

黃照達，〈My.TV.Buddy〉，《那城THAT CITY》（台北：大塊文化，二〇二二）。

經濟／實驗動物區

楊富民

蔡晏霖，〈金寶螺胡撇仔：一個多物種實驗影像民族誌〉，《中外文學》，四十九卷，一期，二〇二〇，頁六十一至九十四。

Van Dooren, Thom. *A World in a Shell: Snail Stories for a Time of Extinctions*. The MIT Press, 2022.

李鑑慧

小文風，《遇見101隻世界名犬》（台中：晨星，二〇二二）。

Twain, Mark. *A Dog's Tale*. Illustrated by W.T. Smedley, Harper and Brothers, 1904.

曾達元

露絲・哈里森（Ruth Harrison）著，侯廣旭譯，《動物機器》（南京：江蘇人民出版社，二〇一九）。

羅晟文

安妮・迪勒（Annie Dillard）著，吳美真譯，《汀克溪畔的朝聖者》（台北：麥田，二〇二〇）。

蒂芬妮・史密斯（Tiffany Watt Smith）著，林金源譯，《情緒之書》（新北：木馬文化，二〇一六）。

近藤聰乃著，黃鴻硯譯，〈憑弔瓢蟲〉，《漫漶：日本另類漫畫選輯》（台北：漫畫私倉，二〇二二）。

城際動物區

包子逸

伯恩德・海恩利許（Bernd Heinrich）著，潘震澤譯，《荒野之心》（台北：野人，二〇二二）。

Nagel, Thomas. "What Is It Like to Be a Bat?" *Mortal Questions*. Cambridge UP, 1979.

Coetzee, J.M.. *The Lives of Animals*, edited by Amy Gutmann, Princeton UP, 1999.

振鴻

海倫・麥克唐納（Helen Macdonald）著，韓絜光譯，《向晚的飛行》（台北：大塊文化，二〇二三）。

Bauman, Zygmunt. *Globalization: The Human Consequences*. Columbia UP, 2000.

野生動物區

栗光

Clark, Timothy. *The Value of Ecocriticism*. Cambridge UP, 2019.

Houser, Heather. *Ecosickness in Contemporary U.S. Fiction: Environment and Affect*. Columbia UP, 2014.

廖瞇

強納森・海德特（Jonathan Haidt）著，姚怡平譯，《好人總是自以為是：政治與宗教如何將我們四分五裂》（台北：大塊文化，二〇一五）。
理查・E・歐塞霍（Richard E. Ocejo）著，馮奕達譯，《職人新經濟：手工精神的文藝復興、品味與消費文化的再造》（台北：八旗文化，二〇一九）。

鄭育慧

錢永祥，《人性之鏡》（台北：聯經出版公司，二〇二三）。
吉米・伯納多（Jimmy Beunardeau）著，宋孟璇譯，《無神之地：屏東保育類野生動物收容中心的日常與無常》（台北：玉山社，二〇二二）。

小美

林小杯，《假裝是魚》（台北：上誼文化公司，一九九九）。
柯克・華萊士・強森（Kirk Wallace Johnson）著，吳建龍譯，《羽毛賊：一樁由執念、貪婪、欲望所引發，博物史上最不尋常的竊案》（台北：馬可孛羅，二〇二一）。
強納森・巴爾科比（Jonathan Balcombe）著，蕭夢、趙靜文譯，《魚，什麼都知道：一窺我們水中夥伴的內在生活》（台北：鷹出版，二〇二三）。
查爾斯・佛斯特（Charles Foster）著，蔡孟儒譯，《變身野獸：不當人類的生存練習》

（台北：行人，二〇一七）。

動物視聽館

黃宗潔

Lopez, Kristen. “The Trouble with ‘Toy Story 4’ and Its Disability Narrative.” *The Hollywood Reporter*, 24 June 2019, www.hollywoodreporter.com/movies/movie-news/toy-story-4-problem-disability-narrative-1220616/. Accessed 25 Feb. 2024.

Acampora, Ralph R.. *Corporal Compassion: Animal Ethics and Philosophy of Body*. U of Pittsburgh P, 2006.

黎熙

Baker, Steve. *Artist Animal*. U of Minnesota P, 2013.

McHugh, Susan. “Stains, Drains, and Automobiles: A Conversation with Steve Baker about *Norfolk Roadkill, Mainly*.” *Art and Research: A Journal of Ideas, Contexts, and Methods*, vol. 4, no. 1, 2011.

唐葆真

Uexküll, Jakob von. *A Foray into the Worlds of Animals and Humans: with A Theory of Meaning.* Translated by Joseph D. O'Neil, U of Minnesota P, 2010.

李玟萱，《無家者：從未想過我有這麼一天》（台北：游擊文化，二〇一六）。

黃宗慧

尼爾・蓋曼（Neil Gaiman）著，蔡佳機譯，《無有鄉》（新北：木馬文化，二〇一七）。

安格斯・西蘭（Angus Hyland）、坎卓拉・威爾森（Kendra Wilson）著，柯松韻譯，《超譯迷宮：世界經典迷宮探奇》（台北：天培，二〇一九）。

法蘭斯・德瓦爾（Frans de Waal）著，陳信宏譯，《我們與動物的距離》（台北：馬可孛羅，二〇二一）。

國家圖書館出版品預行編目(CIP)資料

動物關鍵字：30把鑰匙打開散文中的牠者世界/黃宗慧, 黃宗潔編著. -- 初版. -- 臺北市：麥田出版, 城邦文化事業股份有限公司出版：英屬蓋曼群島商家庭傳媒股份有限公司城邦分公司發行, 2024.04
面； 公分. -- (麥田文學；330)

ISBN 978-626-310-646-8 (平裝)

863.55 113002177

麥田文學330

動物關鍵字
30把鑰匙打開散文中的牠者世界

作　　　者　黃宗慧　黃宗潔
責 任 編 輯　林秀梅　陳淑怡　陳佩吟

版　　　權　吳玲緯　楊 靜
行　　　銷　闕志勳　吳宇軒　余一霞
業　　　務　李再星　李振東　陳美燕
副 總 編 輯　林秀梅
編 輯 總 監　劉麗真
事業群總經理　謝至平
發　行　人　何飛鵬

出　　　版　麥田出版
台北市南港區昆陽街16號4樓
電話：886-2-25000888　傳真：886-2-2500-1951
發　　　行　英屬蓋曼群島商家庭傳媒股份有限公司城邦分公司
台北市南港區昆陽街16號8樓
客服專線：02-25007718；25007719
24小時傳真專線：02-25001990；25001991
服務時間：週一至週五上午09:30-12:00；下午13:30-17:00
劃撥帳號：19863813　戶名：書虫股份有限公司
讀者服務信箱：service@readingclub.com.tw
城邦網址：http://www.cite.com.tw
麥田部落格：http://ryefield.pixnet.net/blog
麥田出版Facebook：https://www.facebook.com/RyeField.Cite/

香 港 發 行 所　城邦（香港）出版集團有限公司
香港九龍九龍城土瓜灣道86號順聯工業大廈6樓A室
電話：852-25086231　傳真：852-25789337
電子信箱：hkcite@biznetvigator.com

馬 新 發 行 所　城邦（馬新）出版集團
Cite（M）Sdn. Bhd.（458372U）
41, Jalan Radin Anum, Bandar Baru Seri Petaling,
57000 Kuala Lumpur, Malaysia.
電話：+6(03)-90563833　傳真：+6(03)-90576622
電子信箱：services@cite.my

設　　　計　許晉維
電 腦 排 版　宸遠彩藝工作室
印　　　刷　沐春行銷創意有限公司

初 版 一 刷　2024年4月30日
初 版 二 刷　2024年7月9日

定價／520元
ISBN：978-626-310-646-8
9786263106451（EPUB）

cite城邦媒體 麥田出版
Rye Field Publications
A division of Cité Publishing Ltd.

廣 告 回
北區郵政管理局登記
台北廣字第000791
免 貼 郵

英屬蓋曼群島商
家庭傳媒股份有限公司城邦分公司
115020台北市南港區昆陽街16號4樓

▼

請沿虛線折下裝訂，謝謝！

讀者回函卡

cite城邦媒體

※為提供訂購、行銷、客戶管理或其他合於營業登記項目或章程所定業務需要之目的，家庭傳媒集團（即英屬蓋曼群島商家庭傳媒股份有限公司城邦分公司、城邦文化事業股份有限公司、書虫股份有限公司、墨刻出版股份有限公司、城邦原創股份有限公司），於本集團之營運期間及地區內，將以e-mail、傳真、電話、簡訊、郵寄或其他公告方式利用您提供之資料（資料類別：C001、C002、C003、C011等）。利用對象除本集團外，亦可能包括相關服務的協力機構。如您有依個資法第三條或其他需服務之處，得致電本公司客服中心電話請求協助。相關資料如為非必填項目，不提供亦不影響您的權益。

□ 請勾選：本人已詳閱上述注意事項，並同意麥田出版使用所填資料於限定用途。

姓名：________________ 聯絡電話：________________

聯絡地址：□□□□□________________

電子信箱：________________

身分證字號：________________（此即您的讀者編號）

生日：____年____月____日 性別：□男 □女 □其他________

職業：□軍警 □公教 □學生 □傳播業 □製造業 □金融業 □資訊業 □銷售業
□其他________________

教育程度：□碩士及以上 □大學 □專科 □高中 □國中及以下

購買方式：□書店 □郵購 □其他________________

喜歡閱讀的種類：（可複選）

□文學 □商業 □軍事 □歷史 □旅遊 □藝術 □科學 □推理 □傳記 □生活、勵志
□教育、心理 □其他________________

您從何處得知本書的消息？（可複選）

□書店 □報章雜誌 □網路 □廣播 □電視 □書訊 □親友 □其他________

本書優點：（可複選）

□內容符合期待 □文筆流暢 □具實用性 □版面、圖片、字體安排適當
□其他________________

本書缺點：（可複選）

□內容不符合期待 □文筆欠佳 □內容保守 □版面、圖片、字體安排不易閱讀 □價格偏高
□其他________________

您對我們的建議：________________

____